FOLIO

Collectio

Bruno V

Maître de c

à l'Universi

la Sorbonne

Balzac

La Peau de chagrin

par Pierre Glaudes

Pierre Glaudes

présente

La Peau de chagrin

de Balzac

Gallimard

Pierre Glaudes est professeur de littérature française
à l'université de Toulouse-Le Mirail. Spécialiste du
XIXᵉ siècle, on lui doit notamment un *Joseph de
Maistre et les figures de l'histoire* et un *« Atala », le désir
cannibale*.

RÉFÉRENCES

La pagination indiquée entre parenthèses renvoie à l'édition Folio de *La Peau de chagrin* (Folio classique n° 555).

Les références à *La Comédie humaine* indiquées dans les notes renvoient à l'édition de la « Bibliothèque de la Pléiade », publiée en douze volumes sous la direction de Pierre-Georges Castex, de 1976 à 1981. On a adopté l'abréviation *CH*, suivie du numéro de tome en chiffres romains et de la page, en chiffres arabes.

Les textes tirés des *Œuvres diverses* (abréviation : *OD*) sont cités dans l'édition dirigée par P.-G. Castex (t. I : 1990 ; t. II : 1996) pour la même collection et selon le même système de renvoi.

À Remy

À la fin du mois d'octobre 1830, trois mois après la Révolution, Balzac, dans la quatrième livraison des *Lettres sur Paris*, dresse un bilan des Trois Journées, dont le souvenir brûlant est encore dans toutes les mémoires : « Le Palais-Royal n'est séparé d'Holyrood que par un bras de mer. Ce détroit est plein du sang de Juillet. Une dynastie, je ne sais laquelle, doit s'y rajeunir ou s'y noyer[1]. » C'est à la même époque que le récit commence dans *La Peau de chagrin* : sous un ciel d'automne gris et triste, dont « les rares clartés » prêtent à Paris « un air menaçant » (p. 36), un jeune inconnu entre au Palais-Royal, dans un tripot où un « petit vieillard blême », placé derrière « une barricade » (p. 22), lui demande son chapeau, avant de le laisser aller perdre au jeu son argent et ses dernières illusions.

Bras de mer ou barricade, les deux allégories suggèrent le même désenchantement. Dans la première, le sang des « héros de Juillet » (p. 69) sépare Holyrood, résidence des Bourbons exilés en Écosse, du Palais-Royal, propriété de la famille d'Orléans, mais quelques mois après la révolution, on ne sait déjà plus si ce sang doit régénérer ou ruiner le pouvoir, et l'éventualité du discrédit affecte la nouvelle dynastie autant que l'ancienne. Dans la seconde, le Palais-Royal, temple de l'Argent-Roi, est encore le lieu

1. *Lettres sur Paris*, IV (28 octobre 1830), in *OD*, t. II, p. 892.

emblématique où un vieillard se dresse face à un jeune homme, de l'autre côté d'une barricade : autant dire que les « vieux pantins » de la gérontocratie barrent toujours la route à la « noble jeunesse [1] », qui continue de ronger son frein, impuissante et malheureuse, après Juillet comme avant.

1. *Lettres sur Paris*, I (26 septembre 1830), *ibid.*, p. 870.

I MALAISE DANS LA CIVILISATION

Écrit « à chaud », peu de temps après la piètre manipulation qui a sonné le glas des espoirs révolutionnaires, *La Peau de chagrin* doit aux événements récents une dimension historique qu'on a maintes fois remarquée. Pourtant, ni Raphaël ni ses compagnons ne combattent sur les barricades et jamais ils n'évoquent, sinon par allusion, le soulèvement parisien. Mobilisé par d'autres intérêts, le héros est toujours en décalage par rapport aux événements, bien qu'il soit à Paris au moment où ils surviennent. Nul écho, dans sa confession, des Trois Glorieuses : rien sur l'insurrection populaire, sur le ralliement de la garde nationale, sur la fuite précipitée de Charles X ; rien sur l'acclamation de Louis-Philippe, le futur « roi des Français », au balcon de l'Hôtel de Ville, à l'issue des trois jours d'émeute. Au moment de la révolution, Raphaël est sous le coup de sa rupture avec Fœdora : mélancolique et solitaire, il tente de tuer son chagrin par la débauche, et ne retrouvera l'Histoire qu'en tombant par hasard sur ses camarades au sortir du magasin d'antiquités.

De la même façon, les troubles de février 1831, qui entraînent par réaction l'arrivée au pouvoir du « parti de la Résistance [1] », sont passés sous silence. On ne saura rien du pillage, pendant le carnaval, de l'église Saint-Germain-l'Auxerrois, ni du sac de l'archevêché, bientôt suivi de la chute de Laffitte et de la nomination de Casimir-Périer. Si le narrateur mentionne le « torrent d'événements » qui roule alors sur Paris, c'est pour relever que Raphaël et Pauline, au même moment, sont en pleine idylle, à l'écart du monde, lequel détourne son attention de ces « amants inoffensifs » (p. 285). Le héros, il est vrai, semble avoir prévu l'évolution politique du régime, lui qui affirme à Porriquet, dès décembre 1830, que « la *résistance* a triomphé du *mouvement* » (p. 264). Raphaël s'efforce ainsi d'apaiser l'inquiétude de son vieux professeur, en l'assurant de sa prochaine réintégration, après la révocation dont il a été victime pour avoir souhaité publiquement « un gouvernement fort » (p. 262). Les temps sont propices aux partisans de l'ordre : prémonitoire, cette clairvoyance a pour effet de révéler la nature du nouveau pouvoir, avant même que celui-ci ait officiellement abandonné sa politique libérale, pour se

1. Voir Dossier, p. 208-209.

déclarer en faveur d'un conservatisme au service des puissances d'argent : « mouvement » ou « résistance », ces vocables ne sont aux yeux de Balzac que « deux pièces » battues en fausse monnaie, avec lesquelles on paie, après Juillet, « toutes *les différences* [...] politiques[1] ».

1. *Lettres sur Paris*, IV (28 octobre 1830), *ibid.*, p. 889.

A. CHRONIQUE DE 1830

Les principaux épisodes de la « révolution manquée » (p. 406) sont donc absents de la vie de Raphaël, qui n'opère jamais de rapprochement entre les événements de Juillet et ses propres malheurs. On ne saurait mieux dire que rien n'a bougé d'un pouce en 1830 : le soulèvement de Paris s'est inscrit dans les annales, à défaut d'avoir pesé sur la vie réelle, sinon négativement, par la désillusion que son avortement a provoquée dans l'élite intellectuelle de « la jeune France » (p. 72). Inexistante dans les faits, la révolution n'en est pas moins présente dans toutes les conversations. Prolongeant l'œuvre de Balzac journaliste, les innombrables allusions aux débats idéologiques du temps se concentrent dans le récit du festin chez Taillefer, où le romancier rassemble en quelques pages étourdissantes la matière éparse de ses chroniques politiques.

Chacun, parmi les convives, y va de son jugement, faisant écho aux controverses à la mode : un carliste qui chérit l'autorité affirme que « la liberté absolue mène les nations au suicide » (p. 89) ; un républicain soutient que « les principes de l'ordre social » (p. 83) valent bien le sacrifice de quelques vies ; un notaire juste-milieu prône la pondération, rappelant qu'il n'est « de science ou de vertu qui vaille une goutte de sang » (p. 84). Désabusé, un autre convive renvoie tous les systèmes au néant (p. 90).

Émile va à l'essentiel, lorsqu'il réduit la révolution de Juillet à un transfert de pouvoir « du faubourg Saint-Germain à la Chaussée-d'Antin » et « des Tuileries chez les journalistes » (p. 69). Les hommes forts du moment appartiennent à « l'aristocratie des banquiers et des avocats » (*ibid.*), qui compte manœuvrer les affaires publiques au profit de ses intérêts. Tout le reste — « l'infâme Monarchie renversée par l'héroïsme populaire » (*ibid.*), le « roi-citoyen » (p. 70) défenseur de la Patrie et de la « Charte révisée » — n'est que rhétorique de « bourgeois discoureurs » (p. 406) : un écran de fumée, un art de « mystifier le bon peuple » (p. 69). La politique est devenue une habile mascarade : il faut la prendre comme telle, si l'on ne veut pas être la dupe « des tours » où excellent « les hommes du pouvoir » (p. 53), depuis qu'ils ont escamoté « la muscade constitutionnelle sous le gobelet royal » (p. 69).

Rien, au fond, n'a changé : à la faveur de la concentration du pouvoir entre les mains des affairistes, ce sont les mêmes appétits de richesse, moins bridés que par le passé, qui se donnent libre cours. Le gouvernement du jour se contente d'habiller « avec des mots nouveaux [...] de vieilles idées » (p. 69-70) : ne tente-t-il pas de justifier l'accroissement de l'impôt en « prouvant qu'il est bien plus heureux de payer douze cents millions trente-trois centimes à la patrie représentée par messieurs tels et tels, que onze cents millions neuf centimes à un roi qui disait *moi* au lieu de dire *nous* » (p. 70) ? Pour se jouer ainsi de l'opinion publique, le concours de la presse est indispensable à la Boutique. Taillefer, pour s'assurer de ses faveurs, donne une fête somptueuse, qui marque le triomphe du cynisme politique : on y célèbre la fondation d'un journal « armé de deux ou trois cent bons mille francs », destiné à « faire une opposition qui contente les mécontents, sans nuire au gouvernement national » (*ibid.*). Les possédants peuvent dormir tranquilles : le journalisme, cette « religion des sociétés modernes » (p. 73), a transformé la pensée en une marchandise, qui s'échange et se vend « à tant la ligne » (p. 70).

La Peau de chagrin renchérit ici sur d'autres œuvres composées à la veille de la révolution — *L'Âne mort* de Janin, l'*Histoire du roi de Bohême* de Nodier, *Le Rouge et le Noir* de Stendhal — qui aboutissaient déjà à cette idée que dans une société expirante, tout était fourbu, les valeurs comme les grandes pensées. Venant après Juillet, le roman de Balzac donne cependant un autre sens au diagnostic de cette « École du désenchantement[1] ». Car le réquisitoire s'y fait à la fois plus sombre et plus accablant : l'installation au pouvoir d'un « roi en demi-solde » (p. 406), loin d'avoir permis une rénovation morale et politique, a cruellement déçu les aspirations d'un « vieux peuple » en attente d'« une jeune organisation[2] ». Au lendemain de la révolution, le sentiment de malaise n'en est que plus pesant, alors que le nouveau pouvoir, à l'image de Taillefer, est si manifestement dénué des principes capables de fonder la morale publique. Fier du « brevet d'impertinence » (p. 248) que lui donne la richesse, le banquier criminel, figure des temps modernes, ne fait pas mystère de son credo, lorsqu'on lui annonce la soudaine fortune de Raphaël : « Messieurs, buvons à la puissance de l'or. Monsieur de

1. *Lettres sur Paris*, XI (9 janvier 1831), *ibid.*, p. 937.

2. *Ibid.*

Valentin devenu six fois millionnaire arrive au pouvoir. Il est roi, il peut tout, il est au-dessus de tout, comme sont tous les riches » (p. 248).

La Peau de chagrin, de ce point de vue, est un roman de crise, où se manifeste en grinçant un nouveau mal de vivre. Démonétisées sur la scène historique, les valeurs n'y ont plus de fonction régulatrice. On y voit prospérer cette « pathologie de la vie sociale » qui, de l'intérieur, menace un groupe humain de dissolution. À l'évidence, l'Histoire piétine : elle y est suspendue entre un passé, dont on respire encore « la senteur cadavéreuse [1] », et un avenir, où tout idéal semble par avance flétri. Dans une telle impasse — les ruines ou le chaos —, la vie sociale tourne sur elle-même, en une ronde infernale : la mort guette, à ce jeu dangereux.

1. *Ibid.*

Le tripot du Palais-Royal, dès les premières pages du roman, concentre cette vision crépusculaire de la société. Dans la fièvre, on y célèbre le culte de l'Or, l'idole moderne, objet de toutes les convoitises, qui attise chez les joueurs, comme chez les spectateurs, l'ardent désir de s'assurer, en un clin d'œil, des jouissances à satiété. Nul n'échappe à son irrésistible attrait : qu'on le risque, qu'on le dépense dans l'espoir de renverser le cours de la fortune, ou qu'on se contente de le regarder circuler, on finit toujours, fût-ce malgré soi, par appartenir à cette force aliénante qui mène les hommes, assurant ainsi la mainmise de la société sur leur destinée. À ce compte, on finit en général par être broyé : si l'on vient au jeu pour assouvir ses passions, on est frappé, dès qu'on y est entré, par un arrêt de mort que les caprices de la Rouge et de la Noire ne permettent, dans le meilleur des cas, que de différer.

L'histoire de Raphaël confirme cette ravageuse entropie du Jeu, figure de la socialité aux temps modernes. Dès qu'ils le voient s'approcher du tapis vert, les habitués considèrent le héros en silence, « attentifs comme l'est le peuple à la Grève quand le bourreau tranche une tête » (p. 26). Obsédante, la comparaison revient tout au long du roman : quand Raphaël pénètre dans le magasin d'antiquités pour y chercher du courage, comme un criminel défaille « en allant à l'échafaud » (p. 37) ; quand il affronte des huissiers inexorables venus à lui « comme les bourreaux » (p. 233) se préparent à avertir leur victime que son heure est proche ; quand, à la fin de sa vie, il reste perdu « dans ces pensées dévorantes » dont « les condamnés à mort » (p. 312) emportent le secret dans leur tombeau...
Mais le thème du fatal couperet ne suggère pas seulement la cruauté d'un Jeu social « dont les agaçantes roulettes donnent le plaisir de voir couler le sang à flots » (p. 24). Il renvoie la société d'après Juillet à ses origines lointaines. Dans l'adversité, le héros, par la compassion qu'il inspire aux autres joueurs, fait en effet songer à ces « vierges dont les blondes têtes devaient être coupées à un signal de la Révolution » (p. 27). De même, quittant un peu plus tard le Palais-Royal après avoir laissé au jeu son dernier napoléon, il se perd « dans une engourdissante méditation », semblable à celles dont étaient jadis saisis, du « Palais à la Grève », les criminels en route « vers cet échafaud, rouge de tout le sang versé depuis 1793 » (p. 31). Ces deux comparaisons, capitales par le retour à la Révolution française qu'elles opèrent, ramènent le lecteur aux fondements de l'Histoire contemporaine. C'est là — dans les espoirs déçus, les promesses trahies, les principes reniés — que se trouve la cause première du Jeu mortel, à la règle duquel chacun doit encore se plier en octobre 1830.

Solidement ancré dans la réalité, *La Peau de chagrin* n'est donc pas à proprement parler ce qu'on appelle un « roman d'actualité » : si éblouissante que soit la verve du conteur parisien, son propos dépasse celui d'un journaliste écrivant une chronique de 1830. Pas davantage, ce récit ne quadrille méthodiquement tous les secteurs d'une société en crise, selon le dispositif panoptique que déploie l'enquête réaliste. Hofmannsthal touche juste quand il voit dans cette œuvre une « rhapsodie débordante d'imagination et de réflexions philosophiques[1] ». Car on y trouve une ample exposition du « système » balzacien où l'homme est « considéré comme individu et comme être social[2] ». C'est de ce côté-là qu'il faut chercher l'horizon d'un roman dont Balzac n'a pas fait au hasard « la cellule-mère de *La Comédie humaine*[3] ».

1. H. von Hofmannsthal, « L'univers de *La Comédie humaine* », *Les Études balzaciennes*, n° 1, mars-juin 1951, p. 23.
2. Ph. Chasles, introduction aux *Romans et Contes philosophiques* (*CH*, t. X, p. 1187).
3. A. Béguin, *Balzac lu et relu*, Seuil, 1965, p. 203.

B. UN ANIMAL DÉPRAVÉ

En septembre 1831, *La Peau de chagrin* est intégrée par l'écrivain dans la première édition de ce qui deviendra en 1834 les *Études philosophiques*[4]. Dès l'origine, elle fait partie de ces ouvrages qui se proposent de remonter aux causes des « effets sociaux[5] » que les *Études de mœurs* ont représentés sous toutes leurs facettes. Or la peinture d'une société parvenue au dernier stade de son développement, si elle est redevable à l'éclectisme des références balzaciennes en matière de science et de philosophie, y prend souvent des accents

4. Voir Dossier, p. 215.

5. F. Davin, introduction aux *Études philosophiques* (*CH*, t. X, p. 1210).

21

rousseauistes : l'ostentation du luxe, le piment des passions frénétiques, l'agitation factice de l'intelligence y exaspèrent les férocités de l'égoïsme et sont autant de facteurs de corruption.

Ce que Balzac a vu dans son temps, remarque Philarète Chasles, « c'est le dernier résultat de cet axiome de Jean-Jacques : *L'homme qui pense est un animal dépravé*[1] ».

1. Ph. Chasles, *op. cit.*, p. 1187.

2. *Œuvres complètes*, t. III, Gallimard, « Bibliothèque de la Pléiade », 1964, p. 138. La citation exacte est : « L'homme qui *médite* [...]. »

3. J. Starobinski, « La mise en accusation de la société », in *Jean-Jacques Rousseau*, Neuchâtel, La Baconnière, 1978, p. 21.

4. *Ibid.*, p. 23.

Empruntée au *Discours sur l'origine de l'inégalité*[2], la formule implique une certaine idée de la civilisation qui repose sur un évolutionnisme établissant une étroite interdépendance entre les modes de subsistance et les dispositions morales. De là, une vision pessimiste du développement humain qui prend à rebours les théories du progrès en vogue dès le XVIIIᵉ siècle. Si les inventions et les conquêtes de la civilisation transforment les modes primitifs de la relation humaine, c'est au détriment de leur immédiateté et de leur plénitude originelles : l'essor des facultés intellectuelles et morales, tout en libérant la raison et l'imagination, est essentiellement corrupteur, les objets produits par la culture constituant autant d'obstacles entre les êtres. Arrachés à la transparence de l'état de nature, les hommes civilisés sont pris dans des relations de concurrence qui les isolent, les condamnant à s'entre-dévorer. Rousseau, on le voit, lance « une véhémente *inculpation*[3] » contre la société et contre tout ce qui, en son sein, est lié au souci des apparences extérieures : richesse, luxe, inégalité. Son évolutionnisme reste non seulement associé « à une conception d'origine antique, où toute vie dans le temps est exposée à l'altération et à l'usure, une fois passé l'âge de la floraison et de la maturité », mais il est encore marqué par l'empreinte d'une « théologie de la chute[4] », où l'entrée dans la civilisation coïncide avec la perte de l'innocence et de la vertu.

Balzac, lorsqu'il élabore son anthropologie sociale, puise en partie à la même source. Comme Rousseau, il est persuadé qu'une entropie ravageuse mine les sociétés à mesure qu'elles prennent leur essor. Il pense que l'épanouissement de la civilisation, selon une évolution naturelle, engendre des luttes entre les individus, qu'un degré supérieur de culture ne rend pas moins âpres — bien au contraire — que celles de l'extrême barbarie. Et il n'ignore pas que les énergies vitales, en s'intensifiant sous l'effet de l'intelligence, se coupent des rythmes du temps naturel et rongent le tissu social à la manière d'un acide.

Pendant le festin chez Taillefer, un savant, lancé dans « une discussion sur le commencement des sociétés » (p. 88), constate une inquiétante dilution du pouvoir au cours de l'Histoire. La « large vue de la civilisation » (*ibid.*) qu'il présente se résume à une perte d'unité, une individualisation et un éparpillement de ce pouvoir en forces antagonistes (p. 88-89). Loin de sacrifier à la vision optimiste d'un « siècle où tout s'est, dit-on, perfectionné » (p. 65), Balzac fait donc voir, au sein de l'extrême civilisation — cette « fleur éclatante et factice » —, « le ver qui la ronge, le poison qui la tue[1] ». Non content de considérer avec scepticisme les illusions du progrès — « Quand l'homme croit avoir perfectionné », remarque l'un des convives de l'orgie, « il n'a fait que

1. Ph. Chasles, *op. cit.*, p. 1191.

déplacer les choses » (p. 85) —, il propose en outre une image du devenir humain qui reste encore tributaire, comme chez Rousseau, du concept chrétien de la chute : « produit dégénéré d'un type grandiose, brisé peut-être par le Créateur » (p. 48), le genre humain subit la loi du temps, où « tout est mouvement » (p. 299), tout est soumis à un écoulement et un amuïssement inexorable.

Ainsi, dans le magasin d'antiquités, les « salles gorgées de civilisation » (p. 40) que découvre Raphaël offrent au regard un entassement hétéroclite de choses mortes, dont le spectacle rend plus vive la fragilité des créations humaines : le héros, que l'étalage du luxe et le raffinement des arts finissent par oppresser, étouffe « sous les débris » de tant de « siècles évanouis » (p. 46). Ni la beauté, ni la grandeur, ni l'ingéniosité de ces chefs-d'œuvre ne lui épargnent un profond sentiment de malaise, que le narrateur amplifie par une méditation désenchantée sur l'« infini sans nom commun à toutes les sphères » (p. 48).

Cependant, si Balzac considère que « l'homme se suicide à mesure qu'il se civilise [1] », il n'envisage pas, à la différence de Rousseau, une éducation morale permettant à une communauté rénovée d'édifier un nouvel ordre politique. Il se contente d'examiner la société avec l'implacable lucidité du clinicien. Il ne se place pas d'un point de vue éthique pour juger les pathologies de l'homme civilisé :

1. *Ibid.*, p. 1187.

il cherche à formuler un diagnostic. Mais le physiologiste soucieux des surcharges énergétiques du corps social est aussi un poète visionnaire, pour qui l'« agonie éclatante » de la civilisation « offre un intérêt profond[1] ». Sous son regard, les « ruines du monde matériel » éparpillées dans la boutique de l'Antiquaire, comme « les débris de tous les trésors intellectuels » dilapidés chez Taillefer, ont l'éclat phosphorique des « tableaux fortement colorés » (p. 110). Écrit entre les lignes du récit, son « traité de philosophie » (*ibid.*) prend appui sur la vivante peinture d'une société parée de luxe, enivrée d'intelligence et saturée d'ennui, qui dissimule son néant sous le resplendissement de ses artifices.

LE LUXE ET LA MISÈRE

Parmi les besoins factices qui mettent en péril la vie des civilisations, le luxe occupe une place de choix dans la pensée rousseauiste. Alliant les fastes de la dépense à un degré supérieur d'intellectualité, cette manière de vivre est la fantaisie du riche, auquel l'abondance de la table, l'élégance de la parure, la somptuosité de l'ameublement procurent à grands frais les plaisirs raffinés du superflu.

« Impossible à prévenir chez des hommes avides de leurs propres commodités et de la considération des autres[2] », le luxe était regardé par les anciens, qui méprisaient son « faste asiatique », comme « un signe

1. *Ibid.*

2. Rousseau, *Discours sur l'origine de l'inégalité*, in *Œuvres complètes*, op. cit., p. 205, note IX.

1. Rousseau, *Fragments politiques*, in *Œuvres complètes*, t. III, *op. cit.*, p. 517.

de corruption dans les mœurs et de faiblesse dans le gouvernement[1] ». Si les philosophes des Lumières se montrent plus cléments à son égard, car ce soutien du commerce et des arts leur semble nécessaire à la prospérité de l'État, Rousseau, sans ignorer les impératifs économiques, y voit surtout la cause des vices par lesquels les hommes civilisés sont entraînés à leur perte. Dans les sociétés où règnent le luxe et ses besoins, il n'est plus question, en effet, que

2. *Ibid.*

d'« argent pour y satisfaire[2] ». Sous cette influence délétère, les modes de la relation humaine deviennent alors tributaires de l'apparence : la vanité et l'égoïsme succèdent à l'amour de la patrie et de la vertu. Il ne se trouve plus personne pour se soucier du « bien public », « mot ridiculement profané » qui « ne sert plus que d'excuse aux tyrans et de prétexte

3. *Ibid.*, p. 518.

aux fripons[3] ». Enfin, Rousseau ne perd pas de vue que le luxe est chose relative, simple rapport entre les individus : c'est une affaire de contraste dans un monde d'inégalité, où il n'a de prix qu'en comparaison de la misère, l'odieux repoussoir dont il ne saurait se passer. Aussi l'auteur du second *Discours* ne se fait-il aucune illusion : dans la société qui encourage le luxe, « les trésors des millionnaires aug-

4. *Ibid.*, p. 523.

mentent la misère des citoyens[4] ».

Poursuivant dans *La Peau de chagrin* son « dialogue » avec Rousseau, Balzac aborde à son tour la question du luxe dans des termes assez proches. Ce roman où « tout

5. Lettre à Montalembert de l'été 1831, in *Correspondance*, t. I, Garnier, 1960, p. 567, n° 335.

est mythe[5] » ne procède pas en effet à une exploration systématique d'un milieu particulier. Au contraire, le romancier prend le parti de rester en deçà du réalisme de ses études de mœurs, ne se souciant guère d'arrimer ses personnages au réel par de puissants liens psychologiques, ni de les immobiliser les uns après les autres dans les mailles serrées d'un faisceau de fines déterminations sociales. Pour beaucoup d'entre eux, il se montre même avare de ces diverses spécifications qui permettent, en d'autres œuvres, de les embrasser dans toutes leurs dimensions et de définir par le menu le rôle qu'ils jouent dans un certain secteur de la société. Préférant miser sur la vigueur des contrastes, Balzac, qui traite maints personnages comme des « types individualisés [1] », cherche à exploiter au mieux, à des fins philosophiques, les virtualités allégoriques des situations qui surgissent au fil de la narration.

1. Lettre du 26 octobre 1834, in *Lettres à Mme Hanska*, t. I, Laffont, « Bouquins », 1990, p. 204.

Peignant ainsi, dans les premières pages du roman, des riches et des pauvres, le regard rapide qu'il jette sur leur condition ne retient de concret que les détails qui lui permettent de mettre en scène les allégories du Luxe et de la Misère. Raphaël, au sortir de la maison de jeu, croise sur le Pont-Royal une « vieille femme vêtue de haillons » qui semble deviner son intention de se suicider au regard qu'il jette sur l'eau « sale et froide » (p. 33). Peu après, il tombe sur « un jeune ramoneur », à la figure bouffie et noire, au « corps brun de suie », aux « vêtements déguenillés », qui lui tend la main « pour lui arracher ses derniers sous » (p. 34). À deux pas de ce petit Savoyard, il aperçoit enfin « un vieux pauvre honteux, maladif, souffreteux, ignoblement vêtu d'une tapisserie trouée [...] » (p. 35).

Toutes ces figures à peine esquissées sont des épaves : des mendiants, des pauvres hères, des loqueteux usés comme leurs haillons, rompus par la société moderne, cette formidable machine à vanner. À les voir, nul n'a besoin d'être prophète pour deviner leur destinée, semblable à celle de tous les « gens ruinés » (p. 22) : ils ont dû fuir un jour « ces hommes de la banque, ces remords commerciaux, vêtus de gris » (p. 232), qui traquent impitoyablement les débiteurs pour le compte de leur maître ; condamnés au vagabondage, ils ont couché dans « ces maisons philanthropiques » où, pour faciliter l'expulsion, les sans-abri dorment « appuyés sur des cordes tendues » (p. 68) ; ils échoueront à la morgue, au milieu des noyés, puis seront jetés « dans le trou des pauvres » (p. 151), après avoir tâté des « misères de l'hôpital » et des rigueurs des « travaux forcés » (p. 22).

Cependant, la misère n'est pas seulement un fait social, dont il est facile de prévoir les suites ; elle marque aussi le dernier degré de l'épuisement physiologique et de la dégradation morale. Telle une puissance vampirique, elle atteint l'énergie vitale à sa source, vidant et épuisant ses proies. Lorsque Raphaël se présente au jeu, la précarité de son état n'est pas seulement accusée par un habit misérable (p. 28). Un « cercle jaune » encadre ses paupières, « un sourire amer » dessine « de légers plis » dans les coins de sa bouche et, sur son front d'« une pâleur mate et maladive » (p. 27), on peut lire « les ravages d'une impuissante lubricité » (p. 28).

La misère est donc le « plus actif de tous les dissolvants sociaux » (p. 180). Là où elle règne, « il n'existe plus ni pudeur, ni crimes, ni vertus, ni esprit » (*ibid.*). À force de souffrances physiques et morales, elle transforme les êtres en de « pauvres ilotes » (p. 332) ballottés sans relâche entre la pitié et le mépris. Tels sont les sentiments qu'inspire, par exemple, le petit vieillard blême qui garde le vestiaire du tripot. « Semblable aux rosses sur qui les coups de fouet n'ont plus de prise » (p. 22-23), il annonce Poiret, le pensionnaire de la maison Vauquer : ce sont tous deux des ânes du « grand moulin social », des pivots sur lesquels ont « tourné les infortunes ou les saletés publiques [1] ».

1. *Le Père Goriot* (*CH*, t. III, p. 58).

Le spectacle des gueux offre un saisissant contraste avec la « belle inconnue » que Raphaël aperçoit peu après, quai Voltaire, alors qu'elle descend d'« un brillant équipage » (p. 35). Bien mise, cette « charmante personne » le ravit par sa « blanche figure », sa « taille svelte », ses « jolis mouvements », son « élégant chapeau » (*ibid.*). Subjugué par la passante dont la robe, « légèrement relevée par un marchepied », lui a dévoilé la jambe « aux fins contours » (*ibid.*), le héros s'arrête, pour mieux se repaître de ses appas, devant la montre du magasin où elle est venue marchander des lithographies. Étincelantes, ses pièces d'or sonnent sur le comptoir, et lorsque leurs regards se croisent enfin, Raphaël lui adresse « l'œillade la plus perçante que puisse lancer un homme » (p. 35-36). En pure perte, car cette ardente coulée d'âme ne reçoit en retour qu' « un de ces coups d'œil insouciants » (p. 36) qu'on jette au hasard. Quand l'inconnue remonte dans sa voiture, c'est avec elle la parfaite « image du luxe » (*ibid.*) qui s'éclipse. Égoïste, insensible et vaniteuse, à l'image d'une haute société « lassée d'or et qui s'ennuie » (p. 31), cette figure allégorique est déjà un double de Fœdora.

Luxe et misère : de leur confrontation liminaire on peut déjà déduire « la morale implacable » (p. 332) que Raphaël formulera au terme de ses observations répétées : « Quiconque souffre de corps ou d'âme, manque d'argent ou de pouvoir, est un Paria » (p. 332-333). Telle est en effet « la grande loi qui régit la haute société » (p. 332) : les misérables n'ont aucune consolation à espérer du grand monde, qui les proscrit « comme un homme de santé vigoureuse expulse de son corps un principe morbifique » (*ibid.*). Vivant de fêtes et de plaisirs, la société élégante, si conciliante pour le vice, qui « est un luxe » (*ibid.*), se montre d'une implacable rigueur pour les prosaïsmes de l'infortune, dont elle excelle à diminuer l'éventuelle grandeur par ses moqueries. « *Mort aux faibles !* [...] cette sentence est écrite au fond des cœurs pétris par l'opulence ou nourris par l'aristocratie » (*ibid.*).

Cette « charte de l'égoïsme » (p. 333), qui rend plus amère la vie des déclassés, excite leur ressentiment à l'égard des privilèges de la richesse. Dans un esprit supérieur, doué d'une exceptionnelle énergie, comme Julien Sorel, elle sème les germes de la révolte et peut conduire au crime. Si Raphaël n'est pas Julien, la fréquentation de Fœdora lui rend insupportables les humiliations de son état. Il en vient à détester sa « mansarde nue, froide, aussi mal peignée que la perruque d'un naturaliste » (p. 163), quand il la compare au luxe dont la comtesse est environnée : « Je demandai compte à Dieu, au diable, à l'État social, à mon père, à l'univers entier, de ma destinée, de mon malheur [...] » (*ibid.*). C'est que le luxe, cette « industrie créatrice de merveilles [1] », semble essentiellement désirable, en comparaison des affres de la misère. L'abondance des richesses, dissipées avec largesse, réveille les sens, même des plus blasés, et leur fournit l'enivrant spectacle d'une féerie perpétuelle.

1. Ph. Chasles, *op. cit.*, p. 1187.

Dans l'hôtel de Taillefer, le luxe s'étale en une « profusion royale » (p. 79). L'opulence éclate dès le porche, garni de « riches tapis » (p. 74) et bien chauffé. Introduits dans un salon resplendissant de dorures et de lumières, les convives éblouis arrivent dans une « vaste salle à manger » où ils prennent place « autour d'une table immense » (p. 77). Les tapisseries de soie et d'or, les riches candélabres aux innombrables bougies, « les somptueuses couleurs de l'ameublement » (*ibid.*), tout les invite à payer leur « tribut d'admiration » (p. 79) aux fastes de l'amphitryon. Le « magnifique service » (*ibid.*) se déroule selon un rituel où chaque plat augmente « les surprises du luxe » (p. 93) d'un nouveau degré, en une « féerie digne d'un conte oriental » (p. 94). À cette « richesse insolente » (*ibid.*) s'associe la levée des interdits. Quand arrivent enfin les courtisanes, telle « une troupe d'esclaves » (p. 99) échappées de quelque sérail, le suprême degré de la magnificence est atteint, offrant « des voluptés pour tous les caprices » (p. 98).

Elle-même environnée « des plus désirables créations d'un luxe oriental » (p. 191), Fœdora n'a rien à envier à Taillefer. Chaque pièce de ses appartements, dans le moindre détail de sa décoration, montre un « caractère particulier » (p. 157). Ainsi de ce « boudoir gothique » où tout est calculé pour recréer une atmosphère médiévale pleine « de grâce et d'originalité » (*ibid.*). Mais les autres pièces, avec leurs « tableaux de choix » et leur mobilier d'« un goût exquis » (*ibid.*), ne sont pas inférieures en luxueuse ingéniosité. Raphaël est surpris à l'aspect d'un petit salon moderne, « embaumé par des jardinières pleines de fleurs rares », dont le décor suave et léger évoque le climat amoureux d'« une ballade allemande » (p. 157-158). Dans une autre pièce, où revit « le goût du siècle de Louis XIV », la décoration produit « un bizarre mais agréable contraste » (p. 158) avec des peintures contemporaines. Enfin, tel un sanctuaire, la chambre à coucher montre « sous un dais de mousseline et de moire blanches un lit voluptueux doucement éclairé, le vrai lit d'une jeune fée » (*ibid.*).

Associé à l'Orient fabuleux des *Mille et Une Nuits*, le luxe, par les chatoyantes merveilles d'intelligence et de goût qu'il déploie, semble promettre aux privilégiés qui y accèdent la radieuse félicité des enchantements. Mais cette magie n'est bien souvent qu'un dangereux ensorcellement. Car le luxe est d'abord un instrument de pouvoir. La féerie orientale rappelle les fastes « asiatiques » dénoncés par les anciens comme une décadence spirituelle qui fait le lit des tyrans. De fait, l'ébahissement des convives au cours du festin offert par Taillefer a pour contrepartie leur allégeance au maître de cérémonie, grand ordonnateur de la fête. Dans son spectaculaire crescendo de jouissances, le repas, réglé comme une pièce à machines, s'inscrit dans la tradition de l'orgie latine : ce n'est pas un banquet philosophique, une assemblée de pairs unis par des liens d'amitié, qui conjuguent la parole inspirée et les raffinements de l'ivresse, mais des saturnales sans frein, dignes de Trimalcion [1], dont le despotisme de l'argent est la « toile de fond [2] ». Du reste, Taillefer n'est pas Agathon [3] : « sa sanglante figure » (p. 272) fait planer sur l'orgie l'infernale image « du crime sans remords » (p. 243). Les hôtes du banquier, en acceptant ses libéralités, n'ignorent pas qu'ils se font un peu les complices du forfait auquel il doit sa fortune [4]. Mais ils n'en ont cure, préférant l'éclat extérieur du luxe à une rigueur morale qui n'est plus de saison. Raphaël en convient, « [sa] vertu ne va guère à pied » : « Pour moi, le vice c'est une mansarde, un habit râpé, un chapeau gris en hiver, et des dettes chez le portier » (p. 77).

Tel est le pouvoir de ces fastes qui procurent le sentiment de vivre intensément, de se laisser porter avec délices par le grand flux vital, de dévorer en un jour « mille existences » (*ibid.*). Mais, dans cette ambiance de carnaval, « les miracles du petit four, les délicatesses les plus

1. Affranchi parvenu, qui offre un festin orgiaque dans le *Satiricon* de Pétrone.
2. E. Rosen, « Le festin de Taillefer... », in Cl. Duchet (éd.), *Balzac et « La Peau de chagrin »*, SEDES, 1979, p. 117.
3. Hôte des convives du *Banquet* platonicien.
4. Un assassinat dont il a laissé accuser un ami, lequel l'a payé de sa vie. Voir *L'Auberge rouge* (*CH*, t. XI).

friandes, les friandises les plus séductrices » (p. 93) sont le viatique empoisonné qui conduit tant de beaux esprits à consentir avec enthousiasme à leur propre abrutissement. L'orgie manifeste, lorsqu'elle s'achève, la vérité du luxe : une fois le linge souillé, les verres vidés, les fleurs flétries, tous les « fruits de la vie » (p. 243) ayant été pressés d'une main vigoureuse, on aperçoit enfin le néant abyssal d'une débauche qui raccourcit la vie, sans rien ajouter au bonheur. Après cette liesse enfiévrée où toutes les énergies se sont largement débondées, le « hideux spectacle » (p. 242) offert par l'hôtel de Taillefer est d'une lamentable éloquence : sous un « soleil éclatant comme la vérité », c'est « un horrible mélange des pompes et des misères humaines », au milieu desquelles la Mort, tout à son aise parmi ces « ignobles débris » (p. 243), trône en majesté.

De la même façon, la chambre de Fœdora livre son secret, quand Raphaël, tenaillé par le désir de déchiffrer « l'énigme cachée dans ce beau semblant de femme » (p. 211), accède enfin, sans être vu, au lieu de son intimité. Caché dans l'embrasure d'une fenêtre, il peut alors observer la comtesse dénouant son masque, en même temps que ses atours, comme une comédienne au sortir de la scène. Après d'insignifiants bavardages avec sa femme de chambre — « l'existence est bien vide » (p. 208), soupire-t-elle —, ayant attendu, « muette et pensive » (p. 210) devant son feu, la superbe Fœdora se couche seule au milieu de ses richesses et, faute de trouver le sommeil, mêle à son lait d'amandes quelques gouttes de somnifère. Le « Mon Dieu ! » (*ibid.*) qui lui échappe n'est « certes pas une prière, mais le constat exténué d'un vide sans fond [1] ». Raphaël, trahi par son « imagination de poète » (p. 208), a beau hésiter sur l'insignifiance ou la profondeur de ces paroles — la comtesse lui révélera plus tard que cette plainte lui a été arrachée par les incertitudes de la Bourse —, il n'est pas difficile de comprendre ce qui se cache au cœur de cette luxueuse solitude : la décourageante vacuité d'un pur Néant.

Malgré les prodiges de l'élégance et de la fortune, la sacralisation du paraître ne paie pas. Au bout du compte, Fœdora, l'esprit tourmenté par un agent de change, est à l'étroit dans une vie minuscule, en proie à la cruelle aridité du non-être. Mais l'illusion que prodiguent ses façons de princesse n'en est pas moins aliénante pour Raphaël. C'est que la fascination du luxe, bien avant sa rencontre, a dénaturé en lui les sentiments vrais et détruit la simplicité du cœur. Le héros l'avoue « à [sa] honte », il ne conçoit pas « l'amour dans la misère » (p. 147). À ses yeux, une femme digne d'être aimée « doit être riche » (p. 149). « Peut-être est-ce en moi — ajoute-t-il — une dépravation due à cette maladie humaine que nous nommons la civilisation » (p. 147). Ainsi s'explique son aveuglement imbécile :

1. Ph. Berthier, *La vie quotidienne dans « La Comédie humaine »*, Hachette, 1998, p. 137.

incapable d'aimer sans être « entouré des merveilles du luxe » (p. 148), il ne saisit pas à temps les « jolis trésors » (p. 146) que lui offre Pauline et, obnubilé par la pensée de Fœdora, cette chimère, il dédaigne la « charmante créature » (p. 144) dont les grâces miraculeuses, parce qu'elle est pauvre, ne suffisent pas à son bonheur.

Une telle perversion du goût aboutit à la négation de toute valeur spirituelle. Non content d'aliéner les êtres à ses fétiches, le luxe consacre le règne de la marchandise. C'est ce que suggère le magasin d'antiquités qu'on a trop souvent comparé à un musée, où serait conservée la collection d'un amateur. Il s'agit en réalité d'une luxueuse boutique, où Raphaël est accueilli, comme un chaland, par des « phrases sottement mercantiles » (p. 38). Là, d'innombrables curiosités, prouesses de la technique ou chefs-d'œuvre de l'art, sont « dédaigneusement amoncelé[e]s » (p. 45), par suite d'un juteux commerce.

Dans ce « vaste bazar » (*ibid.*), véritable caverne d'Ali Baba pleine de « richesses resplendissant d'or et d'argent » (p. 44), la valeur n'est plus dans les choses elles-mêmes, moins encore dans leur signification esthétique ou morale, mais dans leur accumulation matérielle en un effroyable pêle-mêle. Peu importe qu'un tournebroche soit symboliquement posé sur un ostensoir ou un sabre républicain sur une arquebuse féodale. Absurde ou grotesque, l'effet de masse prime sur la qualité intrinsèque des objets, laquelle n'est pas considérée en soi mais rapportée à leur valeur vénale. Un vase de Sèvres peut bien se trouver auprès d'un sphinx égyptien ou un portrait de la Du Barry à côté d'une pipe orientale. Ce qui compte, c'est qu'il y en ait pour « des milliards » (p. 45). Dans cet immense capharnaüm, les marchands du temple ont eu raison du Christ de Raphaël. Le résultat est là : déroute du sens et naufrage spirituel. L'âme est à l'encan.

LES PASSIONS ET L'INTELLIGENCE

Le luxe est donc l'un des principaux facteurs de dégradation de l'homme civilisé. Mais il ne suffit pas d'incriminer l'extrême inégalité qu'il marque dans la manière de vivre ni le ressentiment que son spectacle engendre chez les déshérités. De même, ne sont pas seuls en cause les renoncements qu'il implique chez ceux que ses commodités ont aliénés. Si le luxe est une plaie morale, c'est surtout parce qu'il est au nombre des excitants les plus toxiques inventés par la civilisation : il inspire des passions sans frein qui, dans leur violence impérieuse, portent les individus à des excès dangereux pour l'ensemble de la société.

Pour Balzac, comme pour Rousseau, la civilisation a pour particularité d'augmenter les besoins et de multiplier les tentations, sans se soucier des équilibres

1. M. Bardèche, *Une lecture de Balzac*, Les Sept Couleurs, 1964, p. 384.

prescrits par la nature : elle entretient dans l'homme un état de désir et de manque, qui met sa volonté sous tension par des sollicitations incessantes. C'est un « multiplicateur de passions [1] » dont le terrain d'élection se trouve dans les grandes métropoles modernes, où la réverbération des plaisirs est plus intense. C'est à Paris plus qu'ailleurs, dans le gigantesque chaudron où bouillonnent les énergies de la multitude, que la civilisation encourage la course à la fortune, la lutte pour les places, la parade des vanités. Les plus habiles connaissent les joies de l'assouvissement forcené et se soûlent de jouissances. Les autres, à défaut de vivre en retrait, usent vainement leur volonté en intrigues hasardeuses et en spéculations vite déçues. Parce qu'elle accroît l'empire des passions, la civilisation jette les hommes dans une perpétuelle agitation, les exposant à des contradictions mi-tragiques mi-burlesques. C'est l'amoureux qui veut couvrir de soie sa maîtresse et qui « la possède sur un grabat » (p. 25) ; c'est l'ambitieux qui se voit « au faîte du pouvoir » et qui se traîne « dans la boue du servilisme » (*ibid.*) ; c'est le joueur qui rêve de faire fortune et qui montre une « curieuse indifférence du luxe » (*ibid.*), passant sa vie dans un tripot glauque, aux « murs couverts d'un papier gras » (p. 24). « Cette antithèse humaine — remarque le narrateur balzacien — se découvre partout où l'âme réagit puissamment sur elle-même » (p. 25). Ainsi les passions, par ce qu'elles laissent d'inachevé dans le cœur, sont cause d'une fièvre sans remède, qui ôte force et lucidité.

La civilisation accélère l'usure du principe vital, non seulement — comme on le verra — en chaque individu, mais aussi dans la société tout entière, car celle-ci est galvanisée par l'action de milliers de volontés, jusqu'à ce point où l'énergie collective se transforme en un agent de destruction redoutable. La soif de l'or, le frénétisme des ambitions, l'anarchie des appétits sapent les relations sociales. Pour de l'argent, on ment, on tue, on vole, le vrai talent consistant à donner à son crime une apparence de légalité : la société est une lice où chacun, pour survivre, doit être « bardé de fer » (p. 205), comme un chevalier banneret. Les intrigants excellent en effet à se loger dans la confiance des sots qui se laissent surprendre par leur habileté. Marcher hardiment à la conquête du monde, sans reculer devant aucun forfait pour arriver : tel est le « code des gens honnêtes », cette flibuste des temps modernes, où l'efficacité a ruiné toute probité morale. Mieux vaut être « faux et insensible » (p. 133) pour se frayer un chemin dans cette jungle, où l'égoïsme a eu raison de la générosité du cœur, comme de tout sentiment d'estime ou d'amitié.

Même la vie des familles est viciée par la férocité des conflits d'intérêt. Derrière la respectabilité de façade, Balzac n'a pas son pareil pour exhiber les dessous peu reluisants, en les tirant du cloaque domestique que couvre habituellement un hermétique secret. On apprend ainsi que tel fils de négociant a été brutalement chassé par « une licitation fraternelle » (p. 25) de l'hôtel particulier qu'il venait de recevoir en héritage ; ou que tel mari, sans le moindre remords, a risqué sur un tapis vert « les biens paraphernaux » (*ibid.*) de sa femme. Raphaël lui-même, se souvenant d'avoir puisé sans autorisation dans la bourse de son père, confesse « le crime » (p. 121) de l'avoir volé par attrait du jeu ; plus tard, pour payer ses dettes, il n'hésitera pas à vendre à un spéculateur l'île de la Loire où se trouve « le tombeau de sa mère » (p. 235). Par touches ponctuelles, *La Peau de chagrin* ajoute au tableau brossé par Balzac dans les *Scènes de la vie privée* et la *Physiologie du mariage* : le roman explore brièvement l'envers du décor familial, avec ses drames cachés, cette « apocalypse du quotidien [1] » où se montre dans toute son amoralité la primitive fureur des passions modernes.

1. Ph. Berthier, introduction de *Gobseck*, GF, 1984, p. 11.

Les relations amoureuses sont moins que les autres à l'abri de la sinistre comédie qui fausse le jeu social. Chacune des courtisanes dont Taillefer a loué les services semble avoir « un drame sanglant à raconter » (p. 100) : presque toutes traînent après elles « des hommes sans foi, des promesses trahies, des joies rançonnées par la misère » (*ibid.*). Aquilina, dont la guillotine a été la rivale, a le triste privilège d'avoir perdu son amant « sur un échafaud » (p. 103). Euphrasie, quant à elle, a été « quittée pour un héritage », après avoir « passé les nuits et les jours à travailler » pour subvenir aux besoins de son bien-aimé (p. 106). Aussi refusent-elles l'une et l'autre d'être « la dupe d'aucun sourire, d'aucune promesse » (*ibid.*). Du reste, la condition de « femme honnête » ne leur paraît pas plus enviable que leur destinée. La certitude des humiliations et des périls qui ternissent la vie conjugale légitime le credo de ces courtisanes : « Autant rester libres, aimer ceux qui nous plaisent et mourir jeunes » (p. 107).

On pourrait imputer cette profession de foi à l'immoralité supposée des filles légères, si elle n'était confirmée par une femme du monde telle que Fœdora. Peu importe que Raphaël, dans ses supputations, la soupçonne d'avoir été jadis « vendue à quelque vieillard » (p. 162) et d'avoir pris l'amour en aversion à la suite de ses premières noces. Lorsqu'elle déclare à sa femme de chambre que « le mariage est un trafic » pour lequel elle n'est « pas née » (p. 209), sa résolution de ne pas prendre d'époux résulte d'une parfaite compréhension de la loi sociale selon laquelle un homme, si passionné soit-il, « doit un jour abandonner sa femme et la laisser sur la paille après lui avoir mangé sa fortune » (p. 172-173). Ayant considéré qu'il vaut mieux être seule que malheureuse, Fœdora a tiré la conclusion qui s'imposait. Ainsi s'explique la fin de non recevoir qu'elle adresse à Raphaël : « Non, je ne vous aime pas ; vous êtes un homme, cela suffit [...] pourquoi changerais-je ma vie, égoïste si vous voulez, contre les caprices d'un maître ? » (p. 217).

L'infortune des femmes mariées, les menaces que les jeux de la séduction font peser sur celles qui ne le sont pas encore ne doivent certes pas faire oublier que beaucoup d'entre elles sont aussi expertes que les hommes dans l'art de produire « ces petites singeries de sensibilité » (p. 133) qui sont la contrefaçon d'un sentiment vrai. La prudence commande de ne rien attendre de ces « créatures qui passent leur temps à essayer des cachemires ou qui se font les portemanteaux de la mode », car elles exigent plus de sacrifices qu'elles n'en consentent, voyant surtout dans l'amour « le plaisir de commander » (p. 134).

Bien des hommes, en retour, font de la conquête amoureuse le marchepied de leurs ambitions. Ainsi de Rastignac qui, courtisant « une Alsacienne un peu grasse » (p. 184) — elle a le pied mignon et la bourse bien pleine —, traite son engagement comme une affaire. S'il abandonne Fœdora à Raphaël, c'est qu'il perdrait « à changer d'amour » (p. 155), spéculant sur la reddition prochaine de cette « jolie veuve » qui dispose, dit-on, de cinquante mille livres de rente. Aussi invite-t-il de bon gré son ami à séduire la comtesse, dont la fortune excite aussi la convoitise. Avant de le présenter chez elle, il lui donne des « instructions » (p. 156), tel un capitaine chargeant un vaillant soldat de venger les intérêts de la troupe, que l'orgueilleuse Fœdora bafoue en traitant ses soupirants comme des valets : « Si j'étais libre, je voudrais voir cette femme soumise et pleurant à ma porte... » (p. 158).

Une guerre sourde fait rage entre les sexes, dont les aléas commandent parfois de brusques changements de stratégie. Même Rastignac, en dépit de son adresse, n'est pas à l'abri des déconvenues. Ainsi, son Alsacienne se révèle un parti moins avantageux qu'il ne croyait. La déception érotique va de pair avec la désillusion financière, quand il apprend que cette dame a « six doigts au pied gauche » et seulement « dix-huit mille francs de rente » (p. 222). Il n'en faut pas davantage à son prétendant pour l'envoyer « au diable » (*ibid.*), sans autre forme de procès.

Rastignac se tire, avec une aisance désinvolte, des situations les plus scabreuses car il a de l'esprit à revendre : d'« une pirouette » (p. 153), il sait, en riant, se donner le beau rôle dans « la comédie qui se joue tous les jours » (p. 152), sous ses yeux. Dans cette disposition qui permet de ne s'attacher sérieusement à rien, en dehors de ses intérêts propres, Balzac, comme Rousseau, voit un effet de l'intelligence : en développant ses facultés d'analyse, l'homme civilisé a perdu cette candeur naturelle qui le portait à adhérer spontanément aux choses, sans exercer sur elles l'action corrosive de sa pensée. Rien, au contraire, n'est susceptible d'une franche adhésion pour la raison moderne. Cherchant la faille de tous les systèmes, celle-ci dégage l'esprit de leur moule trop étroit et répand une teinte d'ironie sur les fragiles productions intellectuelles.

C'est ainsi que la raison a pu passer, à l'époque de Rabelais — si cher à Balzac —, pour un instrument de libération qui a préservé les esprits des « ravages de la pensée idéaliste[1] ». Mais, au XIXᵉ siècle, elle n'apparaît plus sous un jour aussi favorable : alors que les institutions comme les savoirs reposent sur elle, on s'inquiète de la voir s'emparer de tout, « pour tout flétrir[2] ». Le développement de la rationalité, aux temps modernes, a fait le lit de l'indifférence et du scepticisme, au bénéfice des seuls intérêts matériels. Incapable de dévouement et de foi profonde, l'homme civilisé, que son intelligence acérée a dépris de bien des illusions, ne se laisse pas facilement subordonner aux valeurs de la communauté. L'extrême civilisation favorise la confrontation des idées et leur entrechoquement chaotique jusqu'à l'intérieur d'un même cerveau. À cet égard, l'esprit critique, dont la force autonome se délie des énergies collectives, porte en lui un

1. Ph. Chasles, *op. cit.*, p. 1189.

2. *Ibid.*, p. 1186.

pouvoir de subversion anarchique, qui désorganise la société.

Furieux et burlesque, le « sabbat des intelligences » (p. 81) auquel donne lieu le festin offert par Taillefer met en lumière ce pouvoir dévastateur de la pensée. Autour de la table se trouvent en effet « les jeunes gens les plus remarquables de Paris » (p. 75) : des artistes, des écrivains, des savants, des juristes, des journalistes, qui représentent toutes les sensibilités politiques, religieuses et philosophiques. Ce qui les unit, dans la cacophonie de leurs toasts absurdes, de leurs défis loufoques et de leurs plaisanteries à bâtons rompus, c'est une même effronterie, un même bonheur de l'épigramme, un même déchaînement intellectuel, qui tourne au jeu de massacre.

Tout naturellement, la religion est la cible des viveurs. Pour tous ces beaux esprits, elle a fait son temps, comme « la force matérielle », les sociétés reposant désormais « sur l'intelligence » (p. 89). À une époque où cette puissance a ridiculisé les anciens pouvoirs, c'est même « chose vulgaire que de nier Dieu » (*ibid.*). Les journalistes sont les nouveaux pontifes qui prétendent diriger l'opinion : encore ne sont-ils « pas tenus de croire » à leurs billevesées — ironise un convive —, « ni le peuple non plus » (p. 74). C'est donc sans sérieux excessif qu'Émile et Raphaël, un moment tentés de jouer l'existence de Dieu à pile ou face, comparent les mérites de la religion et de l'incroyance : pour l'un, l'athéisme est « un squelette qui n'engendre pas » (p. 96) en comparaison de la vive inspiration religieuse de la littérature et des arts ; l'autre lui objecte froidement les « flots de sang répandus par le catholicisme » (*ibid.*). Refusant de choisir, pour ne pas se compromettre, entre le *Pater Noster* et le credo du géomètre, ils trinquent finalement « aux dieux inconnus », vidant de bon cœur « leurs calices de science, de gaz carbonique, de parfums, de poésie et d'incrédulité » (*ibid.*).

La politique elle-même n'est pas épargnée. Les uns brocardent la « stupide république » et sa « loi agraire » (p. 84) que les autres, à l'instar de Massol, défendent bec et ongles, « faute d'une syllabe devant [leur] nom » (p. 83). Certains ironisent sur « le fameux mensonge de Louis XVIII : *Union et Oubli* » (p. 76), tandis que d'autres encore se gaussent de « ces trois cents bourgeois », assis sur les banquettes de la Chambre, qui ne pensent qu'« à planter des peupliers » (p. 87). Taillefer résume-t-il le sentiment général lorsqu'il propose de boire à « l'imbécillité du pouvoir » qui donne aux privilégiés « tant de pouvoir sur les imbéciles » (p. 85) ? La plupart de ses invités affiche le même mépris pour les farces de la politique, qui tourne « toujours sur elle-même » (p. 287), comme une toupie.

L'institution littéraire est à son tour passée au laminoir de l'ironie. On épingle la vénalité de ses pratiques : Canalis est un simple « fabricant de ballades » (p. 83) et Vignon un « esclave acheté pour faire du Bossuet à dix sous la ligne » (p. 82). Tous sont asservis au despotisme d'un « proxénète littéraire » (p. 184) qui fait commerce de leurs livres. Quels que soient leurs mérites, ceux-ci sont livrés en pâture à des lecteurs incultes de l'espèce de Rastignac, qui met sur le même plan « Kant, Schiller, Jean-Paul et une foule de livres hydrauliques » (p. 184-185).

Peu importe que chacune des flèches lancées par les convives touche juste : leur faisceau compose une « satire généralisée[1] », qui est à la fois saisie globale du monde et mouvement ininterrompu. Sous son action destructrice, l'esprit de la satire est profondément renouvelé : l'intelligence ne met plus seulement en

1. M. Ménard, *Balzac et le comique dans « La Comédie humaine »*, PUF, 1983, p. 21.

cause une idée, un phénomène social ou politique en particulier, mais « la société et l'Histoire dans leur totalité[1] ». Elle n'est pas au service d'un ordre ou de valeurs, elle jongle avec les idées contraires, sans prétendre à une synthèse. « Seul le désordre peut lui convenir, parce qu'il implique un mouvement perpétuel[2] » : c'est le règne de l'arabesque.

Aussi la discussion ne mène nulle part, sinon au triomphe d'un scepticisme que résume la devise empruntée par Émile à Rabelais : « Buvons ! *Trinc* est, je crois, l'oracle de la divine bouteille » (p. 95). Mais cette référence ne suffit pas à donner à l'orgie la fécondité d'une palingénésie symbolique. Ici, pas de renversement carnavalesque. Loin de déboucher sur une renaissance spirituelle, la débauche des intelligences ne parvient qu'à ajouter de nouveaux éléments aux précis d'une société en décomposition (p. 81).

C. L'IMPOSSIBLE IDYLLE

Le procès de la civilisation, en dépit de ses résonances rousseauistes, ne doit pas faire oublier tout ce qui sépare Balzac de Jean-Jacques. *La Peau de chagrin* désigne certes les agents de corruption qui menacent de mort la société, mais il ne leur cherche pas d'antidote dans un asile idéal, qui permettrait à un nouvel Émile de trouver, à l'abri des autres hommes, un

1. R. Bourgeois, *L'ironie romantique*, Grenoble, PUG, 1974, p. 37.

2. *Ibid.*, p. 45-46.

1. Cl. Duchet, « L'épisode auvergnat », in *Nouvelles lectures de « La Peau de chagrin »*, Clermont-Ferrand, Faculté des lettres, 1979, p.189.

2. M. Bakhtine, *Esthétique et théorie du roman*, Gallimard, « Tel », 1987, p. 367.

3. *Ibid.*, p. 368.

bonheur plein et suffisant. Ni Raphaël, ni les autres protagonistes ne parviennent au paisible exercice de leur volonté et de leurs sentiments, en parfaite harmonie avec la nature. Autant dire qu'il n'existe pas pour eux de « valeurs refuges [1] » : l'idylle est impossible.

Cela implique d'abord qu'il n'est point d'espace intérieur ou social où le moi retrouve un lien plein et originaire avec le monde, qui estompe « les limites temporelles entre les existences individuelles » ou « les diverses phases d'une même existence [2] » ; mais aussi qu'en l'absence d'unité de lieu et de suspension du temps, les forces vitales ne parviennent pas à se concentrer dans un petit nombre d'opérations essentielles — aimer, veiller à sa subsistance... — qui rétablissent un équilibre entre l'homme et son biotope. À aucun moment, dans le roman, les activités humaines ne perdent leur aspect « crûment réaliste [3] » pour être ou sublimées, ou préservées de toute dégradation. Cela est vrai, en particulier, de l'amour et du contact avec la nature : ils n'échappent jamais, sinon au prix d'une illusion éphémère, aux conventions, aux complexités et aux disparates de la vie sociale, pour atteindre à la simplicité mythique des premiers temps.

AMOURS SÉRAPHIQUES

Il existe pourtant un personnage qui semble venu droit de l'idylle : Pauline. Cette

« fluide créature » — « ondine ou sylphide » — semble voltiger dans les airs,
« comme un mot vainement cherché qui
court dans la mémoire sans se laisser saisir » (p. 375). Mêlant aux « grâces de la
femme » (p. 145) « les adorables attraits
de l'enfance » (p. 314), elle est parée de
tous « les attributs de l'impossible et du
rêve [1] ». Ses formes charnelles, comme
son esprit, sont d'une pureté qui pourrait
faire croire à son origine céleste. Tout
amour, tel un « être incréé » (p. 374), elle
réalise pleinement l'idéal de la femme
selon la nature : elle appartient à ces âmes
sensibles « chez qui la raison n'a encore
jeté ni pensées dans les gestes, ni secrets
dans le regard » (p. 314). Les conventions
sociales n'enchaînant pas « les naïves
expansions » de son cœur, elle jouit
de cette miraculeuse spontanéité, qui
« décore le premier âge » (*ibid.*). La sen-
sualité rayonnante, qui conserve sur son
épiderme le voluptueux souvenir des
caresses de son amant — « Mon Raphaël,
passe-moi ta main sur le dos ! J'y
sens encore la *petite mort* » (p. 288) —, se
double d'une exceptionnelle générosité
d'âme, qui la rend immédiatement capable des dévouements les plus héroïques.
Bref, cette figure d'exception appartient
à la lignée des femmes angéliques, des
sœurs ou mères amantes, qui hantent
l'imaginaire balzacien.

Pauline aime donc Raphaël avec une
plénitude du cœur qui la pousse à lui faire
don de toute sa personne et à lui « sacrifier

1. Fr. Bilodeau,
*Balzac et le jeu de
mots*, PU de
Montréal, 1971,
p. 59.

le monde entier » (p. 278), mais les jeunes gens, pour autant, ne s'élèvent jamais durablement dans l'éther des amours idylliques, pour s'y repaître de leur bonheur à satiété.

Leur rencontre était pourtant placée sous les meilleurs auspices : préservée de la folle agitation de la capitale, la tranquille retraite de la rue des Cordiers, où Raphaël a élu domicile après la mort de son père, est un havre de paix « au milieu de Paris » (p. 139). On y mène une existence simple et poétique : le matin, on va puiser l'eau à « la fontaine de la place Saint-Michel, au coin de la rue des Grès » (p. 136), après avoir gaiement trempé « son pain dans son lait » (p. 137). Assis sur le pas de sa porte, on devise avec ses voisins, « comme dans une ville de province par un jour de fête » (p. 139). Si on loge sous les toits, on arrose les capucines de son « jardin aérien » (p. 138), d'où l'on peut voir les « longues perches chargées de linge » (p. 140) qui passent par les fenêtres des cours voisines.

Cherchant la cause de tant de bonhomie, Raphaël remarque que cette rue peu fréquentée n'aboutit à rien : l'impasse abrite un petit éden. On n'est pas surpris d'y trouver l'hôtel de Saint-Quentin, dont l'« enseigne inamovible offre des lettres toujours alternativement noires et rouges, comme au temps de J.-J. Rousseau » (p. 68) qui en fut le pensionnaire. C'est là que s'installe Raphaël, dans une mansarde où il peut contempler les toits de

Paris, cet « océan de vagues immobiles » (p. 138), avec le même éblouissement que Saint-Preux devant les montagnes du Valais.

On n'est pas riche dans ce quartier, mais les petites gens qui y vivent en marge de la société donnent l'impression d'avoir recouvré la simplicité des mœurs primitives. Ainsi de Pauline : lorsque Raphaël la voit pour la première fois, ce n'est encore qu'« une petite fille d'environ quatorze ans » qui joue « au volant avec une de ses camarades » (p. 139). Longtemps, elle reste cette enfant espiègle et tendre aux yeux du héros, qui devient pour elle une sorte de précepteur, par reconnaissance pour les délicates attentions qu'elle lui réserve. Mais l'amour ne trouble pas ce nouveau Saint-Preux. Il ne saurait être question pour lui d'aimer cette fée en haillons. L'indigence, parlant « son langage égoïste », vient toujours mettre « sa main de fer » (p. 147) entre la jeune ingénue et lui : « [...] une femme — avoue-t-il —, fût-elle attrayante autant que la belle Hélène, la Galatée d'Homère, n'a plus aucun pouvoir sur mes sens pour peu qu'elle soit crottée » (p. 147-148).

L'univers idyllique de la rue des Cordiers, malgré l'« indéfinissable harmonie » qu'il préserve « entre les choses et les personnes » (p. 177), est donc renié par Raphaël dès sa rencontre avec Fœdora. Tout à sa nouvelle passion, il ne se soucie de Pauline que pour l'abnégation ancillaire dont elle fait preuve à son égard : s'il accepte le bol de lait que la jeune fille lui offre, tout en sachant que c'est peut-être, pour elle, le « déjeuner du lendemain » (p. 178) ; s'il la laisse payer à sa place les commissionnaires ou les voitures de Fœdora ; s'il prend, sans trop s'interroger sur cette présence inexplicable, les « deux pièces de cent sous » (p. 199) qu'elle prétend avoir trouvées en époussetant sa mansarde, où elle les a elle-même apportées ; il refuse obstinément de voir dans cette inépuisable sollicitude un authentique don d'amour : l'aveuglement est parfois commode.

Cependant, le brusque changement de situation matérielle dont jouit Pauline à la réapparition de son père lui permet enfin de supplanter Fœdora dans le cœur de Raphaël. Même si la passion qui naît n'occulte en rien des réalités fort peu idylliques — « J'ai des millions. Tu aimes le luxe, tu seras content » (p. 277), tels sont les premiers mots de la jeune fille, lorsqu'elle revoit son bien-aimé —, elle n'en est pas moins ardente. Parfaitement unis, les deux amants, qui ne se sentent « plus sur la terre » (p. 274), croient avoir enfin trouvé le bonheur parfait : « [...] tour à tour les désirs de l'un faisaient la loi de l'autre » (p. 284-285).

Mais « l'inexorable peau de chagrin », un temps oubliée — Raphaël l'a jetée dans un puits d'où la tire bientôt un jardinier, alors qu'elle n'a plus que « six pouces carrés de superficie » (p. 288) —, finit par rappeler les amants à la dure réalité.

Prisonnier du pacte qui le lie au talisman, le héros ne voit plus en Pauline que « [son] bourreau » (p. 289). Conscient qu'il est « des abîmes que l'amour ne saurait franchir, malgré la force de ses ailes » (p. 312), il se voit alors contraint de fuir la jeune fille pour échapper à la cruelle nécessité qui lui interdit, sous peine de mort, de la désirer.

L'ange du ciel se transforme pour lui en ange des ténèbres. Il est environ minuit, quand Pauline, tel un fantôme, lui apparaît pour la dernière fois dans son hôtel particulier : cette « figure blanche » aux « longs cheveux noirs », qui semble « encore plus blanche dans l'ombre » (p. 369), n'est plus que le « reflet ténébreux de l'être de clarté que nous connaissions [1] ». En proie à une pulsion sauvage, Raphaël, qui se jette alors sur elle comme une bête de proie, lui mord le sein, faute de pouvoir « mourir en [elle] [2] ». Ne nous y trompons pas : dans cette scène frénétique, c'est Pauline la sylphide qui, pour le moribond, est une strige : c'est elle qui « dévore toutes [ses] forces » (p. 371), en faisant lever en lui un désir furieux.

Au meilleur de leurs amours, la belle enfant — dont la caractérisation n'échappe pas au stéréotype — n'aura été pour Raphaël qu'une figure du désir au charme empoisonné. Pauline est bien « la reine des illusions » (p. 374) : une créature aérienne, fugace comme l'éclair, qui

1. J. Guichardet, « Paris dans *La Peau de chagrin* », in *Nouvelles lectures de « La Peau de chagrin »*, p. 88.
2. Selon le texte de l'édition originale, ensuite adouci par Balzac.

ne saurait s'incarner sans danger, un rêve
à jamais inaccessible.

VOYAGE AU MONT-DORE

Pour Raphaël, Paris est donc le creuset
de toutes les déconvenues qui ruinent sa
santé. Dans cet « affreux désert » (p. 134)
où il est coudoyé, comme Saint-Preux à
son entrée dans le monde, par des hommes auxquels il se sent étranger, la multiplication de ses déboires épuise ses forces physiques et morales. La capitale,
avec son « atmosphère lourde » et ses
« bouffées de vent chargées de tristesse »
(p. 32), ne lui inspire, pour tout réconfort, que le désir de mourir.

Prématurément usé par l'air vicié de la
nouvelle Babylone, le jeune homme, dont
une vilaine toux déchire la poitrine, reçoit
de ses médecins le conseil de « se confier
à la nature », en allant prendre le bon air
« du Cantal » (p. 327). À « l'espace de
mort parisien » se substitue alors, dans le
roman, « l'espace de vie », où Raphaël, tel
le promeneur solitaire, va tenter de se res-
sourcer au contact d'« une nature régéné-
ratrice [1] ». Déjà, dans le magasin d'antiquités, le héros s'était pris à rêver d'« une
destinée calme au bord d'un ruisseau frais
et rêveur » (p. 43). Par son voyage au
Mont-Dore, au pied d'un volcan éteint
— transparente figure du désir apaisé —,
il entend calquer sa vie sur l'« existence

1. J. Guichardet,
« Paris dans *La
Peau de chagrin* »,
op. cit., p. 75.

mécanique » (p. 248) qu'on mène au fond des campagnes.

Idyllique et sauvage, le paysage auvergnat est propice à l'épanouissement de cette « vie végétative », où la proximité de la nature permet à chacun de se mettre à l'écoute de ses « émotions vraies » (p. 347). Sous un soleil qui appartient aux plus radieux matins du monde, ce « petit coin de terre ignoré » (p. 350) évoque l'heureuse simplicité des premiers âges, plongeant dans un temps immémorial. Avec sa parure de roses et de jasmin, la chaumière en granit se fond dans un décor « coquet et joyeux comme un enfant » (p. 348). Cultivant les vertus de tempérance et de cordialité attachées, depuis des siècles, à leur terroir, les occupants sont à l'unisson de cette nature si bonne qu'ils en cueillent les dons dans une « routine de bonheur » (p. 352). Leur dénuement matériel comme leur ignorance n'altèrent pas l'impression de plénitude qui se dégage de cette « rusticité vraie » (p. 351). À l'évidence, ce « délicieux tableau » (*ibid.*) renvoie à l'archétype du Jardin d'Éden par la majesté, l'harmonie et l'abondance qui y caractérisent toutes choses.

C'est donc « au milieu de ces paysages pleins de grâce et de fraîcheur » (p. 347) que Raphaël décide de s'installer dans l'espoir de recouvrer la santé. Parmi ses rares compagnons se trouvent un vieillard et un enfant, figures habituelles de l'idylle. Par l'« identité parfaite » (p. 353) de leurs vies oisives, ils suggèrent qu'au cœur de cette « nature plantureuse » (p. 352), le temps ne saurait avoir de prise sur eux. Le vigoureux paysan, qui est encore capable d'aller à pied jusqu'à Clermont, a le même âge que l'Antiquaire, cent deux ans ; mais tout le sépare du vieillard aux « joues blêmes et creuses » (p. 52) qui exhibe sous les yeux du héros les « simulacres » d'une « nature plastique et vide » (p. 44), fruit des créations humaines au sein de la civilisation.

Sous le ciel auvergnat, Raphaël est pris par le rêve d'une fusion intime avec la nature, qui lui permettrait enfin d'abdiquer tout désir. « Comme une plante au soleil » (p. 355), il mène alors une existence purement contemplative (p. 356). Cherchant la définition du « vrai bonheur », Jean-Jacques, dans l'*Émile*, affirme qu'il consiste « à diminuer l'excès des désirs sur les facultés, et à mettre en égalité parfaite la puissance et la volonté » ; c'est ainsi — poursuit-il — que la nature a institué l'homme : « Ce n'est que dans cet état primitif que l'équilibre du pouvoir et du désir se rencontre et que l'homme n'est pas malheureux[1]. » Le voyage au Mont-Dore, on l'a souvent remarqué[2], apporte un démenti à cette proposition rousseauiste. Raphaël est en effet trop atteint par le mal du désir — le mal social par excellence — pour que le traitement prescrit par ses médecins puisse le sauver. Ainsi, la « véritable formule de l'existence humaine » (p. 354-355) que le héros croit

1. *Émile*, livre II, in *Œuvres complètes*, t. IV, Gallimard, « Bibliothèque de la Pléiade », 1969, p. 304.
2. Voir Cl. Duchet, *op. cit.*, p. 190, et R. Trousson, *op. cit.*, p. 157.

trouver dans l'extase panthéiste, loin d'atteindre au dédommagement consolateur de Rousseau à l'île de Saint-Pierre [1], n'est qu'« une profonde pensée d'égoïsme où s'engloutit l'univers » (p. 355) : ce « caprice de mourant » (p. 354) ne parvient pas à sauver un être fatigué, trop marqué au fer de la civilisation.

De surcroît, la coexistence de Raphaël avec les paysans auvergnats est un échec. Un matin où il est resté au lit jusqu'à midi, plongé dans ses habituelles rêveries, le malade surprend en effet le bulletin de santé donné, comme chaque jour, par son hôtesse à Jonathas. Pour Raphaël, la commisération de cette femme, dans sa spontanéité, est d'une « sinistre naïveté » (p. 359) qu'il prend alors en horreur. Son refus de toute pitié marque ainsi une nouvelle rupture avec la pensée de Rousseau. Le second *Discours* fait en effet l'éloge de ce sentiment, considéré à la fois comme une « vertu naturelle [2] » et le principe qui fonde la sociabilité, en garantissant « la conservation mutuelle de l'espèce [3] ». Pour Raphaël, au contraire, il n'est point de réconfort dans la compassion de ses hôtes. C'est seulement la cause d'« un horrible poème de deuil et de mélancolie » (p. 360).

Espace d'une rêverie primitiviste, l'Auvergne n'est donc pas le refuge espéré, et Raphaël, faute d'avoir réussi sa cure de campagne, rentre à Paris, après avoir subi les « vœux mélancoliques et cordialement plaintifs » (p. 361) de ses

1. Voir *Confessions*, livre XII, et *Rêveries*, V[e] promenade.

2. *Discours sur l'origine de l'inégalité, op. cit.*, p. 154.
3. *Ibid.*, p. 156.

hôtes. C'est dans la capitale que, quelques jours après son retour, une fête est improvisée pour le distraire. Lorsque Jonathas ouvre brusquement la porte de la vaste galerie où ses amis l'attendent, le marquis, éclaboussé de lumière, est « surpris par un spectacle inouï » (p. 367), qui réveille aussitôt le souvenir de l'orgie chez Taillefer. Ce sont les mêmes convives, le même « tumulte enivrant », la même « table étincelante d'argenterie, d'or, de nacre, de porcelaines » (*ibid.*) : en un triomphe macabre, la civilisation, cette « reine gigantesque » (p. 96), fait sa dernière apparition dans la nuit de Raphaël qui va mourir.

II   LA CHUTE D'UN ANGE

1. « Les personnages demeurent inexistants aussi longtemps qu'ils ne sont pas baptisés » (*Journal des Faux-Monnayeurs*, Gallimard, 1967, p. 14).
2. M. Proust, *À la Recherche du temps perdu*, t. I, Gallimard, « Bibliothèque de la Pléiade », 1987, p. 140.

Dans un roman, la désignation d'un personnage par son nom, comme ce baptême réclamé par Gide dans le *Journal des Faux-Monnayeurs* [1], marque le commencement de sa véritable existence. C'est ainsi que Gilberte change de statut pour le narrateur de *la Recherche*, lorsqu'il entend son nom pour la première fois : « donné comme un talisman », ce nom fait soudain « une personne » de celle « qui, l'instant d'avant, n'était qu'une image incertaine [2] ».

Balzac n'est pas moins attentif que Proust au choix des patronymes qui individualisent les personnages de *La Comédie humaine*. L'intérêt qu'il porte à l'onomastique le montre soucieux de se servir de ses pouvoirs, pour préciser l'identité de ces êtres fictifs et motiver leur destin par un subtil réseau de déterminations sémantiques : « Entre les faits de la vie et les noms des hommes — remarque le narrateur de *Z. Marcas* —, il est de secrètes et d'inexplicables concordances ou des désaccords visibles qui surprennent ; souvent des corrélations lointaines mais efficaces s'y sont révélées [1]. »

1. *Z. Marcas* (*CH*, t. VIII, p. 829).

Or, dans *La Peau de chagrin*, Balzac choisit de ne dévoiler le nom du héros qu'après une longue attente. L'*incipit*, comme l'a remarqué Gérard Genette, reprend un procédé du roman d'aventure consistant à observer de l'extérieur le personnage principal et à le considérer longtemps « comme un inconnu à l'identité problématique [2] ». Ainsi, son prénom n'est-il connu du lecteur qu'au sortir du magasin d'antiquités, lors de la rencontre de Raphaël avec ses amis (p. 67), et il faut attendre le festin offert par Taillefer pour découvrir son nom de famille (p. 82).

2. G. Genette, *Figures III*, Seuil, 1972, p. 208.

Cet « *introït* énigmatique [3] » ne permet pas seulement de cultiver le mystère au seuil du roman pour faire naître l'intérêt du lecteur à un moment décisif : la focalisation externe, en maintenant celui qu'on observe dans l'anonymat, offre aussi l'avantage de rompre avec la convention romanesque qui accentue d'emblée la singularité du héros, un nom

3. *Ibid.*, p. 207.

bien choisi étant le premier des traits distinctifs destinés à le placer du côté de l'exception [1]. En désignant avec insistance l'« inconnu » (p. 23) qui apparaît, dès les premières pages du récit, comme un « jeune homme » (p. 21, 22, 23, 25...), Balzac affiche ainsi son intention de traiter son personnage moins en individu particulier qu'en *type* [2].

1. Voir G. Sand, attentive à choisir pour l'héroïne du *Piccinino* « un beau nom, de ces noms qui vous donnent une haute idée de la personne » (Grenoble, Glénat, 1994, t. I, p. 25).
2. Ce que confirme la préface de 1831, où l'auteur de *La Peau de chagrin* affirme qu'il a « moins tâché de tracer des portraits que de présenter des types » (p. 406).

3. Voir Dossier, p. 212.

4. P. Barbéris, préface de *La Peau de chagrin*, Le Livre de Poche, 1972, p. X.

5. « Des types en littérature », article publié par Nodier en septembre 1830 (*Revue de Paris*, vol. XVIII, p. 187-196). Voir N. Mozet, « Une poétique de la transgression », in *Balzac et « La Peau de chagrin*, *op. cit.*, p. 17-18.
6. Préface de 1831 (p. 405).

Le terme s'entend d'abord en un sens sociologique : ce jeune homme incarne la jeunesse de 1830. Il représente, à un moment de son histoire, cette catégorie sociale, dont il partage les aspirations, les déconvenues, le malaise. La genèse de *La Peau de chagrin* confirme cette vocation : elle nous révèle que l'*incipit* est tiré d'un croquis parisien, *Le Dernier Napoléon*, que Balzac a publié dans la presse le 16 décembre 1830, alors que le plan de son roman, selon toute vraisemblance, n'était pas encore établi [3]. Or, ce récit, où l'on suit les derniers instants d'un jeune candidat au suicide, « est encore un peu une *Physiologie du joueur* [4] » : des liens organiques le rattachent à ce vaste ensemble de textes satiriques, composés à la même époque par Balzac pour *Le Voleur*, *La Caricature* et *La Mode,* qui utilisent les ressources de l'anecdote, tragique ou burlesque, pour étudier un groupe social. À la manière de ces études de mœurs, nécessairement brèves et fragmentaires, *Le Dernier Napoléon* brosse le portrait d'un jeune désespéré, à la dérive dans un monde sans barrières, sans croyance, sans autre divinité que l'argent.

Cependant, le type dont Nodier, à cette époque, donne une définition que Balzac a pu méditer [5] ne se limite pas à cette acception socio-historique. Trouvant son origine dans « la littérature franche de nos ancêtres [6] » — celle qu'ont illustrée des conteurs tels que Rabelais et Perrault —, le type est un personnage dont le nom est susceptible, par antonomase, de devenir une figure universelle, à la manière de Panurge ou du Petit Poucet : dépouillé de toute individualité, il se situe aux frontières du mythe pour exprimer par des traits fixes quelque « réalité morale[1] ». Fruit de l'imagination créatrice, il formule sur la société des vérités primordiales, que sont également incapables d'atteindre la rationalité scientifique ou le roman de l'individu, depuis Rousseau[2].

1. « Des types en littérature », cité par N. Mozet, *op. cit.*, p. 18.

2. « Il y a — affirme Nodier — cent fois moins de réalité morale dans les caractères de Saint-Preux, de Julie et de Wolmar, que dans ceux de l'ogre et du petit Poucet » (*ibid.*).

La Peau de chagrin, en traitant, dès l'entrée en matière, le héros comme un type, sort des limites dans lesquelles est habituellement contenu le genre romanesque, pour afficher ses ambitions « philosophiques ». Il n'est pas surprenant, dès lors, que le nom du personnage, lorsqu'il est enfin dévoilé, précise les contours d'une figure complexe, située au carrefour de l'Histoire et du mythe.

Le marquis de Valentin porte un nom qui annonce sa naissance : c'est celui d'une noble famille, en laquelle survit la gloire des vieilles aristocraties. En régime fictionnel, ce mode de désignation permet un ancrage référentiel : il rapporte le personnage à une catégorie sociale et l'enracine dans une réalité historique. Après Juillet 1830, à un moment où les valeurs de la naissance sont passablement démonétisées, ce nom désigne Raphaël comme un héros problématique, dans la mesure où il implique un désaccord fondamental entre les nouvelles structures de la société et le legs socioculturel dont il est l'héritier.

Ce désaccord, du reste, est révélé par la scène où Émile, au cours de l'orgie, présente son ami à un notaire curieux d'apprendre l'identité de cet inconnu qu'il a « cru entendre nommer Valentin » (p. 81-82) : « Que chantez-vous, avec votre Valentin tout court », rétorque Émile. « Raphaël de Valentin, s'il vous plaît ! Nous *portons un aigle d'or en champ de sable, couronné d'argent, becqué et onglé de gueules,* avec une belle devise : NON CECIDIT ANIMUS ! Nous ne sommes pas un enfant trouvé, mais le descendant de l'empereur Valens, souche des Valentinois [...] » (p. 82).

De la généalogie fantaisiste proposée par Émile, qui bouffonne en décrivant « en l'air, avec sa fourchette, une couronne au-dessus de la tête de Raphaël » (*ibid.*), à l'indifférence du notaire, que sa candeur boutiquière conduit à suggérer d'un geste qu'il lui est « impossible de rattacher à sa clientèle [...] l'empereur Valens et la famille des Valentinois » (*ibid.*), tout indique, dans cette scène, que la distinction attachée à la naissance a fait long feu.

Paré d'un tel nom, Raphaël porte donc le fardeau d'un passé qui n'a plus cours : c'est un vaincu en puissance, la victime toute désignée de la nouvelle société. Cependant le prénom enrichit la caractérisation du héros de nouvelles valeurs sémantiques. S'il existe, comme le prétend Balzac, « une certaine harmonie entre la personne et le nom[1] », Raphaël est de la famille des créatures célestes, des messagers divins, des êtres immatériels :

1. *Z. Marcas, op. cit.*, p. 829.

son prénom est, selon le Livre de Tobie, celui d'un archange, l'un des « sept qui sont toujours présents devant le Seigneur [1] ». Mais ce prénom, qu'il partage avec Raffaello Sanzio, l'apparente aussi aux « hommes de génie » (p. 38) : il le lie symboliquement au « plus religieux des peintres [2] », dont Balzac admirait, pour leur perfection, les sublimes Madones et les « allégories [...] peintes sur fond noir [3] ».

Par leurs résonances, qui évoquent les prodiges de l'art et les enchantements du surnaturel, ces références tirent le récit vers « un ordre de fait placé sur les limites de l'extraordinaire et de l'impossible [4] ». C'est en ces termes que Jean-Jacques Ampère, à la même époque, définit le fantastique. Or, sur ce terrain où bien des écrivains, en 1830, tentent de « se frayer de nouvelles routes [5] », Raphaël apparaît, une nouvelle fois, comme un héros problématique.

Ainsi, lorsque commence le récit, le divorce est assez avancé entre le personnage et les figures idéales auxquelles son prénom invite à l'identifier. Si « les enchantements de l'innocence » embellissent encore ses « formes grêles et fines » (p. 28), ce ne sont plus que les vestiges d'une pureté perdue. Désormais, « la verte vie de la jeunesse » est altérée en lui par les corruptions du vice : partagé entre « les ténèbres et la lumière, le néant et l'existence », Raphaël est « un ange sans rayons, égaré dans sa route » (*ibid.*). Si

1. Tob., XII, 15.

2. Selon M. Fargeaud, cette périphrase, qui apparaît dans *Splendeurs et misères des courtisanes* (*CH*, t. VI, p. 613), désigne Raphaël. Voir *Balzac et « La Recherche de l'absolu »*, Hachette, 1968, p. 555, note 2.
3. *La Recherche de l'absolu* (*CH*, t. X, p. 748).
4. J.-J. Ampère, *Le Globe*, 2 août 1828. Cité par P.-G. Castex, *Le conte fantastique en France de Nodier à Maupassant*, José Corti, 1951, p. 7.
5. W. Scott, *Revue de Paris*, avril 1829. Cité par P.-G. Castex, *ibid.*, p. 6.

« quelque secret génie » (p. 27) scintille encore au fond de ses yeux, son enthousiasme semble tari. Aussi éprouve-t-il comme un sentiment de haine devant les chefs-d'œuvre étalés dans le magasin d'antiquités (p. 46). Sa fatigue de vivre se confond alors avec l'éloignement qu'il manifeste pour son illustre homonyme : « Il arriva devant une vierge de Raphaël, mais il était las de Raphaël » (*ibid.*).

Tous ces indices concordent : *La Peau de chagrin* racontera l'histoire d'un « naufrage » (p. 189). Raphaël de Valentin, jeune talent animé des plus hautes aspirations, a déjà connu maintes avanies lorsque le lecteur fait sa connaissance. Cette « noble figure jadis pure et brûlante, maintenant dégradée » (p. 27), semble porter la griffe d'une fatalité féroce, qui a fait de lui « un véritable zéro social » (p. 34). Son dernier napoléon perdu, il n'a d'autre perspective qu'« une mort volontaire » (p. 32), et quand il entre en possession du talisman capable de réaliser toutes ses volontés, nul n'ignore que sa disparition est seulement différée : inattendue, cette péripétie l'engage dans un tragique engrenage dont le terme, annoncé d'emblée par l'Antiquaire — « Hé bien, votre suicide n'est que retardé » (p. 66) —, n'est que trop prévisible.

Dès les premières pages du roman, le lecteur est donc fixé. Le passé et l'avenir du héros se répondent : ils racontent la même histoire, suivent deux fois la même courbe, sont assujettis à la même logique implacable. Seules changent les modalités du récit, dont l'originalité tient à sa nature composite. Lorsque, le 22 janvier 1838, Balzac, dans une lettre à Mme Hanska, s'offusque qu'il y ait encore « des gens qui s'obstinent à voir *un roman* dans *La Peau de chagrin*[1] », et qu'il espère voir grossir le nombre des « appréciateurs de cette *composition*[2] », il ne dit pas autre chose : il rappelle que le souci d'échapper aux poncifs du romanesque l'a conduit à composer une œuvre ambitieuse, à partir d'éléments disparates habituellement disjoints par le roman.

Les premiers développements de *La Peau de chagrin*, qui orientent la lecture vers un protocole fantastique — une histoire de pacte infernal et de talisman —, sont en effet interrompus, au seuil de la deuxième partie, par une longue rétrospection au cours de laquelle Raphaël confesse ses fautes et ses malheurs passés à son ami Émile. Cet épisode enchâssé, qui implique tout à la fois un décrochage métadiégétique, un changement de narrateur et une modification de la perspective, constitue une longue parenthèse, où le récit à la première personne, propice à la confidence pseudo-autobiographique, se déploie tout à son aise. Avant que ne reprenne le récit de son « agonie », par un retour au premier niveau de la diégèse qui permet de mesurer les funestes effets du talisman, le héros, en accédant à la parole et en ouvrant son cœur, gagne en consistance. Le romancier, qui laisse Raphaël

1. *Lettres à Mme Hanska*, t. I, *op. cit.*, p. 437-438.
2. *Ibid.*, p. 438 (je souligne).

retracer son itinéraire, de la plénitude de ses jeunes années à la dégradation, peut ainsi montrer de l'intérieur un moi aux prises avec ses contradictions, tout en inscrivant ce destin personnel dans l'histoire des transformations sociales, au cours des trois premières décennies du siècle.

Cette confession, si elle élargit le cadre du récit fantastique aux dimensions de l'autobiographie fictive, en redouble la signification sur un autre plan, sans pour autant en arrêter le déroulement. Les tribulations de Raphaël, dès qu'il mesure effectivement les étranges pouvoirs de la peau d'onagre, suivent leur cours jusqu'à son dernier souffle. En relatant le destin du héros pris au piège du désir, dont le talisman permet et empêche contradictoirement toute réalisation, le narrateur entend figurer le devenir de la Volonté dans l'économie du Vivant : il emprunte les codes du roman noir et joue ironiquement des apories du symbole — l'excès, ou le défaut de sens, du mystérieux chagrin — pour entrelacer les fils d'une ample parabole philosophique.

Réaliste et fantastique, cette composition, qui tente de corriger les insuffisances du roman, à un moment où l'artifice de ses codes traditionnels s'avive dans la conscience collective, tire donc parti du mélange des genres, tout en alliant la réflexion la plus sérieuse aux fantaisies de l'antiroman. Par ce compromis étourdissant, Balzac subvertit les formes narratives disponibles par des combinaisons expérimentales, qu'on ne saurait réduire à de vaines acrobaties. Car ces combinaisons aux effets parodiques, qui explorent les possibilités du récit, sont inspirées par un désir passionné de parvenir à la compréhension toujours plus profonde d'une réalité inépuisable.

A. CONFESSION D'UN ENFANT DU SIÈCLE

La vaste analepse qui occupe toute la deuxième partie du roman — « La femme sans cœur » — prend pour modèle le roman personnel : la longue confession de Raphaël, même si elle appelle, à l'évidence, la référence rousseauiste, imite d'abord la manière de ces autobiographies fictives qui, à la fin des années 1820, renouvellent l'expression du mal du siècle, en décrivant les tourments de jeunes gens pauvres, tels que Joseph Delorme ou Ernest, le héros éponyme du roman de Gustave Drouineau.

Cependant Balzac se souvient surtout d'*Émile*, publié en 1828 par son ami Girardin : c'est le « journal régulier » d'un enfant naturel en butte à la société, qui consigne ses « excursions mentales[1] » pour se consoler. Ce jeune homme d'origine aristocratique, non content d'être un paria du fait de sa naissance illégitime, est un révolté : il a connu la ruine et vit en solitaire dans le mépris du monde, tout en étant dévoré par un « besoin ardent d'aimer[2] ». Hanté par le suicide, il tente de se donner la mort mais est sauvé par Mathilde, sa fiancée, dont la douceur parvient à l'apaiser. Rêvant de réus-

1. Cité par J. Merlant, *Le roman personnel de Rousseau à Fromentin* (1905), Genève, Slatkine Reprints, 1978, p. 322.
2. *Ibid.*, p. 323.

sir dans le monde, il se prend à espérer, mais finit par mourir lorsque son statut de fils adultérin empêche la conclusion de son mariage.

En puisant à la même source, celle des « monographies du cœur[1] », *La Peau de chagrin,* où l'on retrouve certains thèmes du roman de Girardin — l'aristocrate déclassé, l'idylle impossible, le suicide —, enracine son inspiration fantastique dans la réalité d'une époque et dans les profondeurs d'un moi aux prises avec la difficulté d'être.

1. *Ibid.*, p. 50.

UNE CRUELLE ANTITHÈSE

Pour comprendre la déchéance de Raphaël, il faut d'abord considérer ce qu'il nous apprend de son histoire familiale au cours de sa confession. Ses malheurs résultent en effet, pour une large part, des caprices de l'Histoire qui, dans la première moitié du siècle, ont hâté le déclin de l'aristocratie atteinte dans son pouvoir et dans ses biens. La misère où est plongé le héros en 1830 est le *terminus ad quem* d'un long processus historique qui a commencé à la chute de l'Ancien Régime.

Venu à Paris avant ce séisme, son père, « chef d'une maison historique à peu près oubliée en Auvergne », auquel sa finesse et son énergie avaient permis, « sans grand appui », de « prendre position au cœur même du pouvoir » (p. 123), a vu sa fortune renversée par la Révolution. S'il a su la restaurer en épousant « l'héritière d'une grande maison » (*ibid.*) et en ralliant le régime impérial, le retour des Bourbons, qui a rendu à sa femme « des biens considérables » (*ibid.*), a marqué pour lui le début de longs ennuis : doté par Napoléon de terres prélevées sur ses conquêtes, il n'a cessé de lutter, dans l'Europe de la Sainte-Alliance, contre les liquidateurs, les diplomates et les juges étrangers « pour se maintenir dans la possession contestée de ces malheureuses dotations » (*ibid.*).

Lorsque Villèle exhume enfin « un décret impérial sur les déchéances » (p. 125), la ruine de la famille de Valentin est consommée. Dix-huit mois après avoir affronté ce désastre, le vieux marquis meurt, en ne laissant presque rien à son héritier. En 1826, lorsque a lieu la « succession paternelle », la fortune de Raphaël tient dans le « sac de toile » contenant « onze cent douze francs » que lui remet, « le chapeau sur la tête », un insolent huissier, figure de « la Société » (p. 126).

Seul sur la terre, le héros se trouve alors « dans la plus fausse de toutes les situations sociales » (*ibid.*) : pauvre, déclassé, il n'a pour tout viatique que son nom, au moment où il se fait une place dans la société. Or ce nom, si glorieux soit-il, ne lui vaut l'estime de personne, n'inspire aucune solidarité familiale, ne lui attire aucune protection. Bien au contraire, « le mépris et l'indifférence » (*ibid.*) l'attendent dans ces opulents hôtels où de lointains parents, riches et influents, le traitent avec moins d'égards qu'un étranger. Ainsi, lorsque, surmontant sa fierté, il consent un jour à se rendre chez son cousin le duc de Navarreins, celui-ci le reçoit « avec cette froide politesse qui donne aux gestes et aux paroles l'apparence de l'insulte » (p. 194). Honteux de la misère de

Raphaël, cet « homme égoïste » (*ibid.*) ne se montre aimable avec son jeune parent qu'après avoir acquis la certitude que sa visite est une ambassade inspirée par Fœdora, la femme à la mode.

Déjà privé des biens matériels qui permettent d'être considéré dans ce monde où la fortune seule rend respectable, Raphaël, du fait de sa personnalité, est en outre moins armé que d'autres, y compris dans sa caste, pour sortir de la « vie précaire » (p. 193) où il est tombé. Cela tient à des facteurs culturels, moraux et psychologiques, dont l'origine se trouve dans l'éducation qu'il a reçue de son père.

M. de Valentin a élevé son fils despotiquement, pour lui inculquer, par une stricte discipline, « les connaissances solides et l'amour du travail si nécessaires aux hommes appelés à manier les affaires » (p. 123). Chez cet aristocrate, un tel parti ne saurait s'expliquer, on s'en doute, par un tour d'esprit bourgeois, qui aurait seulement en vue les questions d'argent : le marquis a élevé son fils dans la fidélité à ses principes, pour faire de lui « un homme d'État qui puisse devenir la gloire de [leur] pauvre maison » (*ibid.*) et sauver « l'honneur de [leur] nom » (p. 124).

C'est à ce noble dessein qu'il faut rapporter l'épreuve à laquelle M. de Valentin soumet son fils au bal de Navarreins, en lui confiant la garde de sa bourse. On sait comment Raphaël, incapable de résister à la tentation, y prend « deux pièces de vingt francs » (p. 120) et les mise à une table où l'on joue aux cartes. La chance ayant souri à l'audacieux, celui-ci peut prélever sur ses gains la somme prise dans la bourse paternelle, et l'y réintégrer sans trahir sa passion du jeu. Quand le marquis lui demande ce qu'il faisait auprès du tapis vert, il peut lui cacher sa conduite, en soutenant effrontément qu'il s'est contenté d'observer les joueurs.

Après avoir recouvré son bien et compté son argent, M. de Valentin, croyant au succès de cette mise à l'épreuve, se persuade que son fils a été assez sage pour ne pas « commettre des sottises » (p. 122). Avec la satisfaction du devoir accompli, il décide alors d'émanciper le jeune homme, en lui attribuant une pension de « cent francs par mois », ne fût-ce — dit-il — « que pour [lui] apprendre à économiser, à connaître les choses de la vie » (*ibid.*). Faussement assuré d'avoir préservé Raphaël « des malheurs qui dévorent tous les jeunes gens, à Paris » (*ibid.*), il accepte, dès ce jour, de l'associer « à ses projets » (p. 123) et le traite en homme qu'on peut laisser sans crainte se frotter à un monde dangereux.

Mais le lecteur sait bien que le rite de passage a échoué. Par une ironie du sort, M. de Valentin a été la dupe de son initiative. La confiance qu'il accorde à son fils repose sur le mensonge. Loin d'avoir fait la preuve de sa capacité à résister aux séductions de l'or, Raphaël s'est laissé griser par son frétillement, dans la salle de jeu, sans que l'attrait des capiteux plaisirs que procure un gain ne soit pondéré en lui par le sang-froid, la détermination implacable, l'absence de remords, l'intuition des dessous de cartes : facteurs indispensables, dans le jeu social, à qui veut mettre la réussite de son côté.

Cependant, quels que soient son désir de s'affranchir de l'autorité paternelle et les gages de succès que semble lui donner son forfait, Raphaël se reproche amèrement d'avoir volé son père, et seule la honte d'être « un brigand », « un menteur », « un infâme » (p. 122) le retient de tout lui avouer. Captivé par les jouissances matérielles, dont son imagination vigoureuse a exagéré les attraits, il cède à leur appel, sans avoir cette supériorité d'esprit qui lui permettrait ou de les dompter, ou de succomber sans remords à leurs charmes. Aussi ne parvient-il jamais à sortir des contradictions où le place son rapport à l'argent ; dévoré par la convoitise, mais incapable de supporter les flétrissures morales qui en sont le prix dans la société, il se laisse détruire par cette obscure puissance, sans lui opposer avec succès de hautes valeurs spirituelles, ni savoir, tout au contraire, en recueillir la manne et la multiplier à son profit.

Conscience déchirée, Raphaël ne sait pas choisir entre une désobéissance libératrice, qui consacrerait symboliquement la mort de son père, et la fidélité à son lignage : pris dans des contradictions qui frappent de stérilité ce qu'il entreprend, il ne peut s'abstraire du dilemme œdipien qui suspend sa volonté entre une sujétion insupportable et une transgression honteuse : en toute occasion, la vie n'est pour lui qu'« une cruelle antithèse » (p. 143).

La confession offre bien des exemples de ces contradictions. Après son émancipation, Raphaël se montre d'abord soucieux de « justifier la confiance de [son] père » (p. 125). Désireux d'oublier le temps tout proche où il lui aurait « dérobé délicieusement une chétive somme », le héros, qui partage désormais « le fardeau de ses affaires » et « de son nom » (*ibid.*), consent à de généreux sacrifices, quand la politique de Villèle met fin, pour M. de Valentin, à tout espoir de redressement financier. Par dévotion pour l'honneur paternel, il accepte sans hésiter de vendre les biens hérités de sa mère : « Les larmes que je vis dans les yeux de mon père furent alors pour moi la plus belle des fortunes [...] » (p. 125).

Mais ces nobles sentiments ne résistent pas aux dures réalités et, peu après avoir rencontré Fœdora, Raphaël maudit, « en frissonnant de rage » (p. 163), sa misère et son père. Il prête alors l'oreille aux discours de Rastignac et, sur ses conseils, se lance dans une « vie de dissipation » (p. 224). Cependant, n'ayant pas, comme son ami, « l'habitude du système anglais », il se voit « bientôt sans un sou » (p. 193). S'il ne viole pas immédiatement la promesse faite à son père « de ne jamais mettre le pied dans une maison de jeu » (p. 222), il laisse Rastignac tenter la chance pour deux, avec succès. L'argent qui file alors entre ses mains ne lui donne pas, pour autant, l'aisance de « ces audacieux spéculateurs » qui savent vivre « sur des capitaux imaginaires » (p. 181). S'il signe des lettres de change, il ne parvient pas à payer sans trembler celles de la veille avec celles du lendemain. Au fond de lui-même, un vieux réflexe nobiliaire — et chrétien — lui fait prendre en dégoût les jongleries financières : « [...] rien de généreux ne guide ceux qui vivent dans l'argent et ne connaissent que l'argent. J'avais horreur de l'argent » (p. 234).

Ainsi, les premières échéances raniment-elles « toutes ses vertus » (p. 232). Son imagination trop vive lui montre son nom, couvert d'opprobre, « voyageant, de ville en ville, dans les places de l'Europe » (*ibid.*). Atteint dans son être — car « *Notre nom, c'est nous-même*, a dit Eusèbe Salverte » (*ibid.*) —, il s'inquiète à l'idée de ne pouvoir honorer ses créances : le jour où ses lettres de change sont protestées, il paie ses dettes sans tarder, mais en vendant, on l'a vu, l'île où se trouve le tombeau de sa mère, au prix d'une infidélité à son lignage (p. 235).

Des contradictions similaires se font jour dans le comportement de Raphaël avec les femmes. Lorsque son père le jette pour la première fois « dans le tourbillon de la grande société », il y vient « avec une âme fraîche », pour y chercher « de belles amours » (p. 127). Il déplore à cette époque de ne jamais rencontrer de « jeune fille curieuse », à qui il pourrait faire admirer les « trésors » d'un cœur « né pour aimer » (p. 129-130). Cependant, lorsqu'il trouve enfin, sous les traits de Pauline, une « âme douce et vierge » (p. 147) ressemblant à ce portrait, il la dédaigne, comme on sait, pour de vulgaires raisons matérielles, lui préférant Fœdora et les « exécrables raffinements de la richesse » (p. 236).

Il n'hésite pas à user alors d'arguments de mauvaise foi — ce qu'il appelle ses

« raisons de procureur » (p. 147) — pour se donner bonne conscience et justifier son choix. Invoquant « des sentiments nobles » pour expliquer sa « retenue » (*ibid.*) à l'égard de Pauline, il ne peut toutefois se cacher la vérité sur ce qui motive prosaïquement sa passion pour Fœdora. Non pas la certitude de trouver en elle une âme sensible — « un cœur pour [son] cœur » (p. 128), comme il disait autrefois —, mais plutôt cette aura qui entoure la fortune, et ces « bagatelles de la vie » dont il rougit d'être ébloui, en entrant dans ses appartements : « [...] je démentais mon origine, mes sentiments, ma fierté, j'étais sottement bourgeois » (p. 156).

Lorsque le désespoir de n'être pas aimé de Fœdora le jette, pour finir, dans la débauche, Raphaël se plaint, mais un peu tard, de n'être pas heureux de cette vie. Retournant à ses « belles croyances », il rêve alors « aux délices d'un amour partagé » (p. 236). À vrai dire, il est sans cesse divisé entre le mépris, qu'un reste de conscience aristocratique lui inspire, pour une société d'où sont bannis les sentiments élevés, et le désir, auquel il ne peut échapper, « d'*en* être [1] » et de jouir lui-même de ces plaisirs dont il reconnaît la vulgarité.

La création littéraire, en laquelle Raphaël, à ses débuts dans le monde, voit un moyen de conquête amoureuse, est le dernier domaine où éclatent tout naturellement ses contradictions. Dans l'esprit du jeune homme, une « grande renom-

1. G. Malandain, préface de *La Peau de chagrin*, Presses Pocket, 1989, p. 10.

mée » (p. 128) d'écrivain doit en effet le « couvrir de gloire » (p. 132) et lui permettre de voir un jour les regards de toutes les femmes « fixés sur lui » (p. 131). Tandis qu'il rêve de devenir un « grand homme » (*ibid.*), un « immense amour-propre » (p. 132) lui donne confiance dans ses capacités. Certain d'avoir « une pensée à exprimer », il plaint ces hommes qui se laissent « déchiqueter l'âme par le contact des affaires », comme « un mouton abandonne sa laine aux épines des halliers » (*ibid.*).

Après s'être enfermé dans une mansarde et avoir écrit un « grand ouvrage sur *la Volonté* » (p. 223), il voit « la perspective d'une vie glorieuse » (p. 142) s'éloigner de lui, lorsqu'il comprend, en écoutant Rastignac, que la notoriété d'une œuvre ne dépend pas du génie de son auteur, mais de ses relations mondaines et de son entregent. Frappé par cette découverte, Raphaël déserte la « vertueuse mansarde » (p. 184) où il se consacrait à son grand œuvre philosophique. Rastignac lui ayant permis de rencontrer Finot, un « entrepreneur de littérature » (p. 220) dont le nom est connu du public, il se laisse convaincre par ce « Proxénète littéraire » (p. 184) de composer, « pour cent écus par volume » (p. 183), de faux mémoires historiques sur l'affaire du Collier, en se servant du nom d'une vieille tante, la marquise de Montbauron.

Certes, Raphaël est d'abord révolté à l'idée de salir « le nom de [sa] famille » (*ibid.*). Mais les conseils de son ami — prendre l'avance de cinquante écus, faire les mémoires et, quand ils seront achevés, refuser de « les mettre sous le nom de [sa] tante » (p. 184) — finissent par le fléchir : tout en pestant contre le monde et ses « envers bien salement ignobles » (*ibid.*), le héros, pressé par les dettes, n'en fait pas moins ces « mémoires de fausse comtesse » (p. 206). Le besoin d'argent le met, une nouvelle fois, en contradiction avec lui-même. Pourtant, par un sursaut de dignité, il prend soin, avant de quitter la rue des Cordier, de confier à Pauline un « manuscrit cacheté » — la copie de sa *Théorie de la volonté* —, qu'il enjoint la jeune fille, s'il venait à disparaître, de déposer « à la Bibliothèque du Roi » (p. 223).

À tous égards, le comportement de Raphaël, qu'il s'agisse d'argent, d'amour ou de littérature, est celui d'un homme ne voulant « rien savoir [1] » des mécanismes qui déterminent les conduites sociales : « un niais », selon Rastignac (p. 183). Fondé sur la méconnaissance de soi et des autres, son rapport au monde ne lui donne aucune prise sur la réalité. Du reste, son initiation manquée témoigne de son incapacité à entrer dans le Symbolique, à se situer par rapport à la loi sociale — la nouvelle, que maîtrise si bien Rastignac, comme l'ancienne, celle du père ou de l'Antiquaire, cette autre figure d'initiateur, en qui se conjoignent aussi

1. C'est, selon O. Mannoni, la définition du passionné. Voir *Ça n'empêche pas d'exister*, Seuil, 1982, p. 113-127.

les traits du sage et du tentateur : Moïse et Méphistophélès.

C'est pourquoi Raphaël, faute de pouvoir dépasser ses contradictions, finit toujours par jouer sa vie à *croix* ou *pile*. En quête de solutions faciles et radicales, qui ont à ses yeux une puissance magique, il est porté à résoudre ses conflits intérieurs en trouvant une issue dans le jeu ou le suicide, uniques moyens dont il dispose, avant la découverte du talisman, pour sortir de l'impasse où le conduit sans cesse son aveuglement. Car le jeu et le suicide sont les voies concurrentes que Raphaël emprunte, quand il n'a plus d'autre recours, pour en finir avec le désir, en l'assouvissant instantanément ou en l'étouffant en son principe vital.

JEAN-JACQUES TRAVESTI

Dès lors, se posent quelques questions : la confession est-elle pour Raphaël l'occasion d'une prise de conscience salutaire ? La parole, en objectivant ses contradictions, lui donne-t-elle une meilleure connaissance de soi et du monde ? L'intercession d'un confident l'aide-t-elle à se libérer de ses démons, en lui offrant la possibilité de prendre un tiers à témoin de ses fautes, comme de ses malheurs ?

Insistante, la référence à Rousseau (p. 23, 68, 139, 164) invite — on l'a souvent remarqué[1] — à situer le récit autobiographique de Raphaël par rapport au

1. Voir R. Amossy, « La confession de Raphaël », in *Balzac et « La Peau de chagrin »*, *op. cit.*, p. 43-59, et R. Trousson, *op. cit.*, p. 154-157.

modèle que l'écrivain, dans ses propres *Confessions*, a laissé à la postérité. En dépit du voile pudique qu'il jette sur « les dix-sept premières années de [sa] vie » — mais sa dénégation (« j'ai vécu comme [...] mille autres ») laisse deviner l'importance de cette période où il a perdu sa mère —, le héros retrace pour Émile la genèse de sa personnalité : décidé à lui livrer « le secret de [...] ses malheurs » (p. 130), il lui raconte « les faits imperceptibles » (p. 116) qui ont agi sur sa pensée et sur sa sensibilité, au point de le conduire au seuil du suicide. Loin de ne vouloir peindre de sa vie « que les événements matériels » (p. 130), il cherche, en se confiant, un moyen de se déprendre d'une « douleur qui a duré dix ans » (p. 116) : à la manière de Jean-Jacques, il ne s'agit plus de « sentir », mais bien de « juger », en faisant entrer le vécu dans l'ordre de la « réflexion philosophique » (*ibid.*).

Cependant, cette confession s'écarte, par son déroulement, des conventions d'un genre qui garde de ses origines religieuses, depuis saint Augustin, une certaine élévation de ton et une portée spirituelle. L' « inversion parodique [1] » que lui fait subir Balzac tient d'abord au cadre dans lequel Raphaël ouvre son cœur à Émile. Ni le lieu ni le moment ne se prêtent vraiment à une confession : le héros relate son histoire dans l'atmosphère surchauffée de l'orgie, parmi les convives et les courtisanes enlacés, au moment où les « flammes bleues du punch » ont coloré

1. R. Amossy, *op. cit.*, p. 48.

tous les visages « d'une teinte infernale »
(p. 108). Il commence son récit, les pieds
posés sur le dos d'Aquilina endormie
(p. 110), et il l'achève alors que les
noceurs ivres de plaisir font entendre partout autour de lui « la basse continue [de
leurs] ronflements » (p. 237). L'abandon
des corps, les poses « les plus grotesques »
(p. 109), le tapage dont finissent par se
plaindre les voisins (*ibid.*), tout, dans la
situation, vient grever le discours du
jeune viveur, qui n'a plus qu'« une lucidité trompeuse » (*ibid.*), lorsqu'il colore
ses épanchements des plus belles teintes
de l'idéalisme.

Son compagnon, au reste, n'est guère
disposé à le prendre au sérieux. Dès les
premiers mots de Raphaël, Émile, « d'un
air moitié comique et moitié plaintif »
(p. 116), émaille le récit de remarques
dissonantes, et ses commentaires, par un
effet de mise en abyme, proposent de la
confession un mode de lecture démystifi-
cateur : Émile ne se laisse pas prendre aux
« élégies » (p. 112) de Raphaël, qu'il interrompt d'un « Qu'est-ce que cela me
fait ? » (p. 116), après avoir écouté ses
premières confidences. Ce contrepoint
goguenard, qui souligne sans cesse la
tonalité littéraire des propos tenus par son
ami — « la phrase est usée » (*ibid.*), « épar-
gne-moi ta préface » (p. 113), « arrive au
drame » (p. 116), « joliment tragique ce
soir » (p. 130) —, met en évidence leur
part d'illusion et d'artifice rhétorique.
Refusant de se laisser prendre à une élo-

quence factice, Émile déjoue les pièges de l'adhésion naïve et de la compassion, au point que le héros, en butte à ses plaisanteries, doit lui demander de lui faire « crédit d'une demi-heure d'ennui » (*ibid.*).

Si l'amertume de Raphaël frappe bientôt son esprit et le conduit à prêter « toute son attention » (*ibid.*) au discours du jeune homme, les vapeurs du vin qui ont jeté Émile dans l'hébétude ont raison de ses intentions amicales : il finit par s'endormir, laissant son ami à son soliloque. Du début à la fin, les effets comiques interfèrent donc dans le déroulement de la confession, invitant à en suspecter la transparence. Cette allure parodique est encore accentuée par le changement d'ethos du narrateur lui-même, que souligne, par exemple, le court texte publié par Balzac en tête du *Suicide d'un poète*, fragment préoriginal de l'épisode, paru dans la *Revue de Paris* le 27 mai 1831[1] : on y lit, en effet, que « ce récit de désespoir [...] agité, coloré, brûlant, enivrant comme les flammes du punch à la lueur duquel il est confié à un cœur compatissant, doit représenter une ivresse qui croît, qui grandit à chaque phrase[2] ».

De fait, la tonalité élégiaque des propos de Raphaël, dont les effets pathétiques se multiplient pour narrer les déceptions d'un jeune idéaliste, cède peu à peu la place à un discours frénétique, où l'ivresse appose définitivement sa marque d'incohérence et de trivialité. Exaspéré par la lamentable image de sa vie, ou

1. Voir Dossier, p. 213-214.

2. Cité par P. Barbéris, préface de *La Peau de chagrin*, *op. cit.*, p. XXIV.

n'ayant plus « la force de gouverner son intelligence », le héros s'exalte « comme un homme complètement privé de raison » (p. 237), de sorte que sa confession s'interrompt brusquement, dans un flot désordonné de propos confus et injurieux, où dominent des préoccupations bassement matérielles : « Au diable la mort ! s'écria-t-il en brandissant la Peau. Je veux vivre maintenant ! Je suis riche, j'ai toutes les vertus. Rien ne me résistera. Qui ne serait pas bon quand il peut tout ? Hé ! hé ! Ohé ! J'ai souhaité deux cent mille livres de rente, je les aurai. Saluez-moi, pourceaux qui vous vautrez sur ces tapis comme sur du fumier ! » (*ibid.*).

L'inachèvement de la confession témoigne de l'incapacité du héros à dégager un enseignement de la relation de ses malheurs, à parvenir par ce moyen à une compréhension plus profonde de son existence, encore moins à une leçon de sagesse. Faute de déboucher sur « la découverte d'une vérité » mettant fin à ses « errances passées » et lui offrant « un mode de vie nouveau et exemplaire », le récit de Raphaël n'est nullement celui d' « une rédemption[1] ».

1. R. Amossy, *op. cit.*, p. 46.

C'est ici que la rupture est la plus sensible avec le modèle de la confession rousseauiste. Chez Jean-Jacques, en effet, les expériences vécues, lorsqu'elles conduisent le sujet à affronter les périls de la vie en société, sont autant d'occasions de victoires sur soi-même et d'initiations réussies : dans les *Confessions*, la « vertu », même temporairement ébranlée, sort grandie des épreuves que le monde dresse sur son chemin, et le moi est récompensé de ses efforts pour atteindre à l'unité et à la transparence intérieure.

Raphaël est privé de ce bonheur. Tout au long de son récit, les valeurs spirituelles dont il se réclame sont parasitées, on l'a vu, par des obsessions matérielles, des embarras d'argent, qui l'aliènent et le jettent dans d'inextricables contradictions. Or l'usage de la parole ne lui permet jamais de sortir de la confusion. Sa confession trahit, au contraire, les déchirements d'un sujet pris aux leurres de son propre discours, qui se trouve perpétuellement en porte à faux et se condamne à la répétition des mêmes échecs.

À cet égard, la confession ne résout rien. Elle n'est d'aucun bénéfice pour le héros dont elle trahit la profonde crise d'identité. C'est la plainte d'un nouveau type d'individu, pauvre et cultivé, victime de la désagrégation de son milieu d'origine, qui se sent exclu de toutes les conditions. Sa misère n'est ni celle du peuple, « qui va par les rues effrontément en haillons, [...] se nourrissant de peu, réduisant la vie au simple », ni cette misère du luxe — celle « des escrocs, des rois, des gens de talent » —, qu'on voit « fière, emplumée, [...] en gilet blanc » (p. 215), roulant carrosse, et qui ne possède pas un sou vaillant.

Mais Raphaël, bien qu'il partage le malaise de sa génération, est aussi un personnage singulier, que Balzac a doté d'une personnalité tourmentée, complexe, conservant une irréductible part d'obscurité. C'est l'une des réussites du romancier d'avoir su individualiser ce type social, en laissant s'exprimer, sur un fond de désolation, les fluctuations de ses sentiments et de ses pensées. Si Raphaël se distingue de la multitude, c'est par les termes intensément douloureux, entre sincérité et aveuglement, dans lesquels il rend compte de la profondeur de sa solitude : « Je ne suis ni peuple, ni roi, ni escroc ; peut-être n'ai-je pas de talent : je suis une exception » (*ibid.*).

B. UN TRAITÉ DE PHILOSOPHIE

Il est cependant un autre côté par lequel la vie de Raphaël — comme celle de Faust, par exemple [1] — passe les limites de la simple individualité pour signifier la destinée humaine, à la manière du mythe : c'est sa dimension allégorique. Celle-ci permet au héros de prendre en charge, dans le roman, l'ample exposition d'un « système » philosophique (p. 158).

Balzac, en effet, n'a pas voulu se lancer dans de fastidieux discours pour présenter sa propre synthèse des nombreux ouvrages de médecine et de physiologie qu'il a compulsés avec une avide curiosité dès sa jeunesse : il a préféré tirer parti des ressources de la fiction, jusque dans les

1. Sur les liens de *La Peau de chagrin* avec *Faust*, voir M. Le Yaouanc, « Autour de *Louis Lambert* », *RHLF*, n° 4, octobre-décembre 1956, p. 526-528.

« plus minces détails[1] », et déléguer son ambition systématique à Raphaël, son double romanesque[2]. Non content de lui prêter sa théorie de la volonté, il a utilisé les péripéties de son histoire pour écrire un « traité de philosophie » (p. 110) en action, portant sur la dépense de l'énergie vitale.

L'antagonisme de la vie et du désir, dont la peau de chagrin est le symbole, tel est l'objet de ce roman philosophique, maintes fois indiqué par Balzac et ses préfaciers : « expression pure et simple de la vie humaine en tant que vie et que mécanisme[3] », « arrêt physiologique, définitif, porté par la science moderne, sur la vie humaine, [...] abstraction faite des individualités sociales[4] », *La Peau de chagrin*, quelle que soit la formulation retenue, cache « la même signification [...] sous les plus légers incidents de [la] fiction[5] ». Elle représente l'effet produit par les pensées et les passions « sur le capital des forces humaines[6] ».

THÉORIE DE LA VOLONTÉ

Raphaël est donc l'auteur d'une *Théorie de la volonté*, « long ouvrage » d'inspiration scientifique pour lequel il a « appris les langues orientales, l'anatomie, la physiologie », dans l'espoir de compléter « les travaux de Mesmer, de Lavater, de Gall, de Bichat, en ouvrant une nouvelle route à la science humaine » (p. 142). De cette

1. Ph. Chasles, *op. cit.*, p. 1189.
2. P. Citron parle à son sujet de « contre-sosie » (*Dans Balzac*, Seuil, 1986, p. 124). Voir Dossier, p. 218-220.

3. *Pensées, sujets, fragments*, éd. J. Crépet, 1910, p. 95.

4. F. Davin, *op. cit.*, p. 1213.

5. Ph. Chasles, *op. cit.*, p. 1189.

6. F. Davin, *op. cit.*, p. 1213.

somme philosophique, ni le narrateur balzacien ni le héros lui-même ne proposent toutefois un exposé approfondi dans le roman. Sans doute l'écrivain a-t-il estimé qu'une présentation détaillée du système patiemment élaboré par Raphaël dans sa mansarde de l'hôtel de Saint-Quentin n'avait pas lieu d'être : sa *Théorie* « n'est que le cadre d'un miroir absent — miroir vide et allusif du roman lui-même[1] ».

1. J. Starobinski, *Action et réaction,* Seuil, 1999, p. 222.

Il faudra attendre *Louis Lambert*, dont le personnage éponyme a aussi composé un *Traité de la volonté,* pour que Balzac se risque à développer plus avant une théorie qui n'est pas toujours limpide, en raison de l'éclectisme de ses sources et du caractère fragmentaire qu'elle conserve jusque dans ce dernier roman. La vie, pour l'écrivain, est un flux, « une active présence spirituelle » qui soutient et dépasse « l'ordre matériel[2] ». Qu'il s'agisse d'un fluide électrique ou d'une substance éthérée, c'est une force qui jaillit, qui se projette ou, à l'inverse, se concentre. À considérer l'ensemble de son œuvre, il est difficile de démêler si Balzac la conçoit comme une puissance matérielle ou spirituelle, s'il bute en ce point sur une aporie philosophique ou s'il envisage un « principe unitaire » qu'une médiation — une réciprocité entre esprit et matière — permettrait de réconcilier. Sa réflexion semble se situer « au point d'indécision entre un grand matérialisme (à la manière de Diderot) et un panpsychisme qui proclame le règne universel de l'esprit[3] ».

2. *Ibid.*, p. 223.

3. *Ibid.*

Les linéaments de cette théorie, à défaut d'être exposés par le menu, ne sont pas totalement absents de *La Peau de chagrin*. Raphaël en donne en effet un aperçu au cours de sa première conversation avec

Fœdora, lorsque celle-ci le questionne sur ses travaux. S'il se refuse, en homme du monde, à développer son système de manière pédantesque, il le lui traduit alors « en plaisanteries », sans prendre doctoralement « le langage d'un professeur » (p. 158-159).

C'est ainsi qu'il retient l'attention de la comtesse, en lui présentant la volonté comme « une force matérielle semblable à la vapeur » (p. 159) : « Elle parut s'amuser beaucoup en apprenant [...] que, dans le monde moral, rien ne résistait à cette puissance quand un homme s'habituait à la concentrer, à en manier la somme [...] ; que cet homme pouvait à son gré tout modifier relativement à l'humanité, même les lois absolues de la nature » (*ibid.*).

La théorie de Raphaël semble pencher ici du côté du matérialisme [1] : la volonté est une « masse fluide » (*ibid.*) transmuée par le cerveau qui peut se projeter au-dehors et se déplacer au-delà des résistances que lui oppose le monde extérieur. Douée d'une efficacité pratique, elle dispose d'un pouvoir magnétique qui la rend capable d'exercer sur les autres objets une force transformatrice. Et le « jeune savant » (p. 58) d'invoquer, à l'appui de ses allégations, « les pensées de Descartes, de Diderot, de Napoléon », qui conduisent encore « tout un siècle » (p. 159). Décrivant en ces termes l'action de la volonté, Raphaël caractérise l'une de ses fonctions qu'un peu plus tard

1. L'ouvrage, du reste, est présenté par Raphaël comme « purement physiologique » (p. 261).

Louis Lambert attribuera, dans sa doctrine, à « l'être *réactionnel*[1] » ou extérieur — cet être qui assume la projection au-dehors de nos volitions et qui, en réagissant sur d'autres êtres, a le pouvoir, s'ils n'y font obstacle, de « les pénétrer d'une essence étrangère à la leur[2] ».

Au cours de l'entretien, le héros étonne encore Fœdora en lui disant que nos idées sont « des êtres organisés, complets », qui vivent « dans un monde invisible » et influent « sur nos destinées » (*ibid.*). Ces formules suggèrent que la pensée, douée d'une vie propre, réalise ses opérations sans sortir de sa propre sphère, cette pure intériorité qu'elle n'abandonne jamais, sinon pour se transporter à distance, dans l'extase ou la voyance. La pensée est en somme un mouvement qui s'accomplit sans manifestation corporelle, une énergie psychique autonome, soustraite aux déterminations du monde extérieur. À peine esquissée par Raphaël, cette autre fonction de la volonté sera bientôt attribuée par Louis Lambert à « l'être *actionnel*[3] » ou intérieur.

1. *Louis Lambert* (*CH*, t. XI, p. 629).

2. *Ibid.*, p. 631.

3. *Ibid.*, p. 629.

Nul doute que Balzac n'emprunte cette répartition de la volonté en deux êtres, extérieur et intérieur, aux doctrines médicales — celles de Van Helmont, de Bichat ou de Virey[4] —, dont il a connaissance. Son originalité, selon Jean Starobinski, tient à « l'antagonisme vital[5] » qu'il décèle entre ces deux êtres : « Balzac restreint la réaction à l'être "extérieur", et réserve un rôle différent à l'être actionnel, lequel ne se compromet pas hors de sa propre pensée sinon pour accomplir des actes instantanés de

4. Voir Dossier, p. 232-234.

5. *Louis Lambert, op. cit.*, p. 627.

clairvoyance et de contemplation à distance. [...] Alors que la physique classique et la physiologie médicale pensent indissociablement l'action et la réaction, et attribuent le pouvoir de réaction aussi bien à la matière brute qu'à la vie végétative, et à celle-ci aussi bien qu'à la vie animale, Balzac les dissocie [...] et attribue deux vies distinctes à l'être "actionnel" et à l'être "réactionnel", rétablissant sur ce plan une dualité que d'autre part il aurait souhaité surmonter. L'opposition du dehors et du dedans réinstalle le dualisme dans un système où prévalait au départ le postulat de la substance unique. Le tragique de la division supplante un monisme de principe [1] ».

1. J. Starobinski, *op. cit.*, p. 226.

Dans le roman, cette division tragique est illustrée par la vie de Raphaël, bien plus que par sa *Théorie de la volonté* : l'essor de ses facultés, comme le pacte qui le lie à la peau de chagrin, figure cette scission entre être « actionnel » et être « réactionnel », dont il finit par être la victime, comme le seront bientôt un Louis Lambert ou un Frenhofer[2].

2. Peintre de génie, campé par Balzac dans *Le Chef-d'œuvre inconnu*.

L'IMPÔT DU GÉNIE

Raphaël, dès son plus jeune âge, connaît une profonde solitude, qui favorise son développement intellectuel, tout en l'empêchant de s'initier à la vie sociale. C'est l'origine d'un déséquilibre entre son être « intérieur » et son être « extérieur », dont l'influence est déterminante sur son caractère.

Après une enfance qu'on devine malheureuse, ce « fils unique » (p. 123), orphelin de mère, passe en effet sa jeunesse auprès d'un père autoritaire, qui le tient « bridé comme un cheval d'escadron » (p. 117) et l'astreint à suivre, en automate, une « route uniforme » (p. 118). Au sortir du collège, l'adolescent doit se plier « à une discipline sévère » (p. 116), qui rappelle les habitudes du casernement militaire : pour le tenir sous son contrôle, M. de Valentin le loge « dans une chambre contiguë à son cabinet » (*ibid.*) et lui demande un compte rigoureux de ses activités.

Cet inflexible chaperon, soucieux d'épargner à son fils les « sottises » de la jeunesse, le suit partout, au théâtre comme dans les salons, le condamnant à revenir de ces sorties le cœur vierge, tout « gonflé de désirs » (p. 117). Sous cette férule, aussi froide qu'« une règle monacale » (p. 116), Raphaël n'a d'autre choix que de refouler ses aspirations : son père, « homme grand, sec et mince », au visage « en lame de couteau » (p. 116-117), exerce sur lui une autorité castratrice, qui tient sa volonté « sous un dôme de plomb » (p. 117).

Tel est le climat dans lequel se développent le caractère mobile et la sensibilité frémissante du héros. En dépit de quelques velléités de révolte vite anéanties, celui-ci, comme il le confie à Émile, a bientôt tendance à se replier sur lui-même, pour rechercher des compensations imaginaires dans les « ineffables délices » (*ibid.*) de la rêverie. Pour échapper à l'ennui de cette existence austère, Raphaël trouve de surcroît une compagnie dans les livres et se jette à corps perdu dans l'étude. Dès l'âge de sept ans, « la curiosité philosophique, les travaux excessifs, l'amour de la lecture » (p. 130) occupent le plus clair de son temps. Les heures innombrables passées à lire, en rêvassant, sont à l'origine de l'exceptionnelle vigueur de ses facultés : à l'écart des sollicitations mondaines qui réagissent d'ordinaire sur la volonté, il concentre son imagination, qui devient ainsi « l'organe perfectionné » d'une puissance tout intériorisée, « plus haute que le vouloir de la passion » (p. 130-131).

Les réquisitions du désir, lorsqu'elles pressent Raphaël, produisent, dès cette époque, de brutales décharges de la volonté, qui lui donnent la fièvre, dans un climat de transgression et de culpabilité. Ainsi, lors de la soirée où il joue l'argent de son père, le jeune homme se livre à un « libertinage d'esprit » (p. 119) qui l'incline à l'intrépidité : songeant aux jouissances que les écus paternels pourraient lui procurer, il imagine alors des scènes qui s'animent sous ses yeux « comme les sorcières de Macbeth autour de leur chaudière, mais alléchantes, frémissantes, délicieuses » (*ibid.*).

Décidé à jouer, mais craignant d'être vu, il parcourt la salle d'« un regard translucide », avant de parier pour l'un des joueurs, sur la tête duquel il concentre « plus de prières et de vœux qu'il ne s'en

fait en mer pendant trois tempêtes »
(p. 120). Cet influx de sa volonté est-il
pour quelque chose dans son succès ? À
défaut d'en avoir la certitude, on découvre, en cette occasion, la singulière péné-
tration dont il est désormais doué. S'étant
éloigné du tapis vert pour ne pas éveiller
les soupçons, Raphaël, faute de pouvoir
rien voir ni entendre, parvient tout de
même à suivre le déroulement de la partie, à la faveur d'une étonnante transmigration de l'esprit (p. 120-121).

Cependant, cette vive réaction de sa
volonté, en dépit du succès de l'entreprise, ne lui permet pas de se procurer
effectivement les satisfactions qu'il avait
imaginées. Si son père relâche alors l'étau
de sa surveillance, c'est pour lui confier,
on le sait, le soin de ses affaires. Or, cette
charge épineuse, qui contraint le héros à
« travailler nuit et jour » pour défendre les
intérêts de sa famille, fait de lui son « propre despote » (p. 124) : c'est volontaire-
ment qu'il lui faut alors renoncer aux
plaisirs du monde, faute de pouvoir se
permettre la plus infime dépense.

Si la vie de Raphaël est changée à la
mort de son père, d'autres chaînes viennent remplacer ses anciens fers et restrei-
gnent ses contacts avec le monde, pour le
laisser, une nouvelle fois, « seul avec [ses]
pensées » (p. 125). Libéré de toute tutelle
extérieure, le jeune homme découvre
alors en lui-même un frein puissant, qui
l'empêche de se lancer à la conquête de
la société : à force d'être « arrêté dans ses

expansions » (p. 127), il a fait du repli sur soi sa posture de prédilection. Cette funeste disposition, qui scelle « le malheur des poètes » (p. 128), témoigne de l'empire qu'exercent sur sa conduite les mouvements capricieux de sa pensée. Creusant davantage le fossé qui sépare son monde intérieur de la réalité, elle l'expose à vivre « dans tous les tourments d'une impuissante énergie qui se dévor[e] elle-même » (p. 129). Multipliant les images d'orages, d'incendies ravageurs, d'océans déchaînés, Raphaël dépeint ainsi, au cours de sa confession, les forces qui lui calcinent l'âme, faute de se frayer un chemin vers le monde extérieur. Condamné à n'aimer que « de loin » (p. 128), en pensée ou en rêve, conscient du risque qu'il court « de vivre éternellement seul » (p. 133), le héros avoue qu'il a souvent « voulu [se] tuer de désespoir » (p. 130), car la tentation du suicide est l'inévitable corollaire de ce déséquilibre croissant entre son être « actionnel » et son être « réactionnel ».

Les travaux de philosophie dans lesquels il finit par se jeter, dans l'espoir d'obtenir la célébrité, sont un leurre : destinés à l'établir au premier rang de la société, ils l'en éloignent une fois encore, en le déterminant à s'infliger un nouveau régime de réclusion. Curieuse démarche, en effet, que celle de ce jeune ambitieux, impatient de se faire connaître, qui choisit de s'enfermer préalablement dans une « sphère de travail et de silence » (p. 135) pour se donner les moyens de conquérir un jour l'opinion.

C'est ainsi que Raphaël, en plein Paris de 1830, décide de vivre à l'écart, « plongé dans le monde des livres et des idées », « comme un solitaire de la Thébaïde » (*ibid.*). Face à un monde qu'il redoute, il prend le parti de dilater à l'infini son espace intérieur. Il est *tout action*, au sens balzacien du terme, ce qui lui donne, dans un premier temps, le « divin plaisir » (p. 141) d'atteindre à l'harmonie existentielle. Bien qu'il travaille à nouveau nuit et jour sans relâche, les « hauteurs célestes » où l'entraînent ses « méditations scientifiques » (p. 138) lui prodiguent un tel plaisir que « l'exercice de la pensée » lui semble « la plus heureuse solution de la vie humaine » (p. 140). Ce bel optimisme résulte pour lui de la miraculeuse réciprocité qui s'est temporairement établie, au sein de l'étude, entre les mondes matériel et spirituel, sous le double effet d'une spiritualisation de la matière et d'une matérialisation de ses facultés.

Au cours de ses travaux, le jeune poète voit en effet les opérations abstraites de sa pensée se transformer en paysages ou prendre une forme humaine : ses idées surgissent « comme le soleil au matin [...] s'élève », elles grandissent, tel « un enfant » se fait « lentement viril » (*ibid.*), après avoir atteint la puberté. Quant à l'inspiration, elle l'envahit d'une joie qui évoque pour lui la caresse d'une « brise tiède », quand on nage seul « dans un lac d'eau pure, au milieu des rochers, des bois et des fleurs » (*ibid.*).

Réciproquement, les objets qui l'environnent semblent s'animer pour accéder à une vie toute spirituelle. Son bureau, son piano, son fauteuil deviennent pour lui « d'humbles amis », « complices silencieux de [son] avenir » (p. 141), qu'il lui suffit de regarder pour leur communiquer son âme : « À force de contempler les objets qui m'entouraient, je trouvais à chacun sa physionomie, son caractère ; souvent ils me parlaient : si, par-dessus les toits, le soleil couchant jetait à travers mon étroite fenêtre quelque lueur furtive, ils se coloraient, pâlissaient, brillaient, s'attristaient ou s'égayaient en me surprenant toujours par des effets nouveaux » (*ibid.*).

Cette béatitude séraphique alterne chez Raphaël avec des tentations moins paisibles, qui sont à ses yeux de « délicieux voyages », où la pensée franchit « tous les obstacles » (p. 144). Ainsi la « discipline claustrale » (p. 135) qu'il s'est imposée fait parfois lever dans son âme neuve, comme dans celle de saint Antoine, de puissantes fermentations. La femme est, de son propre aveu, « [sa] seule chimère » (p. 143). Objet fantasmatique, surinvesti par son imagination débordante, c'est tantôt une présence idéale, une figure maternelle, « élégante et riche », qui lui caresse les cheveux, en le plaignant de ses souffrances ; et tantôt une créature ensorcelante, qui réveille ses appétits charnels, « comme un incendie longtemps couvé » (*ibid.*) sous la cendre.

Pour Raphaël, « de tels rêves ne sont pas sans charmes » (p. 143-144), malgré leurs violentes couleurs. Mais, en l'attirant toujours plus profondément dans son labyrinthe intérieur, ils ne cessent d'affaiblir son être « réactionnel », aggravant de ce fait le clivage qui sépare son moi du monde extérieur. À cet égard, ils constituent une menace mortelle : c'est l'impôt que paie nécessairement le génie, quand il se livre avec une telle prodigalité à cette dépense spirituelle.

DICHTERLIEBE[1]

1. *Les Amours du poète* (1840), nom d'un cycle de lieder composé par Schumann, sur des poèmes de Heine.

Les prédispositions imaginatives de Raphaël permettent par ailleurs de mieux comprendre les étranges relations qu'il entretient avec les femmes réelles. Comment ne pas relever, en effet, les paradoxes du désir chez ce jeune homme qui n'est jamais tant épris qu'au moment où son amour est frappé d'impossibilité ? Préférant l'ombre du fantasme à la chose féminine, il trouve de nouveaux charmes à celles qu'il aime à mesure qu'elles s'éloignent de la réalité. « Je n'ai jamais pu détruire ces sentiments ni ces rêveries de poète » (p. 149), reconnaît-il : « J'étais né pour l'amour impossible » (*ibid.*).

C'est cette orientation libidinale qui le conduit — comme on l'a vu — à dédaigner Pauline, lorsqu'il lui serait possible de l'aimer, rue des Cordiers. Avec quel étrange entêtement, il refuse alors de la considérer comme un objet d'amour, s'ordonnant de ne voir en elle « qu'une sœur » (p. 147) et sublimant son désir dans l'idéalité d'une vision d'artiste. Fœdora elle-même est pour Raphaël un

1. D. Houk Schocket, « Coquettes et dandys narcissiques : les êtres séduisants de *La Comédie humaine* », in *L'Érotique balzacienne*, SEDES, 2001, p. 61.

objet essentiellement fantasmatique[1]. Dès qu'il entend parler de la « belle comtesse » (p. 153), le héros est victime de son imagination trop active. Sa curiosité est piquée par le portrait avantageux que Rastignac lui brosse de cette femme à la mode, entourée de soupirants, également incapables de la conquérir et de la déchiffrer. Plus encore, c'est la fascination exercée par le nom même de Fœdora qui éveille les désirs de Raphaël, en faisant surgir dans son esprit « les poésies artificielles du monde » et briller de tous leurs feux « les fêtes du haut Paris » (*ibid.*). Il n'en faut pas davantage pour que le jeune homme, avant même d'avoir rencontré la comtesse, voie en elle « l'incarnation de [ses] espérances » (p. 154) : « Je me créai une femme, je la dessinai dans ma pensée, je la rêvai » (*ibid.*).

Reposant sur une pure illusion, cette passion n'en est que plus tenace. Raphaël a beau employer tout son temps et mobiliser toute sa « science de l'observation » (p. 193) pour percer le mystère de Fœdora, celle-ci lui échappe, car elle ne correspond pas à l'être imaginaire qu'il poursuit avec une vaine opiniâtreté. Bien qu'elle le prévienne « loyalement de [son] caractère » (p. 217), lui disant « [son] antipathie pour l'amour » (p. 189) et fixant les bornes de leur relation à l'amitié, cette coquette, en qui s'incarne parfaitement la Société, lui demeure incompréhensible. Il ne voit en elle, selon les circonstances, qu'« un ange » (p. 196) ou « un démon »,

« un monstre » sorti de quelque « histoire fantastique » (p. 202) : « plus qu'une femme, [...] un roman » (p. 161).

Pour Raphaël, le divorce est donc total entre les données de l'expérience sensible et les séduisantes images de son monde intérieur. Sous l'effet de la passion, son imagination s'enfle jusqu'au délire. Pendant des heures de rêverie ininterrompue, l'ensorcelante image de Fœdora investit totalement son esprit. Dans ces moments d'« extase ineffable » (p. 165), le héros, tout occupé à contempler son idole, s'adonne aux jeux de la transmigration spirituelle. Qu'il la rejoigne en pensée « dans le monde des apparitions » (p. 166) ou que les puissantes suggestions de la rêverie fassent surgir devant lui l'image de sa bien-aimée, il s'invente une intimité fictive avec elle, qui le plonge dans un ineffable ravissement. Au théâtre où il est allé un jour, après avoir attendu en vain la comtesse, il reçoit soudain un « coup électrique dans le cœur » qui lui révèle, par l'effet d'une « lucidité fabuleuse » (p. 167), qu'elle est cachée dans l'ombre, au fond de sa loge : « [...] mon âme avait volé vers sa vie comme un insecte vole à sa fleur. [...] Mes études sur notre puissance morale, si peu connue, servaient au moins à me faire rencontrer dans ma passion quelques preuves vivantes de mon système » (*ibid.*).

La libération de telles énergies psychiques n'est pas cependant sans danger. La dilatation de son univers imaginaire éloigne le héros des réalités, l'exposant à de cruelles désillusions : si attrayant que soit le charme des rêves, ce sont des larmes de désespoir qui lui viennent au réveil, lorsque les ardentes visions de Fœdora ont cédé la place à l'évidence de sa froideur. Face aux obstacles, la passion, en une « frénésie croissante » (p. 175), atteint de « violents paroxysmes » (p. 189) qui conduisent le héros au bord de la confusion mentale.

Tout au bonheur de se promener un jour au Jardin des Plantes avec Fœdora, il croit vivre un rêve éveillé, qui a « je ne sais quoi de fantastique » (p. 188). La faveur qu'elle lui accorde, une autre fois, de passer une journée entière en sa compagnie le livre, de même, à sa trop vive imagination : il se croit l'époux de la comtesse et se laisse gagner par la trompeuse félicité d'« un amour heureux » (p. 190). Au moment de leur rupture, la magie opère encore, contre toute réalité. Ayant obtenu de baiser la main de sa bien-aimée, Raphaël, sous l'empire de son être « actionnel », s'enfonce alors « si voluptueusement » (p. 214) au plus profond de l'illusion, qu'il sent son âme se dissoudre et s'extravaser dans ce baiser.

Au cours de la même scène, le jeune homme, en usant de sa volonté, parvient enfin à envelopper Fœdora « dans son désir » et à la vaincre « par la puissance d'une fascination magnétique » (*ibid*), qui pourrait, s'il le souhaitait, la livrer tout entière à son caprice. Cependant, le rêve d'un « bonheur idéal et complet » (*ibid.*) est encore trop puissant sur son esprit pour qu'il cède à la tentation d'abuser de la comtesse. Cet ultime sursaut de son être « réactionnel » retombe aussitôt après s'être manifesté : point d'effusion séminale pour ce cœur désespérément vierge qui, au moment de rompre, se satisfait des seuls débordements de son éloquence, la passion ne trouvant à s'exprimer que par les « mots flamboyants », les « traits de sentiment » et « les cris » de son « âme déchirée » (p. 215-216).

Pour tenter d'« oublier Fœdora » et de « guérir de [sa] folie », Raphaël décide d'abord de revenir à sa « studieuse solitude » et d'enchaîner son esprit à des « travaux exorbitants » (p. 219). Mais ce nouveau repli sur soi remplit mal sa fonction thérapeutique : hanté par « le fantôme brillant et moqueur » (*ibid.*) de la comtesse, le héros reste soumis à son obsession maladive : non sans inquiétude, il sent toujours « la folie rugir par moments dans son cerveau » (p. 221). C'est alors que, préférant mourir que vivre de la sorte, il trouve dans la débauche « le meilleur moyen de terminer cette lutte » (*ibid.*).

La débauche, telle qu'il la conçoit, est une immense dilapidation d'énergie psychique qui diffère de l'étude moins qu'il n'y paraît : aussi ardue qu'une science ou qu'un art, elle réclame des âmes robustes, capables, au prix d'une prodigieuse dissipation de leurs forces, d'ériger en habitude et de concentrer, comme par système, les émotions les plus vives ou les plus raffinées. C'est une ivresse qui est au monde sensible ce que la création poétique est au monde intellectuel : « la pensée de l'infini » (p. 228) la soutient, comme elle est l'aiguillon du rêve. Dans les infernales voluptés qu'elle verse, une âme fatiguée, qui a renoncé à l'exercice de ses

facultés, trouve encore des enchantements hors du commun, qui sont, dans
le domaine des sensations, l'équivalent
des extases spirituelles prodiguées par la
mystique.

Mais ce « délire perpétuel » (p. 230),
qui dévore l'âme et la laisse comme gan-
grenée, conduit inéluctablement à l'épuisement, puis à la mort. Le héros ne pré-
voit que trop ce « réveil enragé » (p. 231) :
« Un jour, [...] l'impuissance est assise à
votre chevet [...] ; moi, peut-être une pul-
monie va me dire : "Partons !" comme
elle a dit jadis à Raphaël d'Urbin [...] »
(*ibid.*). On ne saurait mieux voir, par-delà
l'horizon fatal de la débauche, l'issue prévisible d'un « amour de poète » (p. 196)
portant en lui, dès l'origine, le principe
qui le mine.

SPLENDEUR OU MISÈRE ?

La rencontre de l'Antiquaire ne modifie
guère la destinée de Raphaël. Avant
comme après la découverte du talisman,
le héros est toujours sous la domination
de son être « actionnel » : les sollicitations
du monde extérieur engendrent dans son
esprit des mouvements de la pensée, qui
restent confinés dans leur propre sphère
et n'ont que rarement une incidence sur
la réalité.

Il faut revenir, à cet égard, sur les circonstances dans lesquelles le jeune homme
accepte la peau des mains de l'Antiquaire.

Lorsqu'on le découvre quittant le jeu après avoir perdu son dernier napoléon, c'est un être ravagé par la passion, à qui la vie semble « comme rétrécie par un phénomène moral » (p. 115). Il porte déjà sur ses traits altérés les marques de l'usure vitale, tandis qu'une secrète flamme — à quoi l'on reconnaît une surchauffe de la volonté — le dévore de l'intérieur, laissant à ses joues une maladive « rougeur » (p. 27).

En proie à une puissance dissolvante dont l'action sur ses nerfs a insensiblement provoqué dans son organisme les « phénomènes de la fluidité » (p. 36), il a été plongé par le sinistre aspect de l'automne parisien dans « une extase douloureuse » (*ibid.*), que le narrateur balzacien compare à celle qui s'empare des agonisants. Cet état second lui donne des hommes et des choses une vision à la fois confuse, mobile et étrange. C'est pour se soustraire aux pénibles « titillations que produis[ent] sur son âme les réactions de la nature physique » (p. 37) qu'il entre dans le magasin d'antiquités.

L'étonnant spectacle qu'il y découvre, « l'immense pâture » (p. 38) offerte à ses sens par les trésors accumulés en ces lieux ne calment pas, tant s'en faut, « ses vertiges » (p. 37). Mais à ce trouble se mêle une jouissance, liée à la réalisation de son désir de se soustraire au monde extérieur : « [...] il sortit de la vie réelle, monta par degrés vers un monde idéal, arriva dans les palais enchantés de l'Extase [...] »

(p. 40). Après la violente réaction occasionnée par le jeu — ultime tentative pour confronter sa volonté au monde réel —, le héros éprouve donc le besoin de réintégrer une nouvelle fois le territoire de l'imaginaire. Passant de salle en salle, il est irrésistiblement attiré par « cet océan de meubles, d'inventions, de modes, d'œuvres, de ruines » (p. 42) qui lui offrent l'occasion d'un voyage extraordinaire à travers l'espace et le temps. Son imagination, vivement sollicitée par ce foisonnement d'objets pittoresques, fait lever en lui « les vaporeuses figures d'un rêve » (p. 41), où il a tout loisir de visiter sans effort « des pays, des âges, des règnes » (p. 43).

Cependant cette rêverie créatrice, « trop accablante pour un seul homme » (p. 42), le conduit au bord du malaise, en lui faisant courir le risque de l'atomisation intérieure. Le narrateur balzacien ne dissimule pas le risque mortel que comporte cette suractivité de l'être « actionnel » : « Semblable en ses caprices à la chimie moderne qui résume la création par un gaz, l'âme ne compose-t-elle pas de terribles poisons par la rapide concentration de ses jouissances, de ses forces ou de ses idées ? Beaucoup d'hommes ne périssent-ils pas sous le foudroiement de quelque acide moral soudainement épandu dans leur être intérieur ? » (p. 46).

Au moment où il s'apprête à disposer de la peau de chagrin, le héros paraît donc avoir atteint un point de non-retour : en lui, semble consommée comme dans un état psychotique la dissociation de son être « réactionnel », caractérisé par une faiblesse croissante, et de son être « actionnel », dont l'empire ne cesse de s'affirmer en lui. De ce point de vue, la découverte du talisman n'est qu'une péripétie qui scelle symboliquement cette schize, sans rien changer à son destin.

Le principe d'une tragique division est en effet inscrit dans les caractéristiques du mystérieux chagrin. On y remarque d'abord l'empreinte du « cachet de Salomon » (p. 58) qui symbolise les deux aspects fondamentaux de l'existence. Dans la tradition kabbalistique, cette figure se présente « sous la forme de deux triangles équilatéraux croisés (l'un tourné vers le haut, l'autre vers le bas) de telle façon qu'un cercle puisse passer par chacun des six points de l'étoile, et que l'intérieur de la figure décrive un hexagone régulier au centre duquel se trouve inscrit le vrai nom de Dieu. L'étude des textes traditionnels de l'occultisme fait apparaître que, chaque élément de cette figure étant assorti d'une valeur symbolique précise, le triangle tourné vers le haut signifie la *liberté de la pensée* comme contemplation, tandis que le triangle tourné vers le bas symbolise la *nécessité de la nature* liée au temps et à l'espace : l'ensemble de la figure *représente la vie* [...] [1] ».

1. P.-M. de Biasi, « "Cette singulière lucidité" (note iconographique) », in *Balzac et « La Peau de chagrin »*, *op. cit.*, p. 182.

Le cachet suggère donc la possible harmonie du monde extérieur et de la volonté, il est le symbole d'un principe unitaire qui concilie les contraires, force matérielle et puissance spirituelle. Cependant les caractères ineffaçables également « incrustés dans le tissu cellulaire de cette Peau merveilleuse » (p. 59), qui forment le texte du pacte — « Si tu me possèdes, tu posséderas tout [...]. À chaque vouloir, je décroîtrai comme tes jours » (p. 60) —, sont disposés de telle manière qu'ils dessinent un triangle pointe en bas, ce qui modifie la valeur symbolique de l'objet. Car cette nouvelle figure met désormais l'accent sur l'épuisement progressif de la vie, sur la fatale rétraction du potentiel vital. La plénitude que symbolisait le cachet de Salomon par l'harmonie des contraires est donc ramenée *in fine* à une formule aliénante, à un antagonisme mortifère entre les deux principes, l'expansion de la volonté ayant pour contrepartie la diminution de la vie.

On comprend la réaction de Raphaël, qui voit « la Mort » (p. 247) dès qu'il prend conscience de la véritable nature du talisman : il se refuse à exercer son pouvoir sur le monde et prend le parti — ô combien tantalisant — de refouler sa volonté. C'est ainsi qu'il recouvre sa condition de reclus, figure privilégiée du retrait dans l'intériorité. Ayant abdiqué toute énergie « réactionnelle », il choisit en effet de se murer dans un riche hôtel « enseveli », selon ses prescriptions, dans « un silence claustral » (p. 253). Auprès de Jonathas qui lui prodigue tous les soins d'une mère, il mène alors la vie d'un « enfant au maillot » (p. 256). À défaut de pouvoir régresser au niveau végétal (p. 257, 355) ou minéral (p. 329), il n'aspire qu'à être une « machine à vapeur » (p. 260), « une sorte d'automate » (p. 259), dont la vie uniforme obéirait à un programme bien réglé.

Ce comportement lui vaut la réputation d'un « monomane » (p. 257), souffrant d'une « idée fixe » (p. 323). Tel est, du moins, le diagnostic des médecins appelés auprès de lui en consultation. Il est vrai que Raphaël, « semblable à tous les malades », ne semble plus songer « qu'à son mal » (p. 266). Pendant des heures, s'aidant au besoin de l'opium, il reste immobile, dans son fauteuil, perdu dans des « méditations funèbres » (p. 311-312) ou des « rêveries machinales » durant lesquelles son « âme est presque endormie » (p. 328).

Aussi, Porriquet, lorsqu'il lui rend visite, est-il frappé par l'« extrême mélancolie » que trahissent « l'attitude maladive de son corps affaissé » et « son visage pâle comme une fleur étiolée » (p. 258). La faiblesse physique du personnage, que souligne une impuissance perceptible à bien des détails — « ses cheveux blonds, devenus rares », le « couteau de malachite » tombé « à ses pieds », le « magnifique houka de l'Inde », dont il a perdu le goût (p. 258-259) —, est cependant démentie par la flamme de son regard, dans lequel « toute la vie sembl[e] s'être retirée » (p. 259). Ce « jeune cadavre » (p. 260) ne palpite plus que par la pensée, dont la fermentation malsaine, comprimée en son sein, lui donne la fièvre : sa main est « brûlante et moite » (*ibid.*), comme sa tête (p. 265), et il sent « dans [sa] poitrine un foyer » (p. 311) le dévorer. Dans cette triste impuissance, il fait songer à Prométhée enchaîné, à Napoléon déchu, à Origène dont, « en châtrant son imagination » (p. 259), il a cn quelque sorte imité la chasteté.

Tout au long de cette agonie, son corps se dégrade de plus en plus : il est pris de violents « accès de toux » (p. 330), une pâleur maladive ne quitte plus son visage et sa démarche est bientôt celle d'un « goutteux » (p. 344). Cette lente déchéance qui le dépouille de son enveloppe terrestre n'est pas sans évoquer, en même temps, l'ascèse mystique : Raphaël, dans les derniers temps de son existence, semble se désincarner peu à peu, plongeant plus avant dans la folie ou gagnant — on ne sait — en vigueur spirituelle. Prématurément usé par cette expérience, il paraît n'avoir « plus d'âge » (*ibid.*) : *puer senex*.

Son corps « fluet et débile » (p. 260) contraste avec la vigueur dont son esprit est capable, par « intussusception » (p. 331)[1]. Lors de son séjour à Aix-les-Bains, « un rare privilège d'intuition » lui permet ainsi de lire « dans toutes les âmes » (p. 329) et de comprendre les motifs de l'aversion qu'il inspire aux habitués du cercle, en déchiffrant leurs « pensées les plus secrètes » (p. 330). Cette « singulière lucidité » (p. 240) l'isole un peu plus parmi les hommes, dans une sorte d'asocialité. D'une certaine manière, son sort est celui d'un ange égaré sur cette terre : « [...] il se trouva dans l'horrible isolement qui attend les puissances et les dominations » (p. 330)[2].

Les rares moments où de brutales volitions réveillent son être « réactionnel » sont désormais marqués par une espèce de frénésie. Après avoir laissé échapper le vœu de voir exaucée la requête de Porri-

1. Selon la préface de 1831, l'intussusception est une « sorte de seconde vue qui [...] permet de deviner le vrai dans toutes les situations possibles » (p. 403).

2. Dans le vocabulaire religieux, « puissances » et « dominations » sont des noms d'anges.

quet, Raphaël est d'abord submergé par une froide colère qui blanchit son visage (p. 263). Puis, la « réaction » qui se fait « dans son âme » se traduit par un flot de larmes qui coulent « de ses yeux flamboyants » (*ibid.*). Un peu plus tard, lors du duel qui l'oppose à un curiste d'Aix-les-Bains, il fait la démonstration de la « terrible puissance » (p. 344) de sa volonté. Semblable à « un fou méchant », il jette sur son adversaire, avant de le tuer, « l'insupportable clarté de son regard fixe » (p. 345). Dominé par une force « presque magique », le malheureux, « contraint de subir ce regard homicide », est paralysé, « comme un oiseau devant un serpent » (*ibid.*).

L'ultime stase se produit lors de la dernière rencontre du héros avec Pauline. On y atteint « le paroxysme de la réaction » qui, selon Jean Starobinski, se traduit toujours « par l'afflux substantiel de la chaleur et de la rougeur dans le visage, du feu dans le regard » : trop longtemps refoulée, l'énergie vitale afflue soudain, « au risque d'une mortelle déperdition [1] ». Ainsi, peu avant d'expirer dans les spasmes du désir, Raphaël, endormi d'un « bon sommeil », paraît « tranquille et reposé » (p. 368) : un « rose vif » colore « ses joues blanches » et « sa bouche vermeille » laisse « passer un souffle égal et pur » (*ibid.*). La vie semble soudain « en fleurs » (*ibid.*) sur ce visage d'ange. Mais, au réveil, c'est bien un mort vivant, dont « [les] yeux foudroient » (p. 369), qui, tel

1. J. Starobinski, *op. cit.*, p. 238.

un démon, se jette furieusement sur sa bien-aimée.

On le voit, la mort de Raphaël est ambiguë. En apparence, c'est un tragique échec, qui s'achève dans un lamentable raptus érotique. Le héros, malgré ses dons exceptionnels, a gâché sa vie, en la consumant dans l'impuissance. D'où ces réflexions désenchantées qui l'assaillent pendant son voyage au Mont-Dore : « Il pensa tout à coup que la possession du pouvoir, quelque immense qu'il pût être, ne donnait pas la science de s'en servir. Le sceptre est un jouet pour un enfant, une hache pour Richelieu, et pour Napoléon un levier à faire pencher le monde » (p. 347).

Mais Balzac peut-il se résoudre à l'échec de son héros, qui est aussi son double, sans laisser pressentir l'éventualité d'une secrète victoire ? Raphaël, à la fois vieillard et enfant[1], ange et démon, homme à la « grâce efféminée » (p. 258)[2] et poète travesti en monomane, est une figure ambivalente, au destin indécidable, qui annonce Louis Lambert. Dans le sommeil qui précède sa mort, le jeune homme souriant, libéré des pesanteurs corporelles, semble « transporté [...] par un rêve dans une belle vie » où il accède enfin à la béatitude que procure la contemplation des vérités supérieures : « [...] peut-être [...] apercevait-il, comme le prophète, en haut de la montagne, la terre promise, dans un bienfaisant lointain » (p. 368).

1. Thème récurrent : Raphaël se laisse « dominer par une croyance digne d'enfants » écoutant « les contes de leurs nourrices » (p. 53), il joue du talisman « comme un enfant » avec « son jouet » (p. 58), il se définit lui-même comme un « grand enfant » (p. 127), etc.
2. L'androgynie de Raphaël est suggérée maintes fois (p. 29, 37, 118) : cet « amant efféminé de la paresse orientale » (p. 142-143) a des mains « jolies » comme celles des femmes (p. 28) et avoue qu'il est « souvent femme comme elles » (p. 131).

Entre ces deux orientations, le génie du romancier consiste à ne pas trancher. *La Peau de chagrin* est le roman de l'incertitude. Dans sa sagesse ironique, il fond ensemble les contraires : la tragique impasse du désir débouchant sur la folie et sur la mort est aussi la sublime évasion d'un ange étranger à cette terre, qui parvient à se dégager de son corps pour rejoindre sa patrie céleste.

C. LE FANTASTIQUE

Parmi les formes que prend l'ironie du romancier dans *La Peau de chagrin*, il faut retenir au premier chef l'inspiration fantastique. Balzac, attentif aux goûts du public de son temps, emprunte en effet certains matériaux de son intrigue à la veine du roman noir, qu'il connaît bien pour l'avoir exploitée, dans ses œuvres de jeunesse, où l'influence d'Ann Radcliffe et de Maturin est parfois si sensible. Tirant en outre parti de l'intérêt suscité, dès 1829, par la traduction française d'Hoffmann, il élargit cette inspiration ancienne, en introduisant dans son récit, à la manière du conteur allemand, des hallucinations et des divagations oniriques, aux frontières du réel et de la fantasmagorie.

Balzac a cependant conscience des limites de la vogue frénétique : usure des sujets, pesanteur des conventions, surenchère des faiseurs qui débitent « de l'atroce pour le plaisir des jeunes filles [1] »... À ses yeux, goules et fantômes, châteaux et gibets, sorciers et scélérats ont fait leur temps : les accessoires de l'épouvante prêtent à rire désormais [2], et un écrivain qui se respecte ne peut écrire un roman de ce genre qu'en détournant ses codes.

DÉMONS ET MERVEILLES

L'ironie balzacienne consiste donc, en un premier temps, à déjouer les attentes des lecteurs habitués à voir se produire, dans un climat de terreur, des phénomènes bizarres ou monstrueux, teintés de surnaturel. Pourtant rien ne manque, en apparence, à *La Peau de chagrin,* ni le personnage démoniaque, ni le pacte infernal, ni l'objet mystérieux doué de pouvoirs magiques.

Le magasin de l'Antiquaire, qui rappelle « le repaire du Centenaire [3] dans les catacombes », fait également songer à l'appartement souterrain du Juif Adonias, tel qu'on le découvre dans *Melmoth*, certains éléments descriptifs leur étant communs, du crocodile empaillé (p. 38) au « squelette à peine éclairé » qui, au passage de Raphaël, « pench[e] dubitativement son crâne de droite à gauche » (p. 50). Du reste, le narrateur ne ménage pas ses efforts pour donner une touche lugubre à la scène qui se déroule dans ce lieu. Le héros, progressant dans la pénombre, sent tout à coup « je ne sais quoi de velu qui lui effleur[e] les joues » et frissonne sous « cette froide caresse digne des mystères de la tombe » (*ibid.*). Tous les objets dont il est entouré

1. « Au lecteur », *L'Elixir de longue vie* (*CH*, t. XI, p. 473).

2. Voir la préface du roman : « [...] les gibets, les condamnés, les atrocités chaudes et froides, les bourreaux, tout est devenu bouffon » (p. 405).

3. Personnage inspiré de Melmoth, campé par Balzac dans *Le Centenaire ou les Deux Béringheld* (publié en 1822 sous le pseudonyme d'Horace de Saint-Aubin).

lui semblent être des « fantômes » baignés dans une « même teinte noire » (*ibid.*). Tout à coup, il entend une « voix terrible » qui le fait tressaillir, « comme lorsqu'au milieu d'un brûlant cauchemar, on est jeté « dans les profondeurs d'un abîme » (*ibid.*).

C'est l'Antiquaire, dont la soudaine apparition, tel un spectre « sorti d'un sarcophage voisin », a « quelque chose de magique » (p. 51). Ce vieillard, qui a connu « la cour licencieuse du Régent » (p. 62), est un double d'Adonias. Aussi madré et soupçonneux que lui (p. 56), doué de la même force extraordinaire (p. 55), il a son accoutrement : une robe serrée autour des reins, un bonnet de velours noir sur la tête (p. 51), une lampe à la main, qui diffuse « une vive lumière » (p. 50). Cependant, le souvenir du *Faust* de Goethe s'éveille aussi devant « ce fantastique personnage » (p. 267). Sa « barbe grise et taillée en pointe » (p. 52) lui donne un air de Méphistophélès. Ainsi, à l'instar de cette figure diabolique, propose-t-il à son visiteur, au nom d'une mystérieuse puissance, de conclure le fatal « contrat » (p. 61) qui le liera à « cette Peau merveilleuse » (p. 59).

Le talisman, qui se présente comme « un morceau de chagrin » n'excédant pas les dimensions d'« une peau de renard » (p. 57), est doué de propriétés extraordinaires, à la manière de ces objets magiques ou de ces animaux fabuleux, dont la fonction est de réaliser les vœux de leur propriétaire [1]. Non content de diminuer en taille au fil de l'histoire, il projette des rayons lumineux, qui évoquent « une petite comète » et les lueurs minérales du « grenat » (p. 58). Certes, Raphaël découvre bientôt une « cause naturelle » à ce « phénomène inexplicable au premier abord » (p. 57-58). Mais, pour désigner une telle capacité à réfléchir vivement la lumière, le narrateur balzacien, qui parle de « singulière lucidité » (p. 58), emploie ce substantif en un sens inusité, déjà vieilli au XIXe siècle [2], mettant en relief *a contrario* l'étrangeté du phénomène. Les « caractères incrustés dans le tissu cellulaire » (p. 59) de la peau sont en outre ineffaçables : la « légère couche » que Raphaël par-

1. On songe aux génies orientaux contenus dans une lampe, au *Chat botté* de Perrault ou au diablotin enfermé dans une fiole que La Motte-Fouqué emprunte aux contes folkloriques de son pays, pour composer *La Mandragore* (1810).
2. C'est ce qu'indique Littré, *lucidité* désignant ici l'« état de ce qui est lucide », *i.e.* « qui a du luisant ».

vient à enlever « au moyen d'un stylet » (*ibid.*) se reconstitue peu de temps après. La peau elle-même est inaltérable : soumise par Japhet à l'acide fluorhydrique, habituellement « si prompt à désorganiser les tissus animaux », elle « ne subit aucune désorganisation » (p. 309). Peu après, le chimiste consulté par le héros casse un rasoir en voulant l'entamer, et il la soumet en vain à l'action d'une « pile voltaïque » (p. 309-310). La résistance de ce cuir, qui reste « sec comme du bois » (p. 287) malgré un séjour prolongé dans l'eau, est d'autant plus étrange que son état se modifie une fois le pacte scellé. D'abord « assez semblable à une feuille de métal par son peu de flexibilité » (p. 60), il acquiert entre les mains du héros une « incroyable ductilité » et, « souple comme un gant » (p. 67), peut entrer dans sa poche sans difficulté.

Ce lieu étrange, ce personnage inquiétant, cet objet magique sont-ils pour autant des gages suffisants pour faire croire au lecteur qu'il est installé dans un univers fantastique comparable à celui qu'il est habitué à trouver chez un Hoffmann ou un Maturin ? Rien n'est moins sûr. Sans parler de l'orientation parodique de certains effets[1], on retiendra, pour s'en convaincre, deux raisons principales : l'inversion des rapports que ce type de récit instaure d'ordinaire, dans le monde représenté, entre la loi et l'exception, mais aussi la réévaluation progressive du fantastique, qui cesse d'être traité comme un élément inexplicable de la réalité, pour se transformer en un dispositif allégorique.

L'effet fantastique survient en effet lorsqu'un phénomène bizarre se produit,

1. Ainsi de l'intertexte fantaisiste qui parasite la scène du pacte. Pour les emprunts à l'*Histoire du roi de Bohême* de Nodier, voir Dossier, p. 224-226.

qui bouleverse l'existence d'un personnage, en portant durablement atteinte à ses codes cognitifs et en instaurant une rupture dans sa relation au monde. Tel n'est pas le cas dans *La Peau de chagrin*. La découverte du talisman n'introduit pas de modification décisive dans la vie de Raphaël, elle n'entraîne pas de changement de nature dans ses comportements, qui restent marqués par l'impuissance. Elle révèle et renforce, plus qu'elle ne modifie, l'inéluctable constriction qui réduit son espérance de vie. À bien des égards, la sentence gravée dans le cuir oriental, qui semble déjà à l'œuvre bien avant le pacte, apparaît même comme le principe thermodynamique, la loi libidinale, l'énigme digne du Sphinx (p. 59) à laquelle tous les personnages de ce roman tentent vainement de trouver une réponse adéquate.

Dès lors, l'élément fantastique tend à perdre son statut d'exception. Loin de relever d'une absolue singularité, il devient l'une des propriétés du réel, que le récit met au jour en toutes choses. Ainsi, le narrateur, dès l'*incipit*, puise dans les clichés des romans noirs, pour peindre le dérèglement des passions et l'enfer du quotidien, dans le monde moderne. Nul besoin de *gothic revival* pour voir s'agiter des spectres, rencontrer des « experts en tortures » (p. 28) ou assister à la conclusion d'« un contrat infernal » (p. 21). Pour découvrir des drames sanguinolents, il suffit d'aller au Palais-

Royal, dans les tripots, où sévit « le démon du jeu » (p. 24).

Il n'est pas nécessaire de faire appel au surnaturel ni de sonder les obscurités du rêve pour trouver de l'insolite et du monstrueux : on n'a qu'à se pencher sur la vie des « honnêtes gens » (p. 87), comme sur les « égouts sociaux » (p. 21), où s'activent les parias qui finissent, « haïs et déshonorés », « en place de Grève » (p. 87). Là où se déchaînent les pulsions vitales, on trouve également un cortège de violences, de folies, de monstruosités. Ainsi, presque toutes les courtisanes réunies chez Taillefer apportent à ce festin « d'infernales tortures » (p. 100). Aquilina est un « monstre qui sait mordre et caresser » (p. 101). Euphrasie, de même, est une « espèce de démon sans cœur » (p. 104). Les salons du banquier, au cours de l'orgie, sont à l'image de la société : ils offrent « une vue anticipée du Pandémonium de Milton » (p. 108). De même, Fœdora, dans son boudoir, est un « mystère femelle » (p. 197), un « démon » (p. 202), qui vit dans sa propre sphère, « loin de l'humanité » (p. 197).

Ce fantastique de la réalité, établi par le jeu des métaphores, est renforcé par un réseau d'analogies tissant des liens inattendus entre les différents moments du récit, qu'ils soient assujettis, comme la confession de Raphaël, à la motivation réaliste ou qu'ils relèvent, comme le pacte, des codifications du roman noir. Ainsi des subtiles correspondances qui s'établissent entre le talisman, l'or et Fœdora, ces trois figures d'une même puissance destructrice, dont seule la première appartient en propre à l'univers fantastique.

Fœdora, on l'a souvent remarqué, a plusieurs points communs avec la peau de chagrin. Ce personnage énigmatique que Raphaël, dans l'édition originale, compare à la princesse Brambilla d'Hoffmann, est notamment caractérisé par sa beauté animale, ce que suggère sa pilosité. Sa « lèvre inférieure » est « légèrement ombragée » (p. 161), ses « épais sourcils » semblent « se rejoindre » (p. 160) et les contours de son visage sont ornés d'un « imperceptible duvet » (p. 160, 165). Tous ces traits, qui sont autant d'indices d'« énergie sexuelle dans l'alphabet du corps balzacien[1] », ne font évidemment pas de la belle comtesse un onagre, animal indigne de ses charmes félins, mais l'apparentent au « tigre » (p. 180). De la sorte, elle n'en est pas moins associée au talisman, cet autre « tigre » avec lequel Raphaël est condamné à « vivre sans en réveiller la férocité » (p. 261).

1. J. Jallat, « Fœdora ou le corps de l'autre », in *Balzac et « La Peau de chagrin »*, *op. cit.*, p. 148.

Magnifiée par les visions du héros, Fœdora est en outre nimbée d'une aura extraordinaire, qui dore sa peau et la fait resplendir. On dirait qu'il s'échappe « de sa rayonnante figure une lumière plus vive que la lumière même » (p. 165), semblable en cela à la singulière luminosité qui se dégage du « cuir oriental » (p. 58). Cependant, nulle chaleur humaine ne transparaît sur ce « front de marbre » (p. 165). La comtesse est sèche et froide, voire « glaciale » (p. 168) : elle a « la dureté » (p. 160) des pierres, ses yeux semblent doublés « par une feuille de métal » (p. 189) et « son corps blanc et rose » étincelle « comme une statue d'argent » (p. 209).

Cette apparence minérale ou métallique met une nouvelle fois en évidence les secrètes affinités de Fœdora avec le talisman. Du reste, *fœdus*, en latin, désigne un pacte. À moins qu'il ne faille surtout retenir la syllabe « or » de ce nom suggestif. La coquette n'est-elle pas de ces femmes pour qui « un million [...] semble être un denier » (p. 175) : dans sa cruauté de « bon ton », elle voit « le monde à travers un prisme qui teint en or les hommes et les choses » (*ibid.*). Se donner à elle corps et âme, c'est tomber aussi sous la tyrannie du précieux métal, d'une façon qui annonce déjà chez Raphaël son asservissement aux pouvoirs de la peau d'onagre.

En se multipliant ainsi, les correspondances tirent le fantastique du côté de l'allégorie. Dès la conclusion du pacte, le narrateur ne fait pas mystère de ce gauchissement, qu'il assortit d'une surcharge figurale : le morceau de chagrin est une « Peau symbolique » (p. 61) représentant la Vie, c'est-à-dire, selon la formule de l'Antiquaire, « le *pouvoir* et le *vouloir* réunis » (p. 64). Mais cette réunion, loin de figurer la plénitude, suggère surtout l'infernale dialectique du désir. Jouant sur sa signification sexuelle, Raphaël relève l'ironie de ce symbole, dans lequel coïncident, en une contradiction railleuse, la diminution de l'énergie vitale et son expansion : « Cette peau se rétrécit quand j'ai un désir... c'est une antiphrase. [...] Le brachmane donc était un goguenard, parce que les désirs, vois-tu, doivent étendre » (p. 239).

Cette lecture allégorique attire l'attention sur la première apparition du talisman et, en particulier, sur la charge symbolique du dispositif spatial qui place cet objet figurant « la tentation païenne de la jouissance[1] » en face du « portrait de Jésus-Christ peint par Raphaël » (p. 54).

1. P. Bayard, *Balzac et le troc de l'imaginaire*, Lettres modernes-Minard, 1978, p. 36.

De ce tableau, qui magnifie « la tendre sollicitude » (*ibid.*) du Messie, émane une éclatante lumière, qu'il faut, une fois encore, mettre en relation avec la « lucidité » de la peau : « La tête du Sauveur des hommes paraissait sortir des ténèbres figurées par un fond noir ; une auréole de rayons étincelait vivement autour de sa chevelure d'où cette lumière voulait sortir » (*ibid.*). Cette sublime peinture, dont la perfection éblouit, produit un choc spirituel : elle incite à la prière, réveille « toutes les vertus endormies » (p. 55). À la voir, par une alchimie qu'on doit au génie du peintre, on croirait « entendre la parole de vie » (p. 54) : « [...] la religion catholique se lisait tout entière en un suave et magnifique sourire qui semblait exprimer ce précepte où elle se résume : *Aimez-vous les uns les autres* » (p. 55).

Cependant l'Antiquaire, après avoir mis l'accent sur la valeur marchande de cette toile qu'il a, dit-il, « couverte [...] de pièces d'or » (*ibid.*), propose à son hôte de tourner le dos au chef-d'œuvre de Raphaël. Ayant identifié le mal dont souffre le jeune homme — « la maladie de l'or » (p. 56) —, il l'invite à regarder, « sur le mur » faisant « face au portrait » (p. 57), une autre de ses merveilles. À partir de ce moment, le héros, sans plus se soucier de l'admirable tableau du génie qui porte son nom, n'a d'yeux que pour le talisman. Au rayonnant visage du Rédempteur, ce nouveau Lucifer préfère l'éclat stellaire de la peau. En face de ce tableau, qui condense expressivement les plus hautes valeurs esthétiques et spirituelles, il se contente de vouloir « un dîner royalement splendide », une vulgaire « bacchanale » (p. 65).

Balzac, qui semble ici se souvenir de *La Confession* de Jules Janin[1], donne ainsi au topos du pacte infernal une dimension « philosophique ». Le passage au plan de l'allégorie permet de sortir du lieu commun fantastique, pour camper un enfant du siècle qui, faute de pouvoir trouver la voie d'un possible dépassement dans une

1. Selon Balzac, ce livre est une « pensée [...] philosophique dramatisée », illustrant cette idée : « Ce qui de nos jours a tué la foi, ce n'est pas l'athéisme, mais, ce qui est pis, l'indifférence [...] » (*Le Feuilleton des journaux politiques*, 14 avril 1830, in *OD*, t. II, p. 1682).

religion à laquelle il ne croit plus, doit se résoudre à la vaine dépense de son énergie vitale. Si terreur il y a, elle est ici dans le symbole de cette inéluctable force à laquelle il se livre, « dans une dernière étreinte[,] pour en mourir » (*ibid.*).

DE SINISTRES RAILLERIES...

À la vue de sa victime, l'Antiquaire tentateur laisse échapper un « rire muet et plein d'amères dérisions » (p. 58). De « sinistres railleries » (p. 52) s'impriment sur sa bouche, qui font de ce « fantastique personnage » (p. 267) une incarnation de l'ironie. Vivant oxymore, il passe tour à tour pour un démon et pour un sage, un charlatan et un « grand homme brillant de génie » (p. 54), semblable à Napoléon. S'il est vraiment diabolique, c'est en ceci qu'il représente le double sens et la division : « Un peintre aurait, avec deux expressions différentes et en deux coups de pinceau, fait de cette figure une belle image du Père Éternel ou le masque ricaneur du Méphistophélès » (p. 52).

Balzac attire ainsi notre attention sur l'un des ressorts essentiels du fantastique, qui en renouvelle l'esprit dans *La Peau de chagrin* : l'effet fantastique y dépend moins d'une thématique empruntée au roman noir que d'un dispositif ironique, lequel confronte le lecteur à une sorte d'aporie herméneutique, en frappant d'incertitude la réalité. Dans ce

1. P. Bayard,
op. cit., p. 11.

2. P. Marot,
« Fantastique et
mythologie de
l'écriture
réaliste », *Études
romanesques*, n° 3,
Minard, 1995,
p. 240.

3. *Ibid.*

roman où la vérité semble toujours
« errante, approximative, conflictuelle[1] »,
le narrateur se plaît en effet à multiplier
« les degrés de modalisation du réel[2] » en
faisant coexister différents niveaux d'interprétation du fantastique : explications
subjectives par l'hallucination et par la
folie, « explications objectivantes » postu-
lant « une ou plusieurs légalités occultes
du réel » ou encore « mises en scène illu-
sionnistes[3] ». Un tel dispositif, qui laisse
le champ ouvert à une pluralité d'inter-
prétations, installe le récit dans un perpétuel vacillement ironique, empêchant que
l'évidence d'un sens y impose sa cohérence.

On a souvent remarqué que le roman
laissait la possibilité d'une lecture ramenant l'étrange aventure de Raphaël à une
causalité rationnelle. Tzvetan Todorov est
le premier à noter qu'aucun des désirs
du jeune homme « ne se réalise d'une
manière invraisemblable » : « Le festin
qu'il demande avait déjà été organisé par
ses amis ; l'argent lui vient sous la forme
d'un héritage ; la mort de son adversaire,
lors du duel, peut s'expliquer par la peur
qui s'empare de ce dernier devant son
calme à lui[4] ». Autant dire que, dans le
roman, « les droits du naturel[5] » sont soigneusement préservés.

4. T. Todorov,
*Introduction à la
littérature
fantastique*, Seuil,
1970, p. 73.
5. P. Bayard,
op. cit., p. 155.

Lorsque le héros, revenant d'Auvergne, est agacé
par des villageois en fête dont il souhaite la dispersion, son vœu coïncide avec « une de ces fortes pluies
que les nuages électriques du mois de juin versent
brusquement et qui finissent de même » (p. 363) :

« C'était chose si naturelle — commente le narrateur — que Raphaël, après avoir regardé dans le ciel quelques nuages blanchâtres emportés par un grain de vent, ne songea pas à regarder sa Peau de chagrin » (*ibid.*).

Dans cette perspective, le sortilège subi par Raphaël peut avoir des causes physiologiques que la médecine sait expliquer. Lorsqu'il découvre le talisman, le pouvoir qu'il prête à ce morceau de chagrin semble être le fâcheux effet d'une hallucination qui lui montre les choses « sous d'étranges couleurs » (p. 37). Sans argent, sans espoir, à bout de forces, ce candidat au suicide est placé dans des conditions favorables « à l'apparition de désordres mentaux[1] », que paraît confirmer, par la suite, l'aggravation de sa monomanie. La crédulité enfantine dont il fait preuve est imputable, entre autres, « au voile étendu [...] sur son entendement par ses méditations » et « à l'agacement de ses nerfs irrités » (p. 53) : car, précise le narrateur, cette « vision » se déroule « dans Paris, sur le quai Voltaire » — pour les incrédules, tout un symbole — « au dix-neuvième siècle, temps et lieux où la magie devait être impossible » (*ibid.*). La mort de Raphaël elle-même n'est pas dépourvue d'explication rationnelle : on la doit apparemment « à une phtisie, et non à des causes surnaturelles[2] ». Du reste, cette maladie, bien avant le pacte, est visible sur les traits du héros. Il pourrait même s'agir d'une affection héréditaire, sa mère étant elle aussi disparue à la suite de troubles pulmonaires (p. 247).

À cette réduction du fantastique, répondent cependant, dans le récit, des discours d'inspiration magique et superstitieuse, qui renvoient « à des épistémés rendues caduques par le rationalisme », lesquelles « semblent faire retour », en offrant la possibilité d'« explications substitutives de l'insolite[3] ». Le merveilleux occupe en effet une place de choix dans

1. M. Le Yaouanc, *op. cit.*, p. 521.

2. T. Todorov, *op. cit.*, p. 73.

3. P. Marot, *op. cit.*, p. 233.

le récit, du fait de l'importance accordée aux prémonitions, qui semblent établir, entre divers ordres de réalité, « des réseaux d'intersignes [1] ».

1. P. Bayard, *op. cit.*, p. 151.

Ainsi, plusieurs personnages s'adonnent, non sans succès, à la divination. C'est le cas de Pauline et de sa mère qui aiment à prédire l'avenir. Mme Gaudin, que la retraite de Russie, puis « les désastres de 1814 et 1815 » (p. 145) ont laissée sans nouvelles de son mari, affirme péremptoirement que celui-ci « est en route à cette heure » (p. 179) : « Ce soir — poursuit-elle —, j'ai lu l'Évangile de saint Jean pendant que Pauline tenait suspendue entre ses doigts notre clef attachée dans une Bible, la clef a tourné. Ce présage annonce que Gaudin se porte bien et prospère » (*ibid.*), ce que les faits, simple coïncidence ou véritable divination, confirmeront un peu plus tard.

Quant à Pauline, elle lit dans les lignes de la main. Ayant regardé celle de Raphaël, elle lui déclare d'un ton prophétique, alors qu'elle n'est encore que la jeune fille pauvre de la rue des Cordiers : « Vous épouserez une femme riche [...], mais elle vous donnera bien du chagrin. Ah ! Dieu ! elle vous tuera. J'en suis sûre » (p. 200). Enfin le héros lui-même, on le sait, est susceptible d'actes de clairvoyance qui lui donnent souvent raison. Ainsi de la vision prémonitoire que provoque, pendant son séjour au Mont-Dore, la découverte des « deux hommes vêtus de noir », « le médecin et le curé des eaux » (p. 361), qui rôdent autour de lui : « Il entrevit alors son propre convoi [...] » (*ibid.*).

Cette propagation du merveilleux rejaillit inévitablement sur notre perception du talisman lui-même. Raphaël en personne, bien qu'il soit « disciple de Gay-Lussac et d'Arago » (p. 53), a tôt fait de se départir de son incrédulité : il croit aux pouvoirs magiques de la peau et jamais ne met en question l'action qu'elle exerce sur le cours de son existence. Le récit n'exclut donc pas que le morceau de chagrin relève de ces inexplicables phénomènes « dont les mystères sont condamnés par notre fierté ou que notre science impuissante tâche en vain d'analyser » (p. 51).

Cependant, ce discours prélogique, coexistant avec le discours rationaliste, n'a pas pour fonction essentielle d'introduire une alternative qui ferait hésiter le lecteur entre deux explications possibles, mais de produire un effet d'illisibilité, dont découle un trouble herméneutique. Car les deux discours concurrents se neutralisent l'un l'autre : il en résulte une sorte de « blanc » sémantique, qui manifeste, au cœur du texte fantastique, une défaillance du sens, en l'absence de cohérence unificatrice capable d'intégrer les singularités du réel.

D'autant qu'un dernier ensemble d'indices soutient une interprétation ludique, laissant à penser que tout ce qui se rapporte au fantastique est une joyeuse supercherie. Tous ces indices ont moins pour objet de conforter la lecture rationaliste, que d'accroître l'incertitude dont le sens du texte est affecté. À l'origine, Balzac, on le sait, envisageait de traiter l'épisode du pacte comme une fallacieuse mise en scène[1]. Si le romancier a finalement changé de perspective fictionnelle, il n'a pas tout à fait abandonné l'idée de mystification dans la version définitive de son œuvre.

1. Voir Dossier, p. 211.

La tension contradictoire entre les deux conceptions, rationnelle et merveilleuse, de l'aventure vécue par Raphaël est en effet accrue dans le récit par « l'instabilité des facteurs comiques et tragiques [1] ». On ne saurait parler à cet égard de « mélange », mais d'« une possibilité double que l'histoire peut révéler aussi bien dans un sens que dans l'autre », Balzac procédant, pour produire « cette inquiétante et réjouissante ambivalence », « par *addition* et par surcharge de détails [2] ».

Ainsi des nombreux calembours dont fait l'objet le mot « chagrin », pris conjointement au sens de « cuir » et de « peine ». Ces jeux de mots, dans la bouche du narrateur, donnent au récit une tonalité fantaisiste, qui le situe dans la filiation de Nodier, Sterne et Rabelais. C'est cette tonalité qui colore, entre autres, le portrait de Porriquet, placé à l'*incipit* de la troisième partie. Le narrateur, décrivant le vieillard, note le « violent chagrin » qui se peint sur sa figure « desséchée comme un vieux parchemin » (p. 250). Malicieux, le rapprochement de *chagrin* et de *parchemin* fait du personnage une sorte de double grotesque de la peau d'onagre.

Balzac, d'édition en édition, a certes gommé cet aspect du roman. Il affleurait, par exemple, dans la « Moralité » sur laquelle s'achevait l'édition originale, dans la référence à l'« admirable maxime » de maître Alcofribas disant « *les Thélémites estre grands mesnagiers de leur peau et sobres de chagrins* » (p. 406). Supprimé par la

1. M. Ménard, *op. cit.*, p. 94.

2. *Ibid.*

suite, un tel calembour témoigne de cet esprit facétieux qui fait du roman un « livre de fantaisie [1] », mêlant les éclats d'un grand rire aux chatoiements de l'allégorie. Si ces mots d'esprit, en rompant l'illusion romanesque, empêchent de prendre trop au sérieux la thématique du pacte infernal, ils accroissent, en revanche, l'efficacité du fantastique. Car ils contribuent à empêcher l'institution d'une hypothèse prépondérante, au détriment des autres pistes interprétatives.

Les personnages eux-mêmes se plaisent à ces mots d'esprit. Au cours de l'orgie, Raphaël, à moitié ivre, dessine sur une serviette les contours du talisman et s'amuse de ses pouvoirs, qu'il ne prend pas encore au sérieux : « J'ai souhaité deux cent mille livres de rente, n'est-ce pas vrai ? » dit-il à Émile. « Eh bien, quand je les aurai, tu verras la diminution de tout mon chagrin » (p. 240). Pour le lecteur, la plaisanterie du jeune viveur a quelque chose de grinçant. N'est-elle pas à son insu une preuve de sa singulière clairvoyance, un sinistre raccourci, qui livre la vérité de son destin ?

Même quand les personnages ne cherchent pas le calembour, il arrive que les décalages énonciatifs inhérents au discours rapporté se prêtent à de tels doubles sens. C'est le cas des paroles d'amour échangées par Pauline et Raphaël au cours de leur idylle. Dans la conversation des amants, il est souvent question de « chagrin », au sens de « peine » — que l'amour évite, qu'il fait décroître, auquel il expose par l'excès de bonheur qu'il procure, etc. —, mais le narrateur, en rapportant ces propos, laisse souvent entendre au lecteur, qui a connaissance du pacte, une autre signification, renvoyant à la peau. Celle-ci se superpose alors à la précédente qu'elle parasite, en renversant ironiquement le sens du discours amoureux.

Pauline, qui voudrait tant se sacrifier pour le salut de son amant, est en réalité une menace pour lui. L'enfer, pour le héros, est pavé des sublimes intentions de sa maîtresse. C'est cette ironie du sort que suggèrent, en quelques pages, maints emplois à double sens du mot « chagrin » (p. 277-278, 279, 280). La cruauté de ces calembours involontaires culmine dans la lettre de sa maîtresse, que Raphaël sauve du feu après l'y avoir jetée : « [...] près de toi — y déclare la jeune femme — le chagrin que tu m'imposerais ne serait plus un chagrin » (p. 364).

Le roman de Balzac révèle donc une profonde connivence entre l'ironie et le fantastique, ces deux modes d'écriture qui impliquent « une analogue posture d'énonciation[1] ». Jouant de l'équivoque, brouillant les repères, ils installent l'un et l'autre l'incertitude. « Est-ce une plaisanterie, est-ce un mystère ? » (p. 61) s'interroge Raphaël, à l'image du lecteur. « Je ne saurais vous répondre », rétorque l'Antiquaire (*ibid.*), comme semble le dire le narrateur lui-même. C'est que l'ironie et le fantastique ont la même force suspen-

1. L. Queffélec, « Ironie et fantastique chez Paul Féval », *Recherches et travaux*, n° 41, 1991, p. 134.

sive qui « nous prive de nos croyances [1] ».
S'ils révoquent nos certitudes en doute,
s'ils ébranlent nos systèmes de représentation, ils n'affirment rien quant à la
consistance d'un autre monde ou d'une
autre forme d'existence. Ils interrogent le
réel, mais ne fournissent pas de solution
au lecteur, qu'ils confrontent à une aporie.

Révélatrice du désenchantement qui
envahit la littérature aux lendemains de
Juillet, cette rencontre de l'ironie et du
fantastique semble consacrer l'esprit de
négation dans sa toute-puissance destructrice. Désagrégeant le réel, ruinant toute
valeur, elle étend sa dérision jusqu'à la
littérature, dont elle suggère l'irrémédia-
ble artificialité — à moins que celle-ci ne
soit justement « le dernier refuge contre
cette négativité qu'elle instaure [2] ».

1. V. Jankélévitch,
L'ironie,
Flammarion,
1964, p. 11.

2. L. Queffélec,
op. cit., p. 134.

LE DERNIER MOT

Reste que Balzac, en dépit des lectures
allégoriques ou ironiques du pacte, a jugé
bon, dans la pure tradition fantastique,
de conserver au talisman son statut
d'objet insolite. De fait, comme le remarque Tzvetan Todorov, seules ses « propriétés extraordinaires confirment ouver-
tement l'intervention du merveilleux [3] »
dans le récit. Ce point est d'autant plus
remarquable que ces singulières propriétés ne sont pas seulement observées par
Raphaël, mais aussi par plusieurs autres

3. T. Todorov,
op. cit., p. 73.

personnages, ce qui leur confère une sorte d'objectivité. Certes c'est le héros qui, ayant vainement soumis la peau aux expériences des savants, constate avec épouvante sa résistance aux « moyens de destruction mis à la disposition de l'homme » (p. 311) : « Ce fait incontestable — précise le narrateur — lui donnait le vertige » (*ibid.*). Mais, dans la scène finale, Pauline à son tour est gagnée par l'effroi devant le talisman, dont elle s'est saisie pour l'examiner, lorsque celui-ci se contracte, en lui chatouillant la main, à mesure que s'accomplit le désir de son amant (p. 370).

Pourquoi Balzac, qui prend tant de libertés avec la vulgate fantastique, a-t-il soigneusement maintenu l'inquiétante étrangeté de cette peau d'onagre ? On avancera l'idée, pour finir, que sa radicale altérité a une fonction critique : son appartenance à l'ordre des phénomènes inexplicables rend possible un questionnement sur les rapports du sujet et du texte à la réalité connaissable. En faisant jusqu'au bout en sorte qu'elle échappe à l'ordre naturel vérifiable par l'expérience commune et analysable par les savants dans leurs laboratoires, Balzac a voulu manifester une impossibilité de l'interprétation, c'est-à-dire une lacune dans la désignation des phénomènes.

À la demande du héros, divers spécialistes tentent en effet d'agir sur la peau maléfique, puis, à défaut d'y parvenir, sur le malade lui-même. Lavrille, le naturaliste, s'efforce de déterminer la nature de l'objet, en la rapportant aux classifications connues. Planchette, le physicien, essaie d'en accroître l'étendue avec l'aide du mécanicien Spieghalter. Japhet, en usant de réactifs, entreprend en vain d'en modifier la substance même. Puis, c'est au tour des « oracles de la médecine moderne » (p. 318) — Brisset l'organiciste, Caméristus le vitaliste et Maugredie le sceptique[1] — d'être appelés au chevet du héros. On assiste alors à une scène moliéresque[2] où, sans bénéfice pour le patient, s'affrontent doctement « la Spiritualité, l'Analyse et je ne sais quel Éclectisme railleur » (*ibid.*).

1. Voir Dossier, p. 229-231.

2. Voir le commentaire de Raphaël, emprunté au *Médecin malgré lui* (acte II, sc. 6), à l'issue de la consultation : « Et voilà pourquoi votre fille est muette » (p. 327).

Devant la faillite de ces sommités, Raphaël désabusé constate que, « faute de pouvoir inventer des choses », les savants ont toujours la ressource d'« inventer des noms » (p. 308). De fait, le seul résultat de ces consultations est une dénomination dérisoire, la « diaboline » (p. 309), qui n'apporte aucun remède au mal du héros. Le « terrible talisman » (p. 310) a résisté au microscope, aux acides, à la presse hydraulique, à l'électricité : il a subi sans dommage les « foudres de [la] science » (*ibid.*) qui, au bout du compte, se trouv[e] court devant les arcanes de l'existence[3] » : tout son savoir se réduit à « une nomenclature » (p. 296), qui n'atteint pas les causes essentielles.

3. E. R. Curtius, *Balzac*, Grasset, s.d., p. 173.

La peau de chagrin, en gardant son mystère, malgré les tentatives de classification dont elle fait l'objet, constitue un

« paradoxe épistémologique » : résistant à toute « appréhension sérielle », elle met en cause les représentations du vivant instituées par la science contemporaine, elle introduit un point aveugle dans « une formalisation du réel » qui voudrait passer pour « sa transcription mimétique, à la fois transparente et virtuellement totalisante[1] ».

Ce faisant, elle met en évidence la défaillance des sciences et, à la faveur de leur « exercice contradictoire », les révèle comme des « pratiques spéculatives », des « constructions d'opinions prédéterminées qui s'épuisent dans [...] leurs oppositions[2] ». Ce qui est mis ainsi en échec, c'est la prétention de ces disciplines scientifiques à connaître conjointement l'homme et l'univers, à objectiver par le langage ces deux ordres prétendument homogènes et à exercer, à partir de là, leur maîtrise technique sur tous les phénomènes.

Signifiant dont le signifié se dérobe, le talisman, comme tout objet insolite, n'a d'autre paradigme que lui-même : il consacre « l'impuissance de la science » (p. 311) à traiter le vivant comme un mécanisme démontable, intégrable à une catégorie connue et réductible à un ensemble de lois. Rien de plus éclairant, à cet égard, que la constellation allégorique, dans laquelle la peau est prise. Celle-ci, on le sait, représente la Vie, ce qui, convenons-en, est assez vague et se traduit, dès qu'on essaie de préciser le sens

1. P. Marot, *op. cit.*, p. 231.

2. J. Neefs, « La localisation des sciences », in *Balzac et « La Peau de chagrin »*, *op. cit.*, p. 139.

de la formule, par une prolifération de figures. Cette surcharge symbolique trahit, en réalité, l'impuissance des mots à cerner un objet qui est fermé sur lui-même, dans sa pure extériorité et qui, comme tel, ne peut être désigné que « par la tautologie », en privant les déplacements métaphoriques dont elle fait l'objet de « toute valeur cognitive et interprétative [1] ».

Voulant arracher à la science « son dernier mot » (p. 318), Raphaël fait donc une expérience du désastre : son chagrin est une sorte d'hapax. Il donne lieu à des discours marqués par « une saturation neutralisante [2] », qui multiplient *ad libitum* les figures latérales, faute de pouvoir atteindre au cœur de l'incompréhensible.

1. P. Marot, *op. cit.*, p. 235.

2. *Ibid.*, p. 236.

III MORALES INDIVIDUELLES

Arrivant au Mont-Dore au bord de l'épuisement, Raphaël a pour toute ambition de « devenir une des huîtres de ce rocher » (p. 354). À ce moment de son existence, précise le narrateur, la vie végétative lui semble être « l'archétype de la morale individuelle » (*ibid.*). Importante, la formule attire l'attention sur la place qu'occupe la *question éthique* dans *La Peau de chagrin*.

Encore faut-il s'entendre sur le sens de cette expression : « éthique » désigne ici, non pas l'ensemble des règles de conduite communément admises par une société, mais les principes et les valeurs librement choisis par un individu à partir de son expérience du monde, pour qu'ils déterminent ses comportements. Tous les personnages du roman sont en effet confrontés au problème majeur que pose une société où désirs et passions, loin de permettre l'épanouissement de l'individu, doivent être redoutés, comme autant de faiblesses ou de perversions. Alors que la vie sociale contrarie l'appétit de bonheur, alors que les élans spontanés de tout être le conduisent à sa perte, que peut-on faire pour ne pas être happé par le Moloch moderne ? Telle est la question fondamentale à laquelle chacun tente de répondre dans l'espoir de trouver une issue au dilemme de l'existence.

A. L'ÉCONOMIE DE SOI

Le désir détruit la vie : telle est, on l'a vu, l'une des principales postulations de la « philosophie » balzacienne. Dès l'*incipit* du roman, le petit vieillard blême qui tient le vestiaire du tripot incarne cette dure réalité : créature d'outre-tombe, il offre « la pâle image de la passion réduite à son terme le plus simple » (p. 22). Pour échapper à son destin, un certain nombre de personnages prennent le parti du retrait vital, de l'économie de soi. Ces figures de l'ombre, qui se refusent au désir et vivent en autarcie, défendent une morale de l'abstention.

SANS DÉSIR

Ainsi de l'Antiquaire. Ce « petit vieillard sec et maigre » (p. 51) ne présente qu'en apparence des signes d'épuisement. Son « visage étroit et pâle » (*ibid.*), ses cheveux blancs, ses « joues blêmes et creuses » (p. 52), ses lèvres « décolorées » (*ibid.*), tous les détails de sa physionomie révèlent surtout une longévité exceptionnelle. Car ce centenaire au « bras décharné » (p. 51) est encore « d'une santé robuste » (p. 63) et ses forces sont presque intactes. Une puissance étonnante se dégage de toute sa personne. Les profondeurs du « monde moral » (p. 53) ne semblent pas avoir de secret pour ses yeux verts et calmes, d'une « singulière jeunesse » (p. 51), malgré son grand âge. À la forme serpentine de ses rides, la physiognomonie décèle en outre « une finesse d'inquisiteur » (p. 52).

Cette vigueur intellectuelle, comme on l'apprend bientôt, est l'effet d'une saine économie de soi. L'Antiquaire, par une sorte d'hygiène vitale, a renoncé aux agitations mondaines, pour mener une vie immobile, dans sa retraite. Cet ermite des temps modernes ne cherche pas l'intimité de Dieu ou le secours de la prière : c'est un sage railleur, qui vit seul, dans une bienfaisante ataraxie Jouissant d'une « tranquille lucidité » (*ibid.*), il est son propre dieu.

Les propos qu'il tient à Raphaël justifient son existence. Ce « vieux génie » (*ibid.*), qui a amassé une immense fortune, se prévaut en effet d'une solide expérience. Si le malheur, fruit de l'ignorance, a d'abord été son lot, les épreuves l'ont rendu plus fort et plus sage. Lorsqu'il prétend, au nom de cette sagesse, révéler à son visiteur « un grand mystère de la vie humaine » (p. 62), il désigne les trois domaines dans lesquels la liberté individuelle est susceptible de s'exercer. Si les deux premiers tarissent prématurément les sources de l'existence par les conflits destructeurs qu'ils engendrent, le troisième, en apaisant les tensions qui abrègent la vie, garantit seul le bonheur dans la durée : « *Vouloir* nous brûle et *Pouvoir* nous détruit ; mais SAVOIR laisse notre faible organisation dans un perpétuel état de calme » (*ibid.*).

L'Antiquaire se fait donc le chantre d'une morale fondée sur l'anéantissement de toute passion, l'immobilité de la conscience spectatrice et la concentration de l'énergie psychique dans sa propre sphère. Ce retrait vital, où la pensée est un inépuisable trésor, affranchit de toute dépendance extérieure. On y vit dans une délectable rétention et un usage autarcique de ses ressources personnelles : le sage, qui cache toute sa fortune sous son front — car c'est là, dit l'Antiquaire, que sont « les vrais millions » (p. 64) —, connaît « les joies de l'avare » (p. 63), sans partager ses angoisses.

Vivre sans désir est donc une force : celui qui en dispose peut tout obtenir, parce qu'il a tout dédaigné. L'Antiquaire, dont « rien d'excessif » n'a usé l'âme ni le corps, peut ainsi soutenir qu'il n'en a pas moins eu de palpitantes aventures, au cours desquelles il a « vu le monde entier » (p. 62). Le texte de Balzac est suffisamment ambigu pour nous laisser dans l'incertitude quant à la nature exacte de ces aventures. Sont-elles réelles ou simplement créées par l'imagination du personnage ? « Ma seule ambition — poursuit l'Antiquaire — a été de voir. Voir, n'est-ce pas savoir ? » (p. 63). Mais s'agit-il ici de considérer le monde comme une vaste scène vers laquelle on se pencherait, spectateur dans sa loge, pour ne rien perdre de ce qui s'y déroule ? Ou bien est-il question, comme c'est probable, de s'adonner à ces visions qui délient le sujet des entraves du temps et de l'espace, en lui permettant de « tout embrasser » (p. 64) d'un point de vue transcendant ?

Moins observateur que visionnaire, l'Antiquaire place toute sa confiance dans cette « faculté sublime » qui permet de « faire comparaître en soi l'univers » (*ibid.*). Il cherche à extraire de tout événement sa « substance même », qu'il libère des contingences terrestres, pour en tirer

« mille voluptés idéales » (p. 63). La délectation de l'esthète se mêle alors aux satisfactions du penseur. Car s'il faut renoncer aux plaisirs dévastateurs de la possession matérielle, cet apparent sacrifice doit permettre d'atteindre une forme de jouissance supérieure. Ainsi, à défaut d'avoir femmes et propriétés, l'Antiquaire, par son pouvoir d'évocation, se bâtit « un sérail imaginaire » et s'approprie « des pays entiers » (p. 64). Au-delà des passions qui, en peu de temps, épuisent tout à la fois l'objet et le sujet, il existe donc une forme de plénitude, dont on peut jouir sans préjudice vital. C'est la contemplation, espace sans limites, qui met l'homme à l'abri des désastres du désir. Telle est la leçon de l'Antiquaire : « Ce que les hommes appellent chagrins, amours, ambitions, revers, tristesse, sont pour moi des idées que je change en rêveries ; [...] au lieu de leur laisser dévorer ma vie, je les dramatise, je les développe, je m'en amuse comme de romans que je lirais par une vision intérieure » (p. 63).

Dans cette profession de foi, le vieillard semble adopter à l'égard de la création la position du romancier ou celle de Dieu, et l'on pourrait être tenté d'en faire le double de Balzac lui-même. Mais, à la vérité, l'Antiquaire s'en tient au plaisir tout cérébral de faire défiler sur son petit théâtre intérieur une succession d'images, qui ne constituent pas, à proprement parler, une œuvre. Retiré en lui-même, livré à sa pulsion scopique, il n'agit pas. À force de vouloir se tenir en dehors de la vie réelle, il se noie dans « son illusion créatrice [1] ».

Au reste, l'économie de soi manque de panache : le retrait vital qu'elle préconise semble réservé aux ladres et aux têtes chenues. L'Antiquaire, avec sa vie mécanique, ses mouvements parcimonieux, ne plaide guère en faveur du savoir contemplatif, où il a réussi à trouver la sérénité : malgré lui, il incarne « ce qu'il y a de triste et d'inutile dans un pareil succès [2] ». L'échec de cette morale est d'autant plus patent que le vieillard finit par renier son credo. Raphaël, lorsqu'il le revoit au bras d'Euphrasie, constate « l'humiliation profonde de cette sagesse sublime, dont naguère la chute semblait impossible » (p. 268). Au cours de cette scène, le barbon, en proie à la plus vive passion, ne semble pas entendre les « rires dédaigneux » (p. 268-269) qu'inspirent son « funèbre sourire » (p. 268), sa « voix déjà cassée » (p. 269) et les regards énamourés qu'il jette à la courtisane.

Plus rien ne subsiste des « sévères maximes » (*ibid.*) de sa philosophie. « [...] Je suis maintenant heureux comme un jeune homme » (*ibid.*), avoue le « vieil Adonis » (p. 267) : « J'avais pris l'existence au rebours. Il y a toute une vie dans une heure d'amour » (p. 269). Même si elle a été provoquée par le vœu malicieux de Raphaël (p. 67), cette palinodie ruine la morale de l'abstention : elle démontre à l'envi que les fragiles remparts d'une

1. Ph. Berthier, introduction de *Gobseck*, *op. cit.*, p. 21.

2. M. Bardèche, « Sur *La Peau de chagrin* », in *Œuvres complètes*, t. XIX, Club de l'Honnête Homme, nouvelle édition revue et corrigée, 1968-1971, p. 46.

sagesse « malthusienne[1] » ne résistent guère sous la poussée des forces vives du désir.

1. P. Barbéris, *Le monde de Balzac*, Arthaud, 1973, p. 477.

SANS CŒUR

« Avare, vaine et défiante » (p. 155), Fœdora est à bien des égards le double féminin de l'Antiquaire et son destin suit une courbe similaire. Cette femme, qui passe pour ne prendre « de plaisir que par la tête » (p. 181), s'offre volontiers en pâture à la convoitise des hommes, mais jamais ne s'abandonne. Aussi la tient-on pour une sorte de « phénomène » (p. 171). Son indépendance hautaine, sa froideur sans remède suscitent la rumeur.

On suspecte le passé de cette « Parisienne à moitié Russe » (p. 153), dont on ne manque pas de rappeler la « plébéienne origine » (p. 196). Si l'on croit savoir qu'elle s'est jadis « donnée pour de l'or » (p. 197) à quelque prince (p. 162), on jette, en même temps, le soupçon sur cette union morganatique (p. 155). Tous les moyens sont bons pour trouver une explication à une conduite « hors nature ». Mais la vérité est tout autre. On la découvre lorsque Raphaël caché dans la chambre de la comtesse surprend sa conversation avec sa servante. Dans cette intimité, Fœdora ne fait pas mystère des principes qui régissent sa conduite. Refusant, comme l'Antiquaire, l'esclavage de la passion, elle a décidé de tuer en elle les sentiments pour vivre mieux. Raphaël l'a bien compris, lorsqu'il lui reproche sur le ton de l'impertinence d'être de ces femmes « amoureuses de leurs perfections », qu'un « égoïsme raffiné » dissuade « d'appartenir à un homme » ; de ces femmes, aussi, trop attachées à l'élégance de leur taille, qui envisagent avec la dernière répugnance « les dégâts de la maternité » (p. 171).

Avare d'elle-même, comme l'Antiquaire, Fœdora écarte les dépenses érotiques. Ne cédant par principe à aucun emballement, elle espère échapper aux ravages du temps, pratiquant, elle aussi, l'économie de soi, seule sous tous les regards, au milieu de la société brillante. Sans doute n'est-elle pas à l'abri des fatigues de la mondanité. Elle en convient elle-même : « Je n'étais pas jolie ce soir, mon teint se fane avec une effroyable rapidité. Je devrais peut-être me coucher plus tôt, renoncer à cette vie dissipée » (p. 208). Mais une stricte discipline, une parfaite maîtrise de soi lui permettent de se contrôler en permanence et d'afficher triomphalement sa beauté froide et inaltérée. Marbre, bronze et glace, tel est ce personnage qui regimbe devant l'économie du vivant, refusant de céder aux réquisitions physiologiques, comme de payer son tribut au nécessaire renouvellement des générations.

Son attitude à l'égard de la musique est éclairante. Aux Bouffons, Raphaël ému par un beau chant guette en vain une émotion sur le visage de sa maîtresse et sollicite sans succès « une de ces soudaines harmonies qui, réveillées par les notes, font vibrer les âmes à l'unisson » (p. 195). La main de Fœdora reste muette et ses yeux ne disent rien. C'est que la coquette, indifférente aux sublimes accords de la musique, se soucie seulement de mesurer l'effet de sa propre beauté sur l'assistance (*ibid.*).

Pourtant Fœdora chante à merveille. Si, à l'évidence, ce talent, dont elle n'éprouve pas le besoin de faire étalage, n'entre pas pour elle dans l'arsenal de la séduction, il prend néanmoins une signification érotique. Non pas, comme le prétend la rumeur, qu'elle ait juré « à son premier amant, [...] jaloux d'elle par-delà le tombeau » (p. 207), de lui réserver l'exclusivité de ce don charmant. La vérité semble moins romanesque : plaisir solitaire, qu'on se donne en secret, le chant prend ici une coloration narcissique. Il marque le plein épanouissement de l'amour de soi : « Elle paraissait s'écouter elle-même et ressentir une volupté qui lui fût particulière [...] comme une jouissance d'amour » (*ibid.*).

Fœdora est-elle donc heureuse dans cet état ? Ménagère de ses émotions, la comtesse, en dépit du luxe dont elle est entourée, connaît l'ennui d'une vie triste (p. 197). Indifférente aux autres, elle conserve en outre des liens de dépendance à leur égard. Malgré son refus d'aimer, il lui importe de plaire : se suffisant à elle-même, elle n'en doit pas moins entretenir la flamme de ses admirateurs, sans donner des assurances à aucun. Cette gageure, qui la contraint à jouer sans cesse la comédie, l'expose à de cruelles blessures d'amour-propre, lorsqu'un amant dédaigné cesse d'être la dupe de ses « froids calculs » (p. 270).

C'est ce qui arrive avec Raphaël. L'« intolérable coup d'œil de mépris » que le héros lui jette au théâtre Favart, après leur rupture, humilie la coquette devant son public. Habituée à voir la dévotion de ses amants se prolonger au-delà de leur renvoi, Fœdora doit affronter pour la première fois un homme qui affiche du dédain pour ses charmes. Lorsque cette scène se produit, une terrible épigramme, lancée par le héros la veille à l'Opéra, a déjà infligé à la comtesse « une blessure incurable » (p. 271). Cette nouvelle offense publique ajoute à ses tourments, « car malgré son talent pour la dissimulation » (*ibid.*), elle ne peut s'empêcher de laisser paraître, aux yeux des autres femmes, le dépit qui lui ronge le cœur. Mais cette mise à mort atteint son comble quand la beauté de Pauline, en arrachant à la foule un cri d'admiration unanime, ôte à Fœdora « sa dernière consolation » (*ibid.*). Éclipsée par sa jeune rivale, elle ne dispose plus d'aucune ressource pour calmer « les chagrins de sa vanité » (*ibid.*). Peut-être faut-il donc accorder quelque crédit aux prédictions menaçantes que lui livre Raphaël, lors de leur dernière entrevue : « Un jour — lui dit-il —, couchée sur un divan, ne pouvant supporter ni le bruit ni la lumière, condamnée à vivre dans une sorte de tombe, vous souffrirez des maux inouïs » (p. 217).

Goûtés à petit bruit, dans l'ombre de la solitude et du secret, les plaisirs de Fœdora, comme ceux de l'Antiquaire, ont à l'évidence quelque chose de « satanique », car ils procèdent d'une perversion des énergies vitales : à la fois sujet et objet de leur convoitise, le vieillard et la femme sans cœur tentent de vivre pour eux-mêmes, habités qu'ils sont par un rêve d'autosuffisance, fondé sur l'épargne de la vie. Mais « la nature trompée » (p. 197) a d'épouvantables vengeances. Aucune de ces figures allégoriques ne peut aller au bout de son pari : toutes deux échouent à contrarier la nature, en se dérobant à la loi du désir.

B. LA DÉPENSE

D'autres personnages, dans le roman, s'efforcent au contraire de porter la nature à ses limites par de prodigieux excès. À l'image de ces « dissipateurs morts dans des mansardes après avoir possédé plusieurs millions » (p. 45), ils prennent le parti d'une folle dépense, préférant à une économie de soi bien aride les fastes d'une dilapidation forcenée. Peu leur importe de conserver le plus longtemps possible leur énergie en ménageant leurs forces, ils veulent vivre avec intensité, fût-ce peu de temps.

MOURIR DE PLAISIR

Les débordements de l'intempérance s'incarnent d'abord dans deux figures de courtisane. Aquilina, la première, présente de « vigoureux contrastes » (p. 100). Sa chevelure noire « lascivement bouclée », sa chaude carnation, ses yeux « armés de longs cils » (p. 101), tout en elle promet d'intenses voluptés. Mais cette « statue colossale », d'une « foudroyante beauté » (*ibid.*), a aussi je ne sais quoi d'effrayant par son énergie sauvage, qui évoque la rage destructrice du « peuple insurgé » (p. 102). En elle, la débauche prend la forme d'une passion de la plus vive impétuosité.

Euphrasie, la seconde courtisane, fait d'abord songer à une « naïade ingénue » (p. 103). Sa fraîcheur, sa « figure délicate » (*ibid.*) et son air de modestie feraient presque croire à sa candeur virginale. L'innocence de son visage cache au contraire la « dépravation la plus profonde » et « les vices les plus raffinés » (*ibid.*). Chez ce « démon sans cœur », qui se rit de la passion, la débauche est une « corruption froide, voluptueusement cruelle » (p. 104).

Les deux courtisanes composent ainsi une « sinistre allégorie » (*ibid.*) : Aquilina incarne l'« âme du vice » et Euphrasie le « vice sans âme » (*ibid.*). Elles ont en commun le même mépris de l'humanité, le même dégoût de vivre, la même absence de perspective. C'est peu dire, comme l'affirme avec humour l'une d'entre elles, qu'elles n'ont pas « la manie de la perpétuité » (p. 105). Pour elles, le temps est un pur présent, une succession de jours, en deçà et au-delà desquels leurs yeux ne se portent jamais (p. 104).

Il est vrai que leur passé, gros de souffrances et de désillusions, leur a ôté tout espoir d'une vie régulière. Quant à l'avenir, il prend pour elles le sinistre aspect de la vieillesse, de la misère et de l'hôpital. Aussi, seul compte à leurs yeux l'éclat d'une vie brève, vécue dans la ferveur de l'instant. Plaire et régner, « en une longue partie de plaisir » (p. 106), tel est l'idéal de ces filles légères qui entendent prendre leur revanche sur la vertu en faisant étalage de leurs fastes. À choisir, se disent-elles, mieux vaut « mourir de plaisir que de maladie » (p. 105) : il suffit d'avoir vécu « plus en un jour qu'une bonne bourgeoise en dix ans » (p. 106).

Seules, ne pouvant compter que sur elles-mêmes, Aquilina et Euphrasie cherchent donc dans la débauche la seule forme d'accomplissement que leur laisse la société. Dans leur vie dépourvue de signification, la morale du plaisir, qui propose par-delà le bien et le mal une quête effrénée de l'intensité, est en effet la seule voie offerte, la seule qui puisse les mener à l'oubli d'elles-mêmes. Mais en érigeant la prodigalité en principe, elles savent aussi qu'il leur faudra mourir jeunes. La ronde des plaisirs est une danse macabre, qui les entraîne inexorablement. Qu'importe : rebelles sans cause, ces deux femmes éprises de liberté s'accrochent à la débauche comme au seul bien qu'on ne puisse leur enlever. Par l'incandescence de leurs plaisirs, elles ouvrent leur existence tragique à une joie dionysiaque, un rire transgressif, où la mort et la vie se mêlent intimement[1].

LE SYSTÈME DISSIPATIONNEL

Appelé à jouer un rôle de premier plan dans *La Comédie humaine*, Rastignac[2], qui n'est encore dans *La Peau de chagrin* qu'un viveur habitant « une chambre de joueur ou de mauvais sujet » (p. 224), se distingue par la lucidité avec laquelle, avant Vautrin ou Marsay, il propose un implacable décompte de la réalité sociale. Cette froide analyse, dont il « déduit des règles de conduite du plus parfait cynisme[3] », lui sert à diriger ses actions et à établir un « système » immoral, mais efficace : le *système dissipationnel* (p. 222) ou *système anglais* (p. 192).

Cette autre forme de dépense consiste à vivre avec faste, en disposant ingénieusement de l'argent qu'on ne possède pas. Contrairement à Raphaël qu'arrêtent des scrupules de conscience, Rastignac

1. M. Ménard, « L'arabesque et la Ménippée », *RSH*, n° 175, juillet-septembre 1979, p. 30.

2. Sur la genèse du personnage, voir J. Pommier, « Naissance d'un héros : Rastignac », *RHLF*, n° 2, avril-juin 1950, p. 192-209.

3. B. Guyon, *La pensée politique et sociale de Balzac*, Armand Colin, 1967, p. 455.

adopte une attitude pragmatique pour s'adapter aux temps nouveaux. Quand son ami est gagné par la nausée devant l'abjection du jeu social, il tempère gentiment ses élans vertueux : « Bon [...], voilà de la poésie, et il s'agit d'affaires. Tu es un enfant » (p. 184).

Initiant Raphaël aux coulisses de la scène contemporaine, ce « diable de Gascon » (p. 181) pose la dissipation en « système politique », fondé sur une connaissance des « ressorts du monde », qui permet de les manœuvrer « à son profit » (p. 152). La « *vie dissipée* » que les « gens à morale » condamnent (p. 151) peut ainsi déboucher sur des pratiques socio-économiques qui exploitent, tout en les détournant, les lois du crédit. La circulation monétaire y devient un jeu étourdissant : « Le dissipateur [...] s'amuse à vivre, à faire courir ses chevaux. Si par hasard il perd ses capitaux, il a la chance d'être nommé receveur général, de se bien marier, d'être attaché à un ministre, à un ambassadeur. Il a encore des amis, une réputation et toujours de l'argent » (p. 152).

Dans la dissipation, telle que Rastignac la conçoit, le rapport à l'argent ne relève donc plus ni de l'adoration servile ni de la terreur sacrée. Le viveur, jouant sur sa réputation et jonglant avec les dettes, conserve le plaisir d'engager des sommes folles pour satisfaire ses caprices, dans la gratuité d'une activité ludique. Si l'argent, dans le système libéral, sert à acquérir des propriétés, à constituer un capital, à alimenter la machine économique, la façon dont Rastignac en use renvoie ces considérations utilitaires à leur néant. Avec lui, la vie dissipée est l'occasion d'une dépense pure : de temps, d'énergie, d'ingéniosité... Elle permet de vivre avec intensité, en préservant un mode de vie aristocratique dans une société où règnent les valeurs marchandes. Alors que l'idéologie régnante invite les hommes à consacrer tout leur temps à « faire » de l'argent, Rastignac, désacralisant l'Idole, renverse ironiquement la logique de la production et de la rentabilité, en utilisant sa fortune « pour jouir du temps [1] ».

Le système dissipationnel constitue ainsi une forme de protestation distinguée, digne d'un homme supérieur qui, n'adhérant pas aux valeurs du siècle, sait utiliser les failles de la société moderne à son profit. Reste — et c'est sa limite — que la dépense ne constitue, pour Rastignac, qu'un suicide élégant, destiné à lui éviter l'infamie d'une « mort d'épicier en faillite » (p. 222). On peut certes avancer, en anticipant sur les œuvres à venir, que cette existence agile et insouciante assurera durablement sa réussite sociale et qu'il y a, de la part du jeune ambitieux, une sorte de rouerie à l'ignorer. Mais ses discours, sincères ou non, disent le contraire.

Comme toute une génération désenchantée, ce premier Rastignac a en effet médité sur le suicide. Il place lui-même son plaidoyer en faveur de la dissipation dans le prolongement de ses réflexions sur

1. G. Gengembre, « Le sablier d'or ou le Temps dans *La Peau de chagrin* », in *Nouvelles lectures de « La Peau de chagrin »*, *op. cit.*, p. 161.

l'impossibilité de vivre au quotidien dans un marécage fétide : « Qui de nous, à trente ans, ne s'est pas tué deux ou trois fois ? Je n'ai rien trouvé de mieux que d'user l'existence par le plaisir » (p. 221). Pour lui, l'intempérance n'est pas seulement, par les jouissances qu'elle donne, un « opium en petite monnaie » (*ibid.*). Il n'ignore pas qu'elle prépare aussi à « l'apoplexie foudroyante » et qu'elle tue sans faillir : pour ce dandy aux accents romantiques, c'est « la reine de toutes les morts » (*ibid.*).

FAUST ET DON JUAN

Raphaël, lorsqu'il choisit de « vivre avec excès » (p. 64), s'engage à son tour sur le chemin très fréquenté de la débauche. Mais la définition qu'il en propose enrichit la symphonie du vice de nouveaux accords.

Certes, la dissipation est d'abord pour le jeune homme un banal exutoire de son ennui de vivre, après l'échec de ses amours avec Fœdora. S'il devient alors, comme il le confesse, « un entonnoir, un appareil à chyle, un cheval de luxe » (p. 227) ; s'il se lance « dans un tourbillon de plaisirs creux et réels tout à la fois » (p. 226) ; s'il hante les maisons de jeu, dépense sans compter, s'entoure « de courtisanes, de faux amis, de vin, de bonne chère » (p. 236), c'est dans l'espoir de s'étourdir dans un tourbillon de plaisirs faciles, ne trouvant rien de mieux que de se livrer à des « excès incroyables »

(p. 237) pour étouffer un amour malheureux.

Mais, pour un poète tel que Raphaël, la
débauche ne saurait se limiter à ces plaisirs
vulgaires, qu'il suffit de monnayer. Ambitieuse, sa morale de l'excès s'ennoblit en
éthique de la transgression et prend même
un tour esthétique. Se substituant à la création artistique, elle s'élargit à de hautes
ambitions spirituelles et devient « un art
comme la poésie » (p. 227). Les « violentes
distractions » qu'elle verse en abondance,
à la manière des paradis artificiels, sont si
« en dehors de la vie commune » (p. 228)
qu'elles semblent en repousser les limites.
Tel un « grand mystère », la débauche possède alors « la puissance des abîmes » ; elle
donne le vertige, grise et fascine : le héros
veut « en voir le fond sans savoir pourquoi »
(*ibid.*). C'est « une perpétuelle étreinte
de toute la vie », un corps à corps avec
une puissance merveilleuse, qui entraîne
Raphaël « dans une sphère où [...] s'endor-
ment les douleurs de l'âme » (p. 229).

Mais cette puissance finit par se montrer
sous son vrai visage, celui d'« un monstre »
(*ibid.*) qui précipite le débauché « vers la
dissolution » (p. 228), le promettant à un
suicide plus rapide et plus sûr que le système anglais. Ayant « troqué la mort contre
toutes les jouissances de la vie », ceux qui,
comme Raphaël, lui font allégeance épou-
sent le destin de « ces fabuleux personnages qui, selon les légendes, ont vendu leur
âme au diable » (p. 230), en échange d'un
pouvoir extraordinaire. Car la débauche

est une révolte contre Dieu : les extases où roule le torrent de cette existence bouillonnante donnent aux esprits forts qui s'y engloutissent l'illusion d'un pouvoir surhumain. Mais bientôt vient l'heure du réveil, puis celle des comptes : l'épuisement et la stérilité attendent le réprouvé qui s'est livré à cette vie infernale.

Le destin du héros rappelle ici celui de Faust. Les hallucinations visuelles auxquelles il est sujet dans la boutique du quai Voltaire ne sont-elles pas « un mystérieux sabbat digne des fantaisies entrevues » par le héros de Goethe « sur le Brocken » (p. 49) ? La référence resurgit lors de la seconde rencontre de Raphaël avec l'Antiquaire. À la vue de cet inquiétant personnage, de noirs pressentiments s'éveillent dans son esprit : songeant lui-même « au sort de Faust », il s'y refuse alors « avec horreur » (p. 268), en invoquant le ciel.

Mais ce Raphaël qui célèbre les délices d'une somptueuse dissipation est aussi cousin de Don Juan. Émile ne le présente-t-il pas comme « le plus intrépide compagnon qui jamais ait étreint corps à corps la Débauche, ce monstre admirable avec lequel veulent lutter tous les esprits forts » (p. 71) ? Sans doute le héros garde-t-il l'empreinte de son modèle original puisque, selon le témoignage de Samuel-Henry Berthoud, le sujet du roman devait narrer la vengeance que lui faisait subir un vieux juif, son créancier mécontent d'être traité « en M. Dimanche » par ce nouveau « Don Juan [1] ».

1. Voir
S.-H. Berthoud,
*Petites chroniques
de la science*,
t. VII, Garnier,
1868, p. 50-52.
Cité par
p. Citron, *CH*,
t. X, p. 1221 (voir
aussi
M. Fargeaud,
« Samuel-Henry
Berthoud »,
*L'Année
balzacienne 1962*,
p. 227).

Maurice Bardèche a bien senti cette parenté, lorsqu'il compare l'arrivée inopinée du notaire, au lendemain de l'orgie, à l'apparition du Convive de pierre : « Le discours de Rastignac, la vision de la débauche nous apprêtent comme Don Juan à défier le Commandeur. Et la scène du "Festin de pierre" se produit en effet : la statue s'avance, la peau de chagrin se rétrécit. La condamnation de Raphaël est prononcée, inexorable et mélodramatique, devant un auditoire de courtisanes et de viveurs [1]. » Cette scène, où la frénésie de jouissance se heurte à la « funeste puissance » (p. 250) qui doit l'anéantir, s'inspire assurément de « la confrontation dramatique » qu'on trouve dans tous « les romans du "pacte", la postérité du *Moine* de Lewis et de *Melmoth* de Maturin [2] ». Mais, à l'horizon du mythe, derrière le « rude festin » (p. 244), hanté par la Mort, qui scelle le destin du jeune débauché, en frappant les trois coups de son agonie, resurgit, comme une ombre tragique, « le *finale* célèbre de tous les drames du *Burlador* [3] ».

1. M. Bardèche, *Balzac romancier*, Plon, 1940, p. 340-341.

2. *Ibid.*, p. 341.

3. *Ibid.*

C. LA SAGESSE DROLATIQUE

Ainsi, aucune des voies explorées dans *La Peau de chagrin* n'est une panacée, aucune des morales défendues par les personnages n'offre de solution idéale à l'énigme de la vie. Les discours contradictoires coexistent dans le roman : faute de vérité absolue, on y trouve une multiplicité d'opinions, sans hiérarchie ni privilège. Cette énonciation dialogique, si elle permet au narrateur balzacien de se garder des simplifications de la satire — une vérité univoque, défendue avec hargne, contre un adversaire tourné en ridicule —, offre également l'avantage d'éviter les mensonges du romanesque — une autre vérité non moins univoque, vérité selon le désir, fondée sur l'occultation du réel et l'illusion. Le dialogisme, au contraire, laisse s'exprimer la diversité des points de vue, qui finissent tous par révéler leurs contradictions, leurs apories ou leurs limites. Est-ce à dire qu'aucune sagesse n'est tenable dans le roman ou ne s'en dégage ? Au-delà des impasses, des palinodies et des renoncements qui sanctionnent le parcours des principaux personnages, une jubilation pourtant se fait sentir. Plaçant le récit sous l'égide de Rabelais, le narrateur balzacien joue du mélange des discours et des tonalités, soit qu'il cherche à atteindre, dans une gaieté souveraine, une sorte d'harmonie réconciliatrice, soit qu'il trouve dans une posture ironique, à égale distance du sérieux et de la légèreté, l'expression idéale d'une conscience ludique, en proie au sentiment de la relativité des choses.

Deux personnages, Émile et Maugredie, incarnent dans le roman cette morale rabelaisienne, sceptique et joyeuse. Aussi énigmatique, à certains égards, que l'Antiquaire, Émile est un être didyme. Ce journaliste paresseux et désargenté, dont on redoute la plume acérée, semble avoir atteint le comble du désenchantement. On le voit se moquer « de tout, même de son avenir » (p. 74). En spectateur goguenard de la comédie qui se joue dans le monde, sa seule exigence est qu'il lui soit « permis de rire *in petto* des rois et des peuples, de ne pas être le soir de [son] opinion du matin, et de passer une joyeuse vie à la Panurge » (p. 71). Nulle croyance ne semble le soutenir : balançant sans cesse entre « *oui et non* », son maître mot, comme celui de son « cher Rabelais », est « *peut-être*, d'où Montaigne », précise-t-il, « a pris son *Que sais-je ?* » (p. 111).

La réplique qu'il emprunte au Breloque de Nodier[1] : « Qu'est-ce que cela me fait ? » (p. 116) achève le portrait. Pourtant, ce « fanfaron de cynisme » est loyal, fidèle, courageux et « simple comme un enfant » (p. 74). Lui qui semble renouveler Diogène est surtout « franc et rieur » (*ibid.*). Ces attributs, dont on pare fréquemment Rabelais à l'époque de Balzac, pourraient convenir à l'écrivain lui-même, qui se déclare « *enfant et rieur*[2] ». Face à Raphaël, dont le sérieux imperturbable décourage dans sa rigidité, Émile incarne cet esprit agile et délié, cette sagesse drolatique, au nom desquels il se moque de son ami : « Tu es déjà stupide, tu ne comprends pas une plaisanterie. Il ne te manque plus que de croire à la Peau de chagrin » (p. 250).

Quant à Maugredie, « esprit distingué, mais pyrrhonien et moqueur » (p. 319-320), il a aussi pour cible favorite la gravité. Il oppose un « sourire sardonique » (p. 319) au sérieux prudhommesque : il n'aime rien tant que de dégonfler d'une objection ironique les théories et les systèmes. Le récit valorise « ce grand railleur » (p. 320), cousin de Panurge, qui trouve « du bon » dans toutes les doctrines et n'en épouse aucune, préférant soutenir que « le meilleur système médical [est] de n'en point avoir, et de s'en tenir aux faits » (*ibid.*). Face aux dissensions dogmatiques de ses confrères, Balzac le compare à « un

1. Personnage allégorique de l'*Histoire du roi de Bohême*, « toujours riant », « toujours moquant », qui représente le Jugement. Nodier met dans sa bouche la devise reprise ici, que Balzac relevait déjà dans la *XIᵉ Lettre sur Paris* (*OD*, t. II, p. 937).
2. Lettre du 26 octobre 1834, in *Lettres à Mme Hanska*, t. I, *op. cit.*, p. 205.

auteur comique étudiant deux originaux pour les transporter fidèlement sur la scène » (p. 321).

Sa prudence sceptique renvoie Raphaël à l'ambivalence du *Carymary, Carymara* : « Sur la ligne qui sépare le fait de la parole, la matière de l'esprit, Maugredie est là, doutant. Le *oui* et *non* humain me poursuit partout ! Toujours le *Carymary, Carymara* de Rabelais : je suis spirituellement malade, carymary ! ou matériellement malade, carymara ! » (p. 325-326). Malheureusement, le héros « ne perçoit rien des possibilités d'invention et de jouvence de ce scepticisme [...] positif et tonique par son aptitude à la mise en doute [...][1] ». Il ne voit pas ce qui, dans cette posture réellement « philosophique », lui serait salutaire — « l'effort de faire vivre sans mutilation ni fausse synthèse les pôles inconciliables : le tragique, le mal, la joie de vivre[2] ».

1. M. Ménard, *op. cit.*, p. 29.
2. *Ibid.*, p. 31.
3. Personnage allégorique d'un poème de Coleridge, *The Rime of the Ancient Mariner*. Selon M.-C. Amblard, ce poème a pu inspirer au Balzac de *La Peau de chagrin* l'idée d'une étrange solidarité de la Mort et de la Vie. Voir *L'œuvre fantastique de Balzac*, Didier, 1972.

C'est pourtant dans les vertus thérapeutiques de cet esprit de fantaisie, hésitant sans relâche entre le sérieux et la bouffonnerie, que le narrateur de *La Peau de chagrin* place l'unique possibilité d'exorciser, peut-être, *The Nightmare Life-in-Death*[3].

IV   UNE ESTHÉTIQUE DE L'ARABESQUE

Balzac, lorsqu'il conçoit *La Peau de chagrin* au lendemain de Juillet, est engagé depuis quelques années déjà dans une exploration systématique des formes narratives, qui doit lui permettre d'élaborer

1. On sait que
Balzac est le
premier écrivain
français à
employer ce
terme, en 1822,
dans *Le
Centenaire*.

une poétique romanesque en prise sur la modernité[1]. Conscient du clivage qui sépare le foisonnement désordonné de la réalité et l'ordre unifiant de la représentation artistique, il est lui-même pris entre deux logiques antagonistes. L'une, d'allure prométhéenne, vise le sens intime des choses : elle prétend dominer le réel par la puissance de l'esprit créateur et en dégager l'unité. L'autre, reposant sur l'intuition que la beauté de ce qui vit est, selon la formule d'Albert Béguin, « une beauté dans l'imparfait et dans l'insatisfaction[2] », confronte au contraire le romancier aux limites de son ambition totalisante.

2. A. Béguin,
op. cit., p. 136.

Dans *La Peau de chagrin*, cette tension se résout par le triomphe d'une fantaisie dont la dimension ludique est manifeste. Encore ne faut-il pas se méprendre sur la signification de ce jeu-là, qui inscrit le roman dans la veine excentrique et lui imprime les mouvements de l'arabesque, « fille du caprice accouplé avec l'observation[3] ». Celle-ci trace une trajectoire sinueuse qui, faute de pouvoir atteindre l'unité du Tout, vise un autre mode de totalisation du réel, en jouant avec les interdits et les limitations. L'agilité d'imagination qui l'anime, en multipliant à l'infini les figures bigarrées, tente en effet de représenter, entre légèreté et gravité, le mouvement énigmatique de la vie même — une vie dont le roman épouse les perpétuels zigzags, à défaut de pouvoir en déchiffrer les hiéroglyphes, sinon en formules instables, toujours susceptibles

3. Ph. Chasles, *op.
cit.*, p. 1190.

d'être corrigées, gauchies ou même retournées.

A. LE DON DE SECONDE VUE

On connaît la remarque si pénétrante de Baudelaire au sujet de Balzac : « J'ai maintes fois été étonné que [sa] grande gloire [...] fût de passer pour un observateur ; il m'avait toujours semblé que son principal mérite avait été d'être visionnaire et visionnaire passionné [1]. » La préface de *La Peau de chagrin* donne un certain crédit à ce jugement, lorsqu'elle fait d'un « phénomène moral inexplicable » la prérogative des « poètes » ou des « écrivains réellement philosophes » (p. 403) : « C'est une sorte de seconde vue qui leur permet de deviner la vérité dans toutes les situations possibles ; ou, mieux encore, je ne sais quelle puissance qui les transporte là où ils doivent, où ils veulent être. Ils inventent le vrai, par analogie [...] » (*ibid.*).

Autant dire que l'imagination, lorsqu'elle se déploie vigoureusement, est pour Balzac le plus sûr des instruments de connaissance. L'écrivain, qui vise, par-delà l'enchaînement des causes et des effets, « les rapports plus complexes de la "signifiance" [2] », revendique, pour les déchiffrer, ce « don de spécialité [3] » dont il fera le redoutable apanage de Louis Lambert, son double fraternel. Du reste,

1. « Théophile Gautier », in *Œuvres complètes*, t. II, Gallimard, « Bibliothèque de la Pléiade », 1976, p. 120.

2. A. Béguin, *op. cit.*, p. 44.
3. *Louis Lambert* (*CH*, t. XI, p. 687). La « spécialité », *i.e.* la capacité de « voir les choses du monde matériel aussi bien que celles du monde spirituel dans leurs ramifications originelles et conséquentielles » (*ibid.*, p. 688).

parmi les significations que Balzac donne à la fabuleuse peau d'onagre, il en est une qui l'identifie aux facultés du génie créateur : « Les hommes ont-ils le pouvoir de faire venir l'univers dans leur cerveau, ou leur cerveau est-il *un talisman* avec lequel ils abolissent les lois du temps et de l'espace ? [...] Toujours est-il constant que l'inspiration déroule aux poètes des transfigurations sans nombre et semblables aux magiques fantasmagories de nos rêves » (p. 404, je souligne).

Génie et folie, à cet égard, sont proches : la puissance créatrice, lorsqu'elle se concentre, est un « terrible poison » (p. 46) : aux yeux de la multitude, celui qu'elle anime, parce qu'il est capable de rapprocher des réalités sans relation apparente, semble « déraisonner fort souvent[1] ». N'importe : au romancier supérieur, incompris du vulgaire, aucun secret ne résiste, quand il scrute les vastes horizons de la nature et de la société.

1. « Des artistes »,
La Silhouette,
25 février-22 avril
1830 (*OD*, t. II,
p. 715).

LE SECRET

Rivaliser avec Dieu, qui est encore au XIXe siècle le dépositaire de tous les secrets, tel est en effet l'ambition balzacienne. Comme Gobseck qui se flatte de « pénétrer dans les plus secrets replis du cœur humain, d'épouser la vie des autres et de la voir à nu[2] », le romancier, à la manière du Créateur, sonde les cœurs et les reins. Avec Balzac, le roman, qui mon-

2. *CH*, t. II,
p. 976.

naie à son lecteur la divulgation de ses secrets, s'engage « dans une subtile dialectique du manifeste et du latent [1] ». Le romancier dote ce qui lui tombe sous le sens d'une « fonction duelle », entre cacher et montrer, « l'opacité du manifeste » devenant « la condition du latent » : « C'est parce que le sens se cache, qu'il faut le chercher à travers (parfois même malgré) ce qui se présente en surface [2]. »

1. D. Rabaté, « Le secret et la modernité », *Modernités*, n° 14, 2001, p. 15.

2. *Ibid.*

Cette effraction sémiotique renvoie à une certaine structure du savoir, en rupture avec l'*épistémê* classique. Pour celle-ci, en effet, la vision induit une connaissance sûre, le regard exercé étant capable de procéder sans gêne à l'opération qui permet de passer de la chose à sa signification. Le réel, pourvu qu'on ait de la méthode, peut être déchiffré clairement et distinctement, ce qui peut conduire à une transparence de la vérité. Le savoir, en somme, est « un visible nommé [3] ». Tout autre est la configuration épistémologique dont relève la création balzacienne. Éclectique, en raison de l'hétérogénéité de ses références, elle retient des spéculations de Mesmer sur le magnétisme animal l'idée d'un secret cosmique, logé dans un fluide universel, agissant sourdement dans les corps, comme dans l'univers. Cette théorie inspire à Balzac « l'idée d'un dédoublement du regard » : l'organe de la vue externe est doublé d'un œil interne « apte à saisir les mouvements de la pensée et les énergies de la vie psychique d'autrui [4] ».

3. Th. Stöber, « Du voir au savoir, des sens au sens : le regard de la modernité et ses figures chez Balzac », in *Envers balzaciens*, *La Licorne*, n° 56, 2001, p. 44.

4. *Ibid.*, p. 45-56.

Mais Balzac exploite aussi les ressources de l'histoire naturelle et de la médecine de son temps, lorsqu'elles pensent l'évolution des espèces, comme celle des individus, en termes de dépense d'énergie vitale, et qu'elles cherchent l'origine de cette force à l'intérieur du corps de l'homme ou de l'animal. Balzac prend modèle sur le regard clinique de cette médecine qui tente de localiser au plus intime de l'organisme les foyers de la vie et de la destruction. De même, il retient la leçon des paléontologues modernes, lorsqu'ils fouillent le passé, en quête d'indices à partir desquels ils font revivre les espèces disparues, en déduisent les traits distinctifs et s'emploient à les répertorier.

On n'est pas surpris de découvrir, dans *La Peau de chagrin,* comme dans tant d'autres romans de Balzac, des figures qui portent ce type de regard sur les choses. Ainsi, au cours de « la première grande prédication balzacienne[1] » — avant le credo de Gobseck et celui de Vautrin dans *Le Père Goriot* —, l'Antiquaire, lorsqu'il développe sa théorie de l'économie vitale, défend une conception du savoir qui vaut pour le romancier lui-même. Ne fait-il pas l'éloge de cette « vision intérieure » qui tire du sensible des « jouissances intellectuelles » (p. 63) en dégageant l'idée essentielle des faits contingents, dans une forme de connaissance supérieure ? C'est ainsi que l'Antiquaire, artiste à sa manière, trouve dans l'observation de la vie la matière d'un roman non écrit. Aux yeux du narrateur, seul Cuvier, qu'il présente comme « le plus grand poète » (p. 47) de son temps, est capable, par son pouvoir d'évocation, de rivaliser avec ce vieillard dont la paisible clairvoyance semble pareille à celle de Dieu. Car le savant, comme le poète ou le peintre, a la rare faculté d'appliquer la pensée « à une production nouvelle des forces humaines, à une combinaison neuve des

1. P. Barbéris, *Balzac et le mal du siècle*, t. II, Gallimard, 1970, p. 1502.

éléments de la nature ou physique ou morale[1] ». Guidé par son génie, le profane, « comme soutenu par la main d'un enchanteur » (ibid.), découvre des merveilles.

Le « regard rétrospectif » que Cuvier, dans ses travaux sur les ossements fossiles, jette sur « l'abîme sans bornes du passé » (ibid.), lui permet en effet d'extraire des profondeurs minérales du temps les secrets de la vie animale (p. 48). À partir de presque rien, le savant, « poète avec des chiffres », parvient à ressusciter « d'innombrables dynasties de créatures » (ibid.), du mollusque au genre humain. Chez l'esprit fort qui se délecte de ses visions, comme chez l'homme de science ou le romancier lui-même, le regard est désormais tourné vers la profondeur, dont il s'agit de fouiller les moindres replis, en une opération herméneutique visant le sens enfoui sous les apparences. Ainsi, lorsque Balzac, dans la *Physiologie du mariage,* brosse le portrait du romancier en flâneur, la « gastronomie de l'œil », qu'il élève à la dignité d'« une science », consiste moins à déplacer horizontalement ses regards qu'à les « plonger [...] au fond de mille existences[2] ».

La Peau de chagrin, dans une scène où la *mimesis* romanesque réfléchit ses propres modalités, illustre cet idéal d'une vision scrutatrice et perforatrice, composante essentielle de l'érotique balzacienne. Lorsque Raphaël, désespérant de percer à jour l'énigme de Fœdora, s'introduit incognito

1. « Des artistes », op. cit., p. 708.

2. La Comédie humaine, t. XI, op. cit., p. 930.

dans la chambre de la comtesse, sa curiosité, furieusement échauffée, se manifeste par une pulsion où voir et savoir se confondent. Rien ne doit faire obstacle à son assouvissement visuel. Les rideaux de soie derrière lesquels il est dissimulé « semblent en appeler d'eux-mêmes à une sorte de fonction télescopique [1] », puisqu'ils forment « de gros plis semblables à des tuyaux d'orgue » (p. 204). Le héros, en un geste coloré d'agressivité sexuelle, y pratique de surcroît des « trous avec [s]on canif, afin de tout voir par ces espèces de meurtrières » (*ibid.*). On ne saurait mieux avouer que le regard est l'instrument d'une violation d'intimité. Raphaël, fût-il placé à la périphérie, sur le seuil figuré par la fenêtre, atteint de ses « yeux furtifs » (p. 209) le centre de la scène. Observée tout à loisir, la nudité de Fœdora représente symboliquement la réalité fouillée en ce qu'elle a de plus intime, une réalité dont l'enveloppe de secrets est enfin brisée, comme une armure. De même, le romancier force inlassablement les arcanes de la nature, dans l'espoir d'en saisir le sens en son foyer.

1. J.-L. Diaz, « La stratégie de l'effraction », in *Balzac ou la tentation de l'impossible*, SEDES, 1998, p. 21.

LE DÉTAIL

L'herméneutique du secret passe souvent, chez Balzac, par l'observation d'indices minuscules, le romancier s'intéressant à des choses apparemment sans importance, qui seraient insignifiantes pour tout autre que lui. Là encore, Bau-

delaire a bien compris la valeur de ce
« goût prodigieux du détail », puisqu'il
tient, selon lui, « à une ambition de tout
voir, de tout faire voir, de tout deviner,
de tout faire deviner[1] ».

1. « Théophile
Gautier », *op. cit.*,
p. 120.

La méthode de Cuvier, telle qu'elle est
présentée dans *La Peau de chagrin*, sert
une nouvelle fois de modèle au romancier. L'« immortel naturaliste » n'a-t-il pas
« reconstruit des mondes avec des os blan-
chis », « repeuplé mille forêts de tous les
mystères de la zoologie avec quelques fragments de houille » et « retrouvé des popu-
lations de géants dans le pied d'un mam-
mouth » (p. 47) ? Raphaël, parce qu'il
est naturellement poète, ne procède pas
autrement, en découvrant les prodigieuses
richesses entassées dans le magasin d'antiquités. Les chocs visuels produits par la
multiplication des formes et des couleurs
stimulent son imagination, qui recrée,
pour chaque objet sur lequel se pose son
regard, le monde auquel il appartenait à
l'origine. Les fragments du passé, selon
cette logique métonymique, deviennent
les indices à partir desquels il est possible
de ranimer tout un univers disparu. « Une
armure de Milan supérieurement damas-
quinée » fait sourdre sous ses yeux « les
riantes images de la chevalerie » et un simple camée lui ouvre un large panorama sur
« les conquêtes d'Alexandre » (p. 42).

L'imagination, en « s'empar[ant] des
détails », donne donc le pouvoir de
contempler « des pays, des âges, des
règnes » (p. 42-43). Ce n'est plus seule-

ment l'une des fonctions de l'esprit, mais une puissance créatrice, apparentée à l'infini, qui, à partir de presque rien, est capable de restituer un monde immense. Les amples synthèses auxquelles aspire le romancier passent donc par une sémiologie du concret. Balzac, sur ce plan, reste fidèle à Victor Morillon — son double fictif, bien proche de Raphaël — qui, dans l'avertissement du *Gars,* revendique pour la littérature moderne « l'immense vérité des détails [1] ».

1. *CH*, t. VIII, p. 1681.

Gages d'une authentification de l'entreprise romanesque, détails, nuances et demi-teintes sont minutieusement relevés, dans *La Peau de chagrin,* par le romancier comme par ses doubles fictionnels. Les « frises dorées » de l'hôtel particulier où Taillefer reçoit ses convives sont éclairées, remarque le narrateur, par de « riches candélabres » ornés d'« innombrables bougies » qui en font briller « les plus légers détails » (p. 77). Raphaël lui-même, dans sa confession, se propose d'embrasser toute sa vie comme un tableau où « les demi-teintes [seraient] fidèlement rendues » (p. 115). Évoquant les folies de sa passion pour Fœdora, il se souvient de « chaque nuance de beauté » (p. 166) qui l'éblouissait chez la comtesse, comme de ces « petits détails » — ôter « son schall et son chapeau » (p. 190) — qui suffisaient chez elle à le transporter d'aise. L'un des médecins consultés par le héros soutient quant à lui qu'il existe dans l'homme « des nuances infinies » (p. 325). Aussi faut-il les étudier en chaque sujet séparément, si l'on veut « le pénétrer » et « reconnaître en quoi consiste sa vie » (p. 324-325).

Sans doute la passion balzacienne du détail est-elle d'abord au service de l'illusion romanesque : la référence aux *realia,* en produisant un effet de réel, garantit l'ancrage historique et sociologique du récit. Persuadé que tout groupe social a « son éthologie (vestimentaire, alimentaire, mobilière, laborieuse, ludique, érotique...) », qui évolue selon les modifications de son environnement, l'écrivain voit dans les détails un moyen de lester l'étude de mœurs d'« exemplarité expérimentale [1] ». Dans le monde moderne — un monde qui paraît composite, mouvant, problématique depuis la disparition de toute transcendance unificatrice —, l'attention aux nuances et aux demi-teintes est à ses yeux le seul moyen de rendre compte d'une société toujours plus complexe, soumise à des transformations incessantes.

1. Ph. Berthier, *op. cit.*, p. 20.

Mais, dans un roman « philosophique » comme *La Peau de chagrin*, la réévaluation du détail, si elle conserve une « valeur documentaire [2] », a moins pour fonction de désigner le réel, ou d'en recenser scrupuleusement les constituants, que d'en dégager avec force la signification latente par une brusque focalisation sur un objet à première vue sans importance. Non content de rapporter les « petits faits vrais » qu'il observe au contexte socioculturel dans lequel ils s'intègrent, le narrateur balzacien s'emploie à les rendre immédiatement compréhensibles pour le lecteur, en leur faisant « rendre sens », selon une poétique de « la *monstration* [3] ».

2. J. Gleize, « "Immenses détails". Le détail balzacien et son lecteur », in *Balzac ou la tentation de l'impossible, op. cit.*, p. 98.

3. *Ibid.*, p. 99-100.

Telle est, par exemple, la fonction du long commentaire que lui inspire, au début du roman, le chapeau laissé par Raphaël au vestiaire du tripot. Tour à tour envisagé comme une « parabole évangélique », un « contrat infernal », une « épigramme en action » (p. 21-22), ce geste anodin prend une valeur symbolique. Dès son entrée en scène, le héros, qui subit « la mainmise du social », est placé « sous surveillance » : « Il pénètre dans un monde de codes, de prescriptions, de rituels, de déontologies spécifiques [1] », par lequel il est aussitôt aliéné.

À cet égard, le « contrat infernal » (p. 21) dont il vient d'être question est aussi « un contrat de lecture [2] » : il suggère que le lecteur diligent — contrairement à Raphaël qui, au moment d'entrer au jeu, ne se soucie guère d'être privé de l'emblème de sa respectabilité sociale (et de sa virilité) — « devra prêter attention et signification aux détails, et les interpréter en fonction de l'ensemble [3] », pour ne pas être la dupe, sinon la victime, de ces codes que le récit prétend l'aider à déchiffrer.

LA CONCENTRATION

L'écriture du détail, parce qu'elle tend à « rassembler la totalité du donné sous un petit espace, dans l'intention plus ou moins avouée de s'en rendre le contrôle plus sûr [4] », est aussi l'indice d'une poétique narrative qui privilégie la concen-

1. Cl. Duchet, « La mise en texte du social », in *Balzac et « La Peau de chagrin »*, *op. cit.*, p. 85-86.
2. J. Gleize, *op. cit.*, p. 100.

3. *Ibid.*

4. J.-L. Diaz, « Esthétique balzacienne : l'économie, la dépense et l'oxymore », *Balzac et « La Peau de chagrin »*, *op. cit.*, p. 163.

tration. Pour Balzac, un romancier digne de ce nom est, selon lui, « un homme habitué à faire de son âme un miroir où l'univers tout entier vient se réfléchir [1] ». L'image du *speculum concentrationis*, déjà utilisée par Victor Morillon dans l'avertissement du *Gars* [2], réapparaît dans la préface de *La Peau de chagrin*. Balzac y évoque une nouvelle fois ce « miroir concentrique » (p. 402) où la vie est captée par l'écrivain dans toute l'étendue de ses nuances et de ses couleurs. Le roman, comme il l'écrit par ailleurs, est une sorte de « résumé » : c'est, « dans un petit espace, l'effrayante accumulation d'un monde entier de pensées [3] ».

Les effets de concentration sont manifestes dans *La Peau de chagrin*, lorsque le narrateur précise, par exemple, que « les mœurs de toutes les nations du globe » se réunissent [4] sur la « face froide » (p. 52) de l'Antiquaire ou que Raphaël, évoquant les poétiques débris accumulés dans sa boutique, y voit un symbole résumant toute « la sagesse humaine » (p. 110). Encore faut-il distinguer, parmi les procédés de condensation utilisés par Balzac, ceux qui concernent la structure dynamique du récit, la fonction du narrateur ou le registre symbolique.

Pour les premiers d'entre eux, le romancier a manifestement retenu la leçon de Walter Scott. Certes, la préface du roman prend ses distances à l'égard de « l'histoire de France *walter-scottée* » (p. 405). C'est qu'en 1831, le modèle

1. « Des artistes », *op. cit.*, p. 713.

2. *CH*, t. VIII, p. 1681.

3. « Des artistes », *op. cit.*, p. 714-715.

4. Le texte de l'édition Folio porte « se réunissaient » ; celui de la Pléiade, « se résumaient ».

romanesque proposé par l'écrivain écossais souffre d'une certaine usure en raison des poncifs qu'il a engendrés. Mais Scott n'en a pas moins laissé une profonde empreinte sur Balzac, qui lui doit, en particulier, d'avoir compris les ressources du modèle dramatique pour la construction de la diégèse. Ce modèle, qui concentre l'attention sur des crises où l'intérêt est à son comble, privilégie dans l'histoire les déchirements et les contrastes. Il permet de resserrer la narration, en la focalisant sur ces moments particuliers où le jeu des antithèses atteint un point critique. « Combien d'événements se pressent dans l'espace d'une seconde, et que de choses dans un coup de dé ! » (p. 30), remarque le narrateur, lorsque Raphaël joue sa vie sur le tapis vert du tripot. Stylisée et condensée, la temporalité du roman épouse le rythme des conflagrations successives qui dynamisent le récit, de péripéties en péripéties, jusqu'à son dénouement.

La Peau de chagrin se noue ainsi autour d'une crise — la menace du suicide de Raphaël — et se déroule selon une succession de coups de théâtre : l'acquisition inopinée du cuir magique par le héros, sa rencontre inattendue de ses amis qui l'entraînent chez Taillefer, l'annonce de son miraculeux héritage et la confirmation des pouvoirs maléfiques du talisman ; puis, sa réclusion volontaire, ses retrouvailles inespérées avec Pauline et la naissance d'une brève idylle après un qui-

1. L'immobilité de la peau après que Raphaël a formulé le vœu, déjà réalisé, d'être aimé de Pauline.

proquo[1] ; jusqu'à ce que la découverte d'un jardinier rappelle les amants à la réalité, et lance aussitôt le héros dans des consultations éperdues, suivies de vaines tentatives pour briser le fatal engrenage. La confession de Raphaël, qui s'insère dans cette trame, est bâtie selon les mêmes principes : retraçant une initiation manquée, puis les étapes d'une éducation sentimentale qui prive le jeune homme de toutes ses illusions, elle privilégie les conflits et les antithèses — père-fils, amant-« femme sans cœur », Pauline-Fœdora — selon une concentration dramatique semblable à celle du récit-cadre.

Un autre effet de concentration résulte du rôle que Balzac assigne au *narrateur*. Car c'est un conteur parisien qui ne se laisse pas facilement oublier : tel un batteur d'estrades, il parade tout au long du roman, dont il noue habilement les fils, en se signalant volontiers à l'attention du public. À cet égard, c'est un lointain cousin de l'Alcofribas de Rabelais, qui assume sa responsabilité énonciative avec la verve d'un bonimenteur. Centralisant les informations, prodiguant ses commentaires avec largesse, il est omniprésent dans le récit. Chez cet observateur des mœurs contemporaines, le chroniqueur n'est pas loin, qui mène l'enquête. À la recherche des vérités que la société moderne préférerait cacher, il ne craint pas d'entrer dans la coulisse pour expliquer toute la machinerie de ce théâtre.

Fort de son savoir, il répond par avance aux questions, donne la clé des énigmes, pointe de son index impérieux les nœuds de signification, élabore au grand jour son code de la vie moderne. C'est ainsi qu'il parcourt l'univers fictionnel à la manière d'un cicérone, indiquant à ses hôtes ce qu'il faut voir, ce qu'on doit retenir et la leçon qu'il convient de tirer. Si ses commentaires ralentissent le rythme du récit, ils initient le lecteur à la manière d'un apprenti, en habituant son regard à l'intelligibilité des profondeurs. D'où le fréquent usage, relevé par José-Luis Diaz[1], des impératifs et des interrogatives permettant de focaliser l'attention sur un détail[2] ; des incises venant insister sur une assertion[3] ; de l'adjectif *véritable* signalant un objet particulièrement représentatif de son espèce[4].

Enfin, le dernier mode de concentration qu'on note dans le roman tient à cette alchimie *symbolique* qui consiste à transformer la bouillonnante matière des passions humaines en figures quintessenciées, selon une « esthétique de l'appropriation visuelle du sensible », qui en extrait les « valeurs idéelles[5] ». C'est toute la question de l'allégorie qui est ici posée, dans la mesure où celle-ci a pour effet de subsumer l'individuel au typique et d'extraire les traits généraux des phénomènes particuliers, selon un processus d'intelligibilité qui va de l'extérieur à l'intérieur, de l'apparence à l'essence.

On rencontre plusieurs sortes d'*allégories* dans *La Peau de chagrin*. Certaines

1. « Esthétique balzacienne... », *op. cit.*, p. 166.
2. « Voyez ! Soudain les marbres s'animalisent » (p. 48), « Voyez-vous cette fastueuse voiture [...] ? » (p. 265).
3. « Mais, sachez-le bien [...] » (p. 22).
4. « Vous pourrez admirer un véritable joueur [...] » (p. 24).

5. J.-L. Diaz, « Esthétique balzacienne... », *op. cit.*, p. 163.

permettent, comme des métaphores dramatisées et des personnifications, de dégager de la réalité concrète des entités ou des valeurs abstraites, selon un échange de qualités qui a pour effet de condenser la signification, tout en l'intensifiant. Souvent signalées par la majuscule, ces « allégories figuratives [1] » abondent dans le roman. Ainsi du réveil des convives au lendemain de l'orgie, qui prend la forme d'un grand tableau allégorique : « Vous eussiez dit la Mort souriant au milieu d'une famille pestiférée » (p. 243). La plupart du temps, l'allégorisation concerne toutefois des personnages. C'est le cas du vieux Cerbère, véritable incarnation du Jeu en faction à la porte du tripot ; d'Aquilina et d'Euphrasie, ces deux images antithétiques du Vice (p. 104) ; de Fœdora, que l'épilogue identifie à la Société ; ou des savants qui font corps avec leur discipline — Japhet avec « la Chimie », Planchette avec « la Mécanique » (p. 308) — et désignent allégoriquement la Science. Enfin, la peau de chagrin, emblème du Pouvoir et du Vouloir réunis, constitue, à l'évidence, la principale allégorie du récit. Comme telle, c'est une figure synthétique, saturée d'indices, qui tend à l'universel et invite au déchiffrement. À cet égard, elle entretient d'étroites relations avec le type, que Balzac définit comme « l'idée devenue personnage [2] » dans son article sur *La Chartreuse de Parme*. Ils scellent tous deux l'heureuse rencontre de la littérature et de

1. P. Labarthe, *Baudelaire et la tradition de l'allégorie*, Genève, Droz, 1999, p. 49.

2. « Étude sur M. Beyle », *Revue parisienne*, 25 septembre 1840. Voir *Écrits sur le roman*, textes choisis, présentés et annotés par S. Vachon, Le Livre de Poche, 2000, p. 202.

la philosophie, car ils traitent le réel comme un tout ordonné et rationnel qu'ils donnent la possibilité de décrire à partir de ses éléments significatifs.

Cependant le roman tout entier peut être aussi considéré, selon la formule de Claudel, comme une « parabole immobile », qui se cristallise lorsque, « au coup de gong final », le récit parvenu à sa conclusion devient « contemporain de tous ses événements [1] ». Le sens allégorique, en se construisant peu à peu, s'intègre alors à une dynamique narrative, qui est assujettie à l'espace et au temps. Parcourue d'un réseau d'images qui la veinent en profondeur, *La Peau de chagrin* a souvent été présentée comme un « appareil allégorique [2] » se constituant en une totalité signifiante à son point final. Félix Davin y voit « un arrêt physiologique, définitif, porté par la science moderne [3] » : ce roman, où le sens affleure sous les « plus minces détails [4] », illustre l'axiome selon lequel « la vie décroît en raison directe de la puissance des désirs ou de la dissipation des idées [5] ».

On est en droit de trouver cette interprétation par trop restrictive. Mais l'« allégorie narrative [6] », qui vise à homogénéiser et unifier le récit autour d'un sens global, n'en est pas moins l'un des principaux agents de cette concentration par laquelle Balzac, tout à son ambition philosophique, tente de ramener la diversité des conduites humaines aux lois générales

1. P. Claudel, *Positions et propositions*, in *Œuvres en prose*, Gallimard, « Bibliothèque de la Pléiade », 1965, p. 52.

2. M. Bardèche, *Balzac romancier*, *op. cit.*, p. 335.

3. F. Davin, *op. cit.*, p. 1213.

4. Ph. Chasles, *op. cit.*, p. 1189.

5. F. Davin, *op. cit.*, p. 1213.

6. P. Labarthe, *op. cit.*, p. 48.

qui régissent la vie et en commandent le déroulement.

LA SYMPHONIE

Pour éviter la dissémination qui pourrait résulter de son écriture du détail, Balzac s'attache enfin, comme l'a bien vu Baudelaire, à « marquer avec plus de force les lignes principales » de son œuvre et à « sauver la perspective de l'ensemble [1] ». Si le problème de la composition romanesque ne se pose plus pour l'écrivain en termes rhétoriques de *dispositio*, son roman témoigne d'un évident souci d'intégration des composantes même les plus infimes à un *continuum* narratif dans lequel elles se fondent en une unité supérieure.

C'est ce que suggère, en particulier, la référence à Rossini. Parmi les musiciens évoqués dans *La Peau de chagrin*, le nom du compositeur italien se détache en effet [2], au point qu'on a pu parler de la première partie comme d'un opéra rossinien [3]. Cette référence, déjà sollicitée par Balzac dans le prospectus annonçant la parution de son œuvre [4], réapparaît au cours de l'orgie, lorsque se déploie « sa grande voix [...] composée de cent clameurs confuses qui grossissent comme les crescendo de Rossini » (p. 80).

Peu de récits mettent aussi vivement en lumière que *La Peau de chagrin* le « travail de tisserand [5] » de l'écrivain. Dès l'*incipit*, « véritable morceau d'ensemble [...] où

1. « Théophile Gautier », *op. cit.*, p. 120.

2. Avec celui de Beethoven (p. 100, 118), il est vrai.

3. Fr. Bilodeau, « Espace et temps romanesques dans *La Peau de chagrin* », *L'Année balzacienne 1969*, p. 47 et suiv.

4. « Notre société cadavérique y est fouettée et marquée en grande pompe sur un échafaud, au milieu d'un orchestre tout rossinien ». (*OD*, t. II, p. 849).

5. « Lettres sur la littérature, le théâtre et les arts », *Revue parisienne*, 25 juillet 1840. Voir *Écrits sur le roman, op. cit.*, p. 169.

chaque instrument de l'orchestre module sa phrase » (p. 23), apparaissent les principaux motifs du roman : le jeu, la débauche et la mort, l'avidité de jouir, qui se manifeste chez la plupart les joueurs et l'économie de soi, représentée par ce « grand homme sec », espèce de Tantale moderne vivant « en marge de toutes les jouissances de [son] siècle, qui se contente d'agir avec sa dangereuse passion « comme les jeunes prêtres avec l'Eucharistie, quand ils disent des messes blanches » (p. 26).

Dans la première partie, ces différents motifs, « tour à tour montrés et cachés par la tapisserie », sont progressivement tissés ensemble, le narrateur les faisant passer et repasser sous les yeux du lecteur jusqu'au paroxysme de l'orgie, ce « *finale* longuement préparé et magistralement exécuté, où se retrouvent les trois éléments que Balzac jugeait indispensables au roman, la pensée, le drame, la couleur[1] ».

1. M. Bardèche, *Balzac romancier, op. cit.*, p. 341.

Si la confession de Raphaël transpose dans une autre tonalité les motifs de la rhapsodie fantastique dans laquelle elle s'enchâsse, les divers épisodes de « L'agonie » répondent tour à tour aux deux parties précédentes, comme des variations sur les mêmes thèmes musicaux. La rencontre de l'Antiquaire au théâtre suggère le renversement qui s'est produit depuis que le jeune homme s'est approprié le talisman : c'est lui qui fait désormais figure de vieillard, ne songeant plus qu'à économiser son existence. La consultation des savants et des médecins, parce qu'elle consacre l'impuissance des savoirs humains, corrobore le scepticisme formulé joyeusement au cours du festin par une jeunesse avide de s'étourdir, en l'absence de solution offerte à son désir de vivre. Enfin, les séjours à Aix-les-Bains et au Mont-Dore, qui mettent en évidence la solitude de Raphaël face à l'égoïsme ou à la férocité de ses semblables, confirment, tout en l'approfondissant, l'amère expérience vécue avec Fœdora.

L'un des charmes les plus puissants de *La Peau de chagrin* tient à cette savante composition dans laquelle aucun morceau n'est isolé, mais lié aux autres par des correspondances qui les éclairent réciproquement. Ils se développent, se recroisent, reviennent tour à tour, en se métamorphosant au gré des subtiles modulations du rythme général et des changements de registre. C'est ainsi que Balzac met en œuvre une esthétique des contrastes, qui commande l'enchaînement des scènes, organise la description des personnages, structure les commentaires du narrateur, dont le « style riche en isocolies[1], en tournures parallèles, en chiasmes » traduit par le jeu des oppositions « le balancement intime des êtres entre des postulations incompatibles[2] ».

Ces contrastes intensifient les tensions que le romancier observe dans la nature ou la société. Les oppositions de tonalité, d'atmosphère ou de tempo, qu'ils intro-

1. Périodes composées de membres égaux.

2. P. Vernois, « Dynamique de l'invention dans *La Peau de chagrin* », in *Le réel et le texte*, Armand Colin, 1974, p. 194.

duisent dans l'agencement du récit, concourent à donner du monde une image dramatisée. De la sorte, ils s'intègrent à l'ample dispositif par lequel Balzac, pesant sur la réalité « avec insistance, jusqu'à ce que sa croûte durcie cède sous la pression et s'ouvre sur un arrière-plan qu'elle dissimulait [1] », tente de réduire au minimum, sinon de vaincre, son opacité.

1. A. Béguin, *op. cit.*, p. 45.

B. UN BOUFFON QUI DANSE...

Balzac a cependant conscience que la réalité moderne, du fait de sa labilité et de ses disparates, ne se laisse pas commodément emprisonner dans une formule. Comme Paris dans *La Peau de chagrin*, elle est pareille à une « jolie femme » qui aurait « d'inexplicables caprices de laideur et de beauté » (p. 36). À cet égard, une esthétique en quête d'unité risque de manquer son objet, en trahissant la vérité. Même si le public demande aux artistes de « belles peintures » (p. 406) qui recomposent le réel autour d'une Idée centrale, le romancier se méfie d'un « vrai poétique qu'on arrange et qui ressemble à la réalité comme les fleurs en pierreries [...] ressemblent aux fleurs des champs [2] ». Dans la préface du roman, il ironise sur ce beau mensonge que les lecteurs contemporains semblent appeler de leurs vœux : « [...] vos bourgeois discoureurs, votre religion morte, vos pouvoirs éteints, vos rois en

2. « Hernani », in *Le Feuilleton des journaux politiques*, 7 avril 1830 (*OD*, t. II, p. 685).

demi-solde, sont-ils donc si poétiques qu'il faille vous les transfigurer !... » (*ibid.*).

Ainsi, Balzac, en dépit du tropisme totalisant qui régit son esthétique romanesque, n'entend pas occulter la prolifération chaotique des événements, l'inextricable mélange des contraires, la variété inépuisable d'un univers essentiellement composite. La réalité est pour lui comme ce « monstre de la Chine », fugitivement évoqué par le narrateur dans la description du magasin d'antiquités, « dont les yeux rest[ent] tordus, la bouche contournée, les membres torturés » (p. 42) : l'âme de son héros n'est-elle pas réveillée par ce curieux objet ? N'est-il pas lui-même séduit par les inventions de l'artiste chinois ? Et, quelque peu lassé, comme cet artiste, d'un « beau toujours unitaire », ne trouve-t-il pas « d'ineffables plaisirs dans la fécondité des laideurs » (*ibid.*) ?

Au « réalisme allégorique », dont la force centripète s'exerce dans le roman pour tout ramener au sens, il faut donc opposer une autre économie symbolique, centrifuge celle-là, qui fait valoir les droits du bizarre, du profus, du fragmentaire, du voilé, du « je ne sais quoi », en « une poétique de la dissémination[1] ». Le diable, s'il montre bien ses cornes dans le roman, ne doit pas être cherché dans les obscurs pouvoirs du talisman ou dans un prétendu pacte infernal, mais dans ce principe de division qui ouvre le roman à l'émiettement du sens.

1. J.-L. Diaz, « Esthétique balzacienne... », *op. cit.*, p. 167.

LE BIZARRE

L'esthétique balzacienne, dans sa recherche d'une unité ombilicale, se heurte souvent aux variations infinies du bizarre. Changeant au gré des milieux, des mœurs et des climats, celui-ci est placé sous le signe du multiple. Il n'est pas surprenant de le voir triompher dans le magasin d'antiquités où les objets, soumis aux caprices du crépuscule, composent de « monstrueux tableaux [...] assujettis à mille accidents de lumière par la bizarrerie d'une multitude de reflets » (p. 39). De même, au milieu de la fête chez Taillefer, le silence et le tumulte sont « bizarrement accouplés » (p. 97), créant un phénomène acoustique insolite qui s'ajoute à l'étrangeté visuelle de l'orgie : « [...] il leur était impossible de reconnaître ce qu'il y avait de réel dans les fantaisies bizarres [...] qui passaient incessamment devant leurs yeux lassés » (p. 109).

L'emploi de l'adjectif, ou de l'adverbe qui en dérive, est souvent l'indice d'une réalité composite, qui embarrasse le narrateur, en déjouant ses modes de classement et ses catégories logiques. La bizarrerie est l'un des traits caractéristiques de l'Antiquaire — le récit y revient par deux fois (p. 51, 266) — dont il suggère la nature oxymorique. Mais elle est aussi liée au désordre, qui triomphe lorsque l'énergie vitale se démuselle avec une folle prodigalité. Son charme opère alors, même si l'agitation frénétique et l'ébriété morale que procure la dissipation donnent à voir, intimement associés, l'image d'une vie pleinement épanouie et son négatif : l'entropie mortelle qui la menace de l'intérieur.

C'est ce que suggère le regard que jette Raphaël sur la chambre de Rastignac, mélange d'opulence et de misère, aux appariements inattendus : ses « chaussettes sales » sur un « voluptueux divan », sa « pendule surmontée d'une Vénus » qui tient entre ses bras — image ambiguë de la vie — « un cigare à demi consumé » (p. 224). Le héros y voit, « bizarrement exprimée » (*ibid.*), la vie de dissipation à laquelle il s'est voué : « C'était une chambre de joueur ou de mauvais sujet dont le luxe est tout personnel, qui vit de sensations, et des incohérences ne se soucie guère. Ce tableau ne manquait pas d'ailleurs de poésie » (p. 224-225).

La nature elle-même n'est pas exempte de bizarrerie, comme si l'ambivalence qui mêle, au cœur de l'expérience humaine, le désir et la mort y était projetée. Édénique et secrètement menaçant, tel est en effet le paysage des monts d'Auvergne que découvre Raphaël. La mystérieuse poésie de ce tableau, aux suggestions contradictoires — il est riant et désolé, terrible et gracieux, comique et tragique à la fois —, oblige le narrateur à promouvoir l'irrégularité, le caprice et les nuances indécidables en principes esthétiques, pour décrire un « spectacle continuel et changeant comme les reflets irisés de la gorge des pigeons » (p. 349).

On le voit, les séductions du bizarre tiennent à plusieurs facteurs : le choc de l'insolite, qui garde l'esprit en éveil ; une apparence énigmatique, qui laisse supposer un secret à découvrir sous ces dehors déroutants ; la saveur irritante de ce qui place le lecteur à la limite incertaine entre la délectation et l'effroi, la logique et la fantaisie irrationnelle, le sens et le non-sens. La récurrence de cette catégorie dans la narration suggère la place faite dans *La Peau de chagrin* à l'indéchiffrable, à tout ce qui résiste à l'entendement ou le dépasse, mais n'en a pas moins un charme indéniable, indissociable de la poésie irrégulière et coruscante du vivant.

LE FRAGMENTAIRE

Dans son interminable entreprise de totalisation, le roman balzacien, non seulement rencontre l'obstacle du bizarre, mais se heurte aussi à la fragmentation du réel. Le désir de dire l'unité du monde a pour envers la conviction que rien n'y est « d'un seul bloc [1] » : le dynamisme de la vie, l'inachèvement de la nature, le morcellement du temps, qui brouillent la lisibilité de cette immense mosaïque, conduisent le romancier, par fidélité à son objet, à faire une large place, dans la

1. Préface d'*Une fille d'Ève* et de *Massimilla Doni* (*CH*, t. II, p. 265).

représentation de la réalité, au fragmentaire, à l'incomplet et au diffus.

Ainsi, plusieurs personnages, qui rassemblent sans grande cohérence des traits paradoxaux, paraissent inaccomplis. On dirait qu'il leur manque quelque chose pour être tout à fait ce qu'ils devraient être et que le roman, en quête d'une réalité achevée, éprouve quelque difficulté à les intégrer dans sa typologie. Échappant à toute logique, comme celle qui permet de décrire, de répertorier et de classer rationnellement les phénomènes, ils sont en deçà de l'Idée qui devrait les résumer et, comme tels, rebelles à toute modélisation savante et à toute réduction allégorique. À l'arrière-plan du récit, on voit passer bon nombre de « ces êtres incomplets » (p. 76) : « de jeunes auteurs sans style » et « de jeunes auteurs sans idées » ; « des prosateurs pleins de poésie » et des « poètes prosaïques » (*ibid.*) ; « des sybarites [...] inhabiles à supporter l'excès du plaisir » (p. 227). La relative illisibilité qui les caractérise est aussi l'un des traits les plus frappants de Pauline, ce « principe incomplet, inattendu, venu trop tôt ou trop tard pour être quelque beau diamant » (p. 373), dont l'épilogue, en multipliant vainement les formules destinées à le saisir, accroît le mystère plus qu'il ne le dissipe.

L'espace social offre lui aussi une certaine résistance au bel ordonnancement d'une saisie globale. Dans le magasin d'antiquités, la vision unitaire se défait dans la dissémination du bric-à-brac à mesure que la saturation des objets étouffe le héros. La fragmentation opère à plein dans un tel chaos, où l'oreille croit « entendre des cris interrompus, l'esprit saisir des drames inachevés, l'œil apercevoir des lueurs mal étouffées » (p. 39). De même, dans la chambre de Rastignac, la vie apparaît « avec ses paillettes et ses haillons, soudaine, incomplète comme elle est réellement, mais vive, mais fantasque [...] » (p. 225).

On ne sera donc pas surpris de rencontrer dans le roman une riche thématique de la bribe, du débris et du lambeau. Raphaël, au sortir de la maison de jeu, est « assailli par mille pensées semblables, qui pass[ent] en lambeaux dans son âme » (p. 32). Après avoir découvert le prodigieux spectacle du magasin d'antiquités, il s'évade dans des rêves extatiques où l'univers lui apparaît « par bribes et en traits de feu » (p. 40). Plus tard, lorsque, épiant Fœdora dans son alcôve, il l'entend soupirer en disant « Mon Dieu ! », ce « mot insignifiant ou profond » est pour lui le « lambeau d'une pensée inconnue » (p. 210-211) qui fait renaître l'énigme cachée dans cette femme.

La réalité, ce cryptogramme, ne semble jamais susceptible d'un déchiffrement complet, d'une mise en système au sein d'une œuvre totale. Le motif du texte lacunaire offre, dans le récit, l'image en abyme de cette impossibilité, à laquelle est confronté le romancier. C'est ainsi qu'on peut comprendre, au début du roman, l'allusion à « ce vieux frontispice : *Les lamentations du glorieux roi de Kaërnavan, mis en prison par ses enfants*, dernier fragment d'un livre perdu » (p. 32). Ou encore la présence, dans la chambre de Rastignac, d'« un Byron » auquel des pages ont été arrachées pour allumer « la falourde du jeune homme » (p. 225). Il faudrait en outre rattacher à cette série l'épisode où Raphaël, à la fin de sa vie, jette froidement au feu les lettres d'amour de Pauline. Les « fragments » qui se consument dans le foyer lui laissent voir « des commencements de phrase, des mots, des pensées à demi brûlées », qu'il saisit à travers les flammes « par un divertissement machinal » (p. 364). Le remords l'ayant pris à la lecture de ces bribes de discours amoureux, il sauve de la destruction « un dernier lambeau de lettre », un « débris [...] noirci par le feu » (*ibid.*), qu'il finit par jeter à nouveau dans l'âtre, faute de supporter cette trop vive image de son existence presque entièrement consumée.

De fait, la peau de chagrin, cette autre image de la vie de Raphaël, dont on a maintes fois souligné qu'elle avait les caractéristiques d'un parchemin — son cuir, aussi mince qu'une feuille de papier, étant gravé d'une inscription indélébile —, n'est plus à ce moment même qu'un minuscule et fragile « lambeau » (p. 369). Ce quasi-rien, ce morceau détaché d'un ensemble anéanti est le symbole d'une négativité de l'existence, toujours en train de se défaire, que l'on ne saurait percevoir que dans les brisures éparses d'un ordre évanoui. Le fragmentaire, chez Balzac, porte la marque goguenarde du deuil : il est la figure de cet émiettement, de cette désymbolisation dissolvante qui ruinent tout effort de totalisation symbolique.

LE PROFUS

La dissémination du sens dans *La Peau de chagrin* se manifeste aussi dans la saturation, le débordement, l'excès. Les merveilles du magasin d'antiquités ont à cet égard une valeur emblématique : le « grand peintre » qui a composé cette « immense palette » y a laissé s'épanouir « à profusion » (p. 42) les mille formes et couleurs de la vie humaine. La plénitude du réel se manifeste ici dans sa grisante diversité, dans l'efflorescence de ses significations potentielles, qui résistent à tout essai de synthèse. Balzac est sensible à cette poésie du vivant, dont l'un des principaux ressorts tient à la « multiplicité comme excessive des intentions imbriquées en un "objet" d'habitude insignifiant ou du moins indigne du faste poétique[1] ».

1. J.-L. Diaz, « Esthétique balzacienne... », *op. cit.*, p. 169.

Pour signaler l'émerveillement que procure cette profusion du réel, le narrateur balzacien recourt volontiers au mot « poème ». Lorsqu'un jeune ambitieux appelé à Paris par de grandes espérances se donne la mort, ce suicide, où viennent se résumer,

183

innombrables, des tentatives, des projets et des rêves grandioses qu'il a fallu abandonner, est à ses yeux « un poème sublime de mélancolie » (p. 32). De même, les curieuses inventions, le mobilier hétéroclite et les objets sans nombre, jetés pêle-mêle dans le magasin d'antiquités composent, selon lui, « un poème sans fin » (p. 42). Raphaël, lorsqu'il tente de décrire toutes les nuances des transports où le jette l'apparition de Fœdora, évoque à son tour « ces mots dont l'accent épuise les trésors du langage, ces regards plus féconds que les plus riches poèmes » (p. 165). De la même façon, quand il se souvient du perpétuel vertige de la vie dissipée dans laquelle il s'est plongé après la rupture, cette bouillonnante existence est pour lui un « poème vivant » autant qu'une « étourdissante maladie » (p. 231). La densité des expériences, la violence des passions, l'exaltation des sentiments communiquent aux objets une charge poétique qui les déborde et les leste de significations infinies.

Certaines scènes, à l'image du somptueux festin de Taillefer, décuplent cet effet. Le cérémonial orgiaque, par sa « profusion royale » (p. 79), se dérobe en effet à cette vision qui, chez Balzac, vise le sens au cœur des choses. Raphaël, dès son entrée dans l'hôtel particulier, est saisi par l'éclat de la lumière, le chatoiement des couleurs, l'abondance des mets, le luxe de la décoration. Cet éclaboussant étalage de richesses pare le sensible d'une poésie joyeusement sensuelle qui, dans l'imaginaire balzacien, est indissociable de la fête. Cependant, la multiplication des séductions visuelles et des phénomènes optiques — cristaux qui répètent « les couleurs de l'iris dans leurs reflets étoilés », bougies qui tracent « des feux croisés à l'infini » (*ibid.*) — provoque un engourdissement des sens [1]. À force de scintiller et de luire, les objets réverbérant la lumière ont l'obscurité que donne un éclat trop vif.

1. Th. Stöber, *op. cit.*, p. 48.

Le narrateur lui-même est enclin à redoubler la profusion du réel par une parole dispendieuse, dont il est prodigue. On dirait alors qu'il se laisse déborder par l'agitation frénétique du vivant, dont la tourbillonnante énergie le grise. Renonçant à surplomber le récit de son savoir omnipotent, on le voit multiplier ces énumérations qui tendent moins à épuiser le réel en une compréhension exhaustive qu'à disséminer les choses par une « atomisation moutonnante[1] » de la phrase. Ces amplifications se soutiennent souvent de comparaisons qui s'étirent : loin d'être un instrument d'intelligibilité ramenant l'inconnu au connu, elles compliquent l'objet et le nimbent d'un halo d'incertitude. Aquilina est ainsi comparée à « une espèce d'arabesque admirable où la joie hurle, où l'amour a je ne sais quoi de sauvage, où la magie de la grâce et le feu du bonheur succèdent aux sanglants tumultes de la colère ; monstre qui sait mordre et caresser, rire comme un démon, pleurer comme les anges, improviser dans une seule étreinte toutes les séductions de la femme [...] » (p. 101-102).

En outre, le narrateur balzacien place souvent le lecteur devant une alternative — signalée par l'emploi de « ou » — dont il ne donne pas l'issue. La récurrence du procédé marque les hésitations et les incertitudes de l'instance énonciative, au moment d'interpréter la conduite des personnages ou de cerner leur identité. Raphaël se dirige vers le magasin d'antiquités « dans l'intention de donner une pâture à ses sens, ou d'y attendre la nuit

1. J.-L. Diaz, « Esthétique balzacienne... », *op. cit.*, p. 172.

en marchandant des objets d'art » (p. 37). Sur le visage de l'Antiquaire se peint « la tranquillité lucide d'un Dieu qui voit tout, ou la force orgueilleuse d'un homme qui a tout vu » (p. 52). Le narrateur émaille aussi son discours d'innombrables modalisations — « sans doute », « probablement », « peut-être » — qui trahissent ses difficultés à résoudre tous les mystères, et il affectionne ces interrogations oratoires qui ont pour effet de volatiliser la réalité « en paillettes de questions jongleuses[1] » plus qu'elles ne lui permettent d'instruire une enquête serrée. On a déjà évoqué les hypothèses cocasses que lui inspire, dès l'*incipit*, le chapeau de Raphaël. De même, le séjour du héros au Mont-Dore lui offre une nouvelle occasion de donner libre cours à la fantaisie de ses questions : « Qui n'a pas, une fois dans sa vie, espionné les pas et démarches d'une fourmi, glissé des pailles dans l'unique orifice par lequel respire une limace blonde, étudié les fantaisies d'une demoiselle fluette [...] ? » (p. 355).

Ses affectations d'ignorance, comme ses tartines et ses pirouettes, révèlent un autre visage du narrateur, « bouffon qui danse sur des précipices » (p. 86), plus que maître régisseur. On le voit, le réel, parce qu'il est profus, inspire une parole joueuse, qui ne craint pas une certaine prolixité parodique. On est à mille lieues d'une vision parvenue à la transparence du réel : cette abondance excessive, par un effet de voile, tend à épaissir l'écran

1. *Ibid.*

que le langage humain interpose entre l'ordre de la signification et la réalité.

LE VOILÉ

Cette thématique du voile qui couvre le réel et en estompe les contours apparaît fréquemment dans *La Peau de chagrin*. La *libido sciendi* balzacienne est contrariée par des dispositifs qui empêchent une vision nette et complète. Car le voilement des objets a pour effet un brouillage du sens : préservant en toutes choses la part de l'ombre et du mystère, il s'oppose à une perception distincte, et suspend en chemin la dynamique de la connaissance.

Le récit insiste sur les troubles qui affectent la vision de Raphaël, dont les yeux, au début du roman, semblent « voilés [...] par les fatigues du plaisir » (p. 27). S'il semble tout étourdi dans le magasin d'antiquités et s'il croit voir une créature fantastique dans l'étrange vieillard qui lui apparaît soudain, cette erreur est imputable « au voile étendu sur sa vie et sur son entendement par ses méditations » (p. 53). Du reste, la boutique n'est pas propice à une vision claire, puisqu'« une poussière obstinée [a] jeté son léger voile sur tous [les] objets, dont les angles multipliés et les sinuosités nombreuses produis[ent] les effets les plus pittoresques » (p. 39-40). Ce curieux phénomène visuel se produit à nouveau dans l'hôtel particulier de Taillefer. L'ivresse et le délire y ont jeté « sur tous les regards de légers voiles » qui, dans cette atmosphère surchauffée, dessinent « des vapeurs enivrantes » (p. 108) : on dirait que s'agite dans l'air « une poussière brillante à travers laquelle se jou[ent] les formes les plus capricieuses », « comme dans les bandes lumineuses tracées par un rayon de soleil » (p. 109).

Les demi-jours, le manque de netteté ou d'éclat par lequel se signale le voilé, loin de paraître malencontreux, multiplient dans le récit de plaisants effets esthétiques. Nés de la confusion — de ce qu'elle peut avoir de fantasque et de spirituel —, ils échappent à la rationalité d'une vision qui quadrille l'espace et y plante ses repères, à la façon du géomètre. On voit s'épanouir une esthétique fantaisiste, à laquelle vient s'associer toute une érotique du voile. Ainsi, au cours de l'orgie, les « perfections mystérieuses » des courtisanes sont tour à tour révélées et cachées par les « écharpes légères », la « gaze diaphane », les « plis onduleux du cachemire », les « tuniques modestement provocantes » (p. 98), dont elles sont parées.

Il existe toute une magie du voile dans l'imaginaire balzacien, dont les sortilèges tiennent aux effets d'une « optique mystérieuse [1] » qui anime la création d'une vie toute neuve, l'exalte jusqu'à la fantasmagorie et l'approfondit de perspectives incertaines, d'une grande puissance d'évocation. Ces visions-là, qui jouent d'une ambiguïté foncière entre la réalité et les illusions du rêve, procurent une ivresse de l'esprit et des sens, parfois préférable au choc existentiel de la vision frontale, d'une amère lucidité. Raphaël, dont la « fatale science » (p. 195) perce sans peine le dessous des apparences, est miné par « la souple puissance » qui lui soulève « le voile de chair sous lequel est ensevelie la nature morale » (p. 330). N'en pouvant plus, vers la fin de sa vie, de lire dans les âmes et d'y découvrir l'universelle juridiction de la médiocrité,

1. *Séraphîta* (*CH*, t. XI, p. 762).

il choisit de fermer les yeux, « comme pour ne plus rien voir » (*ibid.*).

Il n'est pas si sûr, au reste, que le réalisme allégorique mis en œuvre par Balzac parvienne, comme le suggérait la lecture de Félix Davin[1], à l'illumination d'un arrêt définitif sur la vie, en forme de dévoilement. Il convient à cet égard de revenir sur la question du pouvoir de totalisation et de clarification de l'allégorie. Présenté comme une « peau symbolique » (p. 61), un « fatal symbole du destin » (p. 289), le mystérieux morceau de chagrin figure, on le sait, le « cercle [des] jours » (p. 66) qui composent une vie (p. 370). Est-ce suffisant pour épuiser toutes les significations de cet objet énigmatique ? Rien n'est moins sûr : les catégories énoncées dans ces définitions — Vie, Pouvoir, Vouloir — sont « si générales et floues[2] » qu'il est difficile au lecteur de s'en satisfaire. Ces notions ont de surcroît *un certain jeu,* ce qui les empêche de constituer un « système cohérent[3] » dont on puisse produire le code herméneutique, sinon sous des formes lacunaires et contradictoires.

Par ailleurs, l'allégorie narrative que l'on tire du récit considéré dans sa totalité présente des difficultés similaires. Dans la mesure où elle implique tout à la fois une dramatisation, une construction progressive et un étagement des significations, cette forme d'allégorie a pour corollaire une opacification de la pensée. La condensation inhérente à la totalisa-

1. Et ce, quelle que soit sa pertinence : Balzac n'a pas fait mystère d'avoir « serinetté » son ami et quasiment tenu sa main, lors de la rédaction de l'Introduction aux *Études philosophiques.* Voir lettre du 4 janvier 1835, in *Lettres à Mme Hanska,* t. I, *op. cit.,* p. 222.

2. A. Vanoncini, « La dissémination de l'objet fantastique », in *Balzac et « La Peau de chagrin »,* *op. cit.,* p. 62.
3. *Ibid.*

tion du sens qu'elle tend à opérer a pour conséquence de voiler ce dernier.

Le dispositif allégorique de *La Peau de chagrin* excède, à l'évidence, la conception purement rhétorique du classicisme qui fait de cette figure une simple métaphore continuée regroupant une suite d'images autour d'une comparaison centrale. Il s'écarte également de la conception plus récente de Goethe[1], qui considère l'allégorie comme un concept en image et qui la situe du côté de la pure transitivité, de la convention langagière, de la clôture inféconde et factice du sens.

Prise dans l'écheveau de motifs souterrains qui lui donne sa « signifiance » romanesque, elle fait songer au nœud gordien plus qu'à la tranchante clarification de la réalité. C'est pourquoi elle semble être plus proche de la définition romantique du symbole — ce que Goethe appellerait « l'Idée esthétique ». Intransitive, elle vise une appréhension globale et intuitive du réel, qui ouvre le fini de l'image à l'infini du sens, laissant toujours une part d'ombre, un « je ne sais quoi » à deviner.

LE « JE NE SAIS QUOI »

Cette formule, à laquelle il faudrait ajouter « je ne sais quel », revient sans cesse sous la plume de Balzac, au point de laisser soupçonner un tic de langage.

Le narrateur de *La Peau de chagrin* utilise fréquemment ces deux tours dans des sentences au présent

1. Dans *Sur les objets des arts figuratifs* (1797). Voir T. Todorov, *Théories du symbole*, Seuil, « Essais », 1977, p. 235-243.

gnomique, où il tente de saisir une réalité sous ses nuances les plus impalpables : « [...] il existe, dans le manège d'un agent de change [...] je ne sais quoi de mesquin dont a horreur l'artiste » (p. 133-134) ; « Le calme et le silence nécessaires au savant ont je ne sais quoi de doux, d'enivrant comme l'amour » (p. 140). Il l'utilise encore pour décrire un paysage, un personnage ou une passion, quand il s'agit de dépasser, autant qu'il est possible, une sorte d'incompatibilité entre la nature du langage humain et celle du fait observé, dont la subtilité relève de l'inexprimable. Quand Raphaël décide de se retirer du monde pour écrire sa *Théorie de la volonté*, sa résolution comporte « je ne sais quoi d'impossible » (p. 134) qui lui donne du courage. Après avoir rencontré Fœdora, il découvre en elle, à force de l'observer, « une intime et secrète vivacité, je ne sais quoi de saccadé, d'excentrique » (p. 188). L'état où le plonge son amour pour la comtesse — cette alliance d'une « véritable idolâtrie » et d'une curiosité « scientifique » — a « je ne sais quoi de bizarre » (p. 167). Lorsque la nécessité le contraint enfin à s'éloigner de Pauline, le lac du Bourget, dont le beau paysage « jette dans l'amour je ne sais quoi de grave, de recueilli » (p. 337), l'aide à supporter son fardeau.

Ces tournures employées adjectivement pour qualifier un être, une chose ou un fait qui excède les limites de la *mimesis* sont complétées par un vocabulaire de l'indicible, dont le narrateur balzacien n'est point avare lorsqu'il essaie d'exprimer la sauvage intensité des passions : « plaisir indicible » (p. 208), « indéfinissable angoisse » (p. 274), « extase ineffable » (p. 165), « inexprimable mouvement de rage » (p. 284), « souffrances inouïes [...] qu'il est difficile d'exprimer en langage humain » (p. 56-57), etc. L'abondance de ces tours, qui marquent un impossible dans l'ordre du langage, fait signe vers un point aveugle de la représentation réaliste — ce que le narrateur balzacien appelle « un abîme à engloutir toutes les poésies humaines » (p. 165), qu'aucune parole ne saurait peindre, ni aucune glose expliquer. Ainsi, la vérité de certaines situations extrêmes, ou de certains émois pour lesquels Balzac emploie volontiers le vocabulaire de la mystique, ne peut s'exprimer que négativement : « Rien dans les langages humains, aucune traduction de la pensée faite à l'aide des couleurs, des marbres, des mots ou des sons, ne saurait rendre le nerf, la vérité, le fini, la soudaineté du sentiment dans l'âme ! Oui ! Qui dit art, dit mensonge. [...] Le secret de cette infusion imperceptible échappe à l'analyse de l'artiste. La vraie passion s'exprime par des cris, par des soupirs ennuyeux pour un homme froid » (p. 164).

Le pathétique porté de la sorte à sa dernière extrémité — cris, soupirs, ravissement — pose la question du sublime balzacien, indissociable du drame moderne, un drame où l'absolu du désir se fracasse dans les abysses de la douleur, où les pulsions de vie et de mort s'entrechoquent dans une terrifiante gigantomachie. Le recours au sublime consacre ici un passage à la limite, à la faveur duquel quelque chose d'irréductible traverse le champ des représentations finies et révèle leur inaptitude à embrasser, sinon négativement

(« je ne sais quoi », « je ne sais quel »), une ultime dimension du réel.

Ce choc esthétique est d'autant plus violent que le sublime est souvent dans le détail, que le narrateur balzacien fait entrer dans un nouvel ordre de grandeur, bouleversant de ce fait la hiérarchie des valeurs. Non seulement le détail, devenu une voie d'accès à l'infini, y gagne en autonomie, au détriment de l'ensemble, mais il est irrémédiablement obscurci par cette majoration qui tout à la fois le referme sur lui-même et l'ouvre à la démesure. La vérité immense que Balzac cherche dans le « je ne sais quoi » du détail, loin de donner accès à un sens obvie, conduit le lecteur sur ce seuil vertigineux où il est confronté à « l'illimité de l'interprétation[1] ».

1. J. Gleize, *op. cit.*, p. 106.

C. EN CLAIR-OBSCUR

Parmi les détails qui accrochent l'attention dans le roman, la référence à Rembrandt pourrait être l'une des plus importantes. Le nom du peintre hollandais apparaît une première fois dans l'inventaire des trésors de l'Antiquaire, au milieu d'une longue liste d'artistes et de littérateurs (p. 45). Cette référence passerait sans doute inaperçue si la soudaine apparition du propriétaire de ces merveilles n'était décrite en clair-obscur — un procédé dont on a pu dire qu'il devenait chez Rembrandt la substance même du

1. P. Bayard,
op. cit., p. 42.

tableau — et « suivant des techniques empruntées à l'École hollandaise[1] » : « [Raphaël] ferma les yeux, les rayons d'une vive lumière l'éblouissaient ; il voyait briller au sein des ténèbres une sphère rougeâtre dont le centre était occupé par un petit vieillard qui se tenait debout et dirigeait sur lui la clarté d'une lampe » (p. 50).

Insistante, la référence est authentifiée *a posteriori*, lors de la réapparition de l'Antiquaire dans la dernière partie du roman. L'« espèce de poupée pleine de vie » (p. 267) que le héros aperçoit au théâtre s'associe en effet dans son esprit — mais explicitement cette fois — à un tableau dans la manière du peintre hollandais : « [...] il le contemplait comme un vieux Rembrandt enfumé, récemment restauré, verni, mis dans un cadre neuf » (*ibid.*). Cette association de l'Antiquaire à un Rembrandt, parce qu'elle permet à Raphaël d'identifier aussitôt le vieillard, souligne la prégnance de l'analogie, ce que confirme, du reste, l'allusion à la restauration du portrait fraîchement verni et placé dans un nouveau cadre, puisqu'elle présuppose que ce personnage, dès la scène de la boutique, était assimilé à son « modèle pictural[2] ». Un lien s'établit ainsi entre une technique picturale, le clair-obscur, et un personnage ambivalent, qui tient à la fois du sage et du diable.

2. *Ibid.*, p. 42-43.

Le clair-obscur, on le sait, est « une distribution des lumières et des ombres » dans laquelle celles-ci « se font valoir les unes par les autres [1] ». Il introduit en peinture la suggestion d'une troisième dimension, en rupture avec la « bidimensionnalité rigoureuse [2] » qui s'imposait dans la peinture des sociétés théocratiques, aux hiérarchies solidement établies, aux valeurs réparties selon un ordre clair. Aussi est-il quasi absent des arts visuels du Moyen Âge où l'image, en tant que projection de l'âme, se doit de privilégier la représentation d'une surface dépourvue d'ombre, au détriment de la profondeur, identifiée au monde ténébreux dont l'artiste préfère éviter l'évocation.

On distingue parfois deux sortes de clair-obscur. Le premier concerne les effets locaux de lumière, qui mettent en relief les détails. Le second, au contraire, étend un climat affectif à l'ensemble du tableau par une subtile répartition des constituants de l'œuvre, en jouant sur les valeurs formelles et sur le chromatisme : il introduit dans la composition picturale un nouvel ordre, comme si le monde des objets se subordonnait à un principe abstrait destiné à les réorganiser [3]. Caractérisé par la nuance, l'atmosphère et l'indécision, ce dernier clair-obscur est celui qu'on prête en général à Rembrandt. Il s'impose dans un contexte où l'on fait droit à une plus subtile dialectique des valeurs : il donne à la fois « plus de caprice et de vérité relative, soit aux formes, soit aux couleurs [4] ».

1. *Vocabulaire d'esthétique*, publié sous la dir. d'É. Souriau, PUF, « Quadrige », 1990, p. 394.
2. *Ibid.*

3. Voir R. Verbraken, *Clair-obscur, histoire d'un mot*, Nogent-le-Roi, Librairie des Arts et Métiers, 1979.

4. E. Fromentin, *Les Maîtres d'autrefois*, « Hollande », XIII, in *Œuvres complètes*, Gallimard, « Bibliothèque de la Pléiade », 1984, p. 753.

Dans *La Peau de chagrin*, il est l'expression achevée d'une crise esthétique qui relativise les différences, mêle les contraires et affranchit la représentation littéraire d'un ordre strict, enraciné dans la rationalité : il est dans le domaine pictural l'expression d'une logique paradoxale, fondée sur une rhétorique de l'oxymore, dont la signification est équivoque. Il est fréquent, dans le roman, que des valeurs antagonistes se recouvrent sans s'effacer.

Elles coexistent alors « dans leur définition la plus singulière, sans jamais s'assimiler l'une à l'autre, sans aboutir à aucune synthèse [1] ». Cette « condensation locale et qualitative des contradictoires » provoque des « effets sidérants d'avivement [2] » : la subversion des valeurs introduit à une connaissance *autre*, qui vise à faire surgir, au cœur de la représentation littéraire, l'active présence de forces obscures et mouvantes, de disparates d'une inassimilable étrangeté. On a déjà relevé maints exemples de ce « choc des contraires [3] », qui avive ironiquement la multiplicité problématique des êtres et des choses, saisis de la sorte dans leur ambivalence, entre sens et non-sens. Ainsi du « fou raisonnable », aperçu au Palais-Royal, qui refuse de céder à sa passion du jeu, mais qui passe son temps devant le tapis vert, tenant « un registre d'une main, et de l'autre une épingle pour marquer les passes de la Rouge ou de la Noire » (p. 26).

Cependant l'oxymore n'est pas seulement le révélateur d'une criante opposition. Il peut marquer une heureuse fusion des contraires et suggérer la mystérieuse harmonie qui se dessine fugitivement au sein du réel transfiguré. Les éléments du tableau s'organisent alors spatialement « autour d'un centre aveugle, d'un noyau qui a pour fonction de gommer les différences » : « Un certain nombre de distinctions d'ordre biologique ou social s'effacent à l'intérieur du

1. J.-P. Richard, *Pages paysages. Microlectures II*, Seuil, 1984, p. 151.
2. *Ibid.*

3. J.-L. Diaz, « Esthétique balzacienne... », *op. cit.*, p. 173.

tableau[1] ». Métaphore de l'œuvre littéraire, l'espace pictural, où « le monde
cesse d'être soumis à la disjonction qui
est souffrance[2] », permet de se délivrer de
la tyrannie du corps et de la société. C'est
sous cet aspect qu'on peut considérer certaines descriptions, comme la scène
d'intérieur qu'observe Raphaël, un soir,
à l'hôtel de Saint-Quentin. Le clair-obscur y crée une « indéfinissable harmonie » entre les choses et les êtres, de sorte
que l'humble réalité — les modestes travaux de Mme Gaudin et de sa fille —
égale « le plus délicieux tableau » (p. 177)
des peintres flamands.

Plénitude du sens, recueillement religieux, climat idyllique : une semblable
harmonie se dégage des subtils jeux de
lumière qui éclairent le paysage du Mont-
Dore, à l'arrivée de Raphaël. Balzac propose alors une sorte de poème visuel :
« [...] Le soleil jetait ses rayons de droite
à gauche, et faisait resplendir les couleurs
de la végétation, mettait en relief ou déco-
rait des prestiges de la lumière, des oppositions de l'ombre, les fonds jaunes et gri-
sâtres des rochers, les différents verts des
feuillages, les masses bleues, rouges ou
blanches des fleurs, les plantes grimpan-
tes et leurs cloches, le velours chatoyant
des mousses, les grappes purpurines de la
bruyère, mais surtout la nappe d'eau
claire où se réfléchissaient fidèlement les
cimes granitiques, les arbres, la maison et
le ciel. Dans ce tableau délicieux, tout
avait son lustre, depuis le mica brillant

jusqu'à la touffe d'herbes blondes cachée dans un doux clair-obscur ; tout y était harmonieux à voir [...] » (p. 351).

La complexité des valeurs attachées au clair-obscur dans *La Peau de chagrin* est l'indice d'ambitions contradictoires, qui sont au cœur de la poétique balzacienne : figurer, sans le trahir, le jeu désordonné des « forces primaires qui ont le monde en partage [1] » et porter néanmoins cette figuration romanesque à une synthèse esthétique, une plénitude de la forme et du sens. La référence à Rembrandt cristallise ces impératifs antithétiques : la concentration des significations en un sublimé de vie et leur dispersion dans les profondeurs et les vibrations de la matière.

Ainsi s'impose une économie signifiante instable, fondée sur le perpétuel échange des valeurs : le clair-obscur, dans ce roman, est le climat où s'épanouit idéalement la fantaisie en ce qu'elle a d'insaisissable [2]. Il convient à ces grotesques qui, selon Montaigne, « sont peintres fantasques, n'ayant grâce qu'en la variété et étrangeté [3] ». Seule son indéfinissable lumière permet de goûter à leur juste prix, comme Raphaël chez l'Antiquaire, les « arabesques d'azur et d'or » de ce précieux « missel manuscrit » (p. 43) qui figure en abyme *La Peau de chagrin* elle-même : une œuvre vagabonde et serpentine, comme la vie.

1. *Ibid.*, p. 125.

2. Dans l'épigraphe du roman, les capricieux moulinets dessinés en l'air par le caporal Trim avec son bâton (p. 19) en sont une autre figure. Voir Sterne, *Tristram Shandy*, CCCXII.
3. *Essais*, I, 28A (éd. Villey, p. 183).

DOSSIER

I. ÉLÉMENTS BIOGRAPHIQUES

On se reportera à l'édition Folio de *La Peau de chagrin* (p. 379-389).

II. REPÈRES HISTORIQUES (1822-1831)

Déjà présente à l'arrière-plan de la confession de Raphaël, qui raconte l'inexorable chute d'une famille aristocratique, l'Histoire est au cœur du roman avec les événements de 1830. Né en 1804 (*cf.* p. 125), le héros, cependant, ne participe pas à la révolution de Juillet. Elle est dans sa vie ce qu'elle est à l'échelle du récit tout entier : un lamentable fiasco, qui occupe *a posteriori* tous les esprits. Les repères qui suivent permettront de préciser ce contexte historique. On les a complétés par des références à la chronologie de la fiction, données entre crochets, en italique.

1822 La Restauration, établie depuis 1814, a évolué dans un sens conservateur après l'assassinat du duc de Berry, le 13 février 1820.

Mars : des lois sur la presse allongent la liste des délits passibles de poursuites.

Septembre : condamnation à mort des quatre sergents de La Rochelle, pour cause de carbonarisme ; à l'issue de leur procès, ils sont guillotinés en place de Grève.

Novembre : élections législatives : succès des ministériels et des ultras.

Octobre-décembre : Congrès de Vérone, autorisant la France à intervenir en Espagne pour rétablir le roi Ferdinand VII.

[*A dix-huit ans (cf. « [...] je te ferai grâce des dix-sept premières années de ma vie [...] »,
p. 115), Raphaël, à peine sorti du collège, fait son Droit et travaille chez un avoué (p. 116).
Aquilina, qui est la maîtresse d'un des quatre sergents, a la guillotine pour rivale (p. 103).*]

1823	31 août : prise du Trocadéro (Cadix) par les troupes françaises.

Décembre : retour triomphal du duc d'Angoulême en France.

1824	Février-mars : renouvellement des députés : élection de la « Chambre retrouvée », dominée par les ministériels et les ultras.

Mai : controverses sur la loi de conversion des rentes qui visent à faire payer par les rentiers (en majorité parisiens) l'indemnisation des émigrés, les économies budgétaires ainsi réalisées devant être affectées au dédommagement des aristocrates dépossédés de leurs biens par la Révolution, à la suite de leur fuite à l'étranger.

16 septembre : mort de Louis XVIII, auquel succède Charles X. Villèle est toujours aux affaires.

[*Bal chez les Navarreins. Raphaël, qui a maintenant « vingt ans » (p. 119), ne résiste pas à la tentation : il puise dans la bourse paternelle, joue et gagne. Son père l'émancipe et le pensionne. Il le charge d'obtenir la restitution des biens acquis en terre étrangère sous l'Empire et perdus à la chute de Napoléon.*]

1825	20 avril : loi punissant le sacrilège des travaux forcés à perpétuité ou de la peine de mort, selon la gravité des faits.

27 avril : loi controversée sur le « milliard des émigrés ». Pour les héritiers de la Révolution, cette loi est une spoliation de la France en faveur de ceux qui ont pris les armes contre elle. Pour le parti de l'émigration, en revanche, la loi est trop timorée en ce qu'elle conduit souvent à revêtir du sceau de la légalité les acquisitions de l'époque révolutionnaire.

Novembre : manifestations lors des funérailles du général Foy, figure du parti libéral.

[*« Pendant un an environ » (p. 124), le jeune homme se dévoue à la défense des intérêts de sa famille. Lorsque Villèle exhume « un décret impérial sur les déchéances » qui la ruine, Raphaël sacrifie sa fortune personnelle pour épargner à son père le déshonneur : « à vingt et un ans nous sommes [...] toute générosité, toute chaleur, tout amour » (p. 125).*]

1826   Avril : échec du projet de loi visant à rétablir le droit d'aînesse.

[*M. de Valentin meurt de chagrin « dix mois après avoir payé ses créanciers » (ibid.). Raphaël, « à l'âge de vingt-deux ans » (ibid.), suit seul le convoi funèbre. Il décide de mener une vie de réclusion et, « au mois de septembre » (p. 139), s'installe dans sa mansarde de la rue des Cordiers, où il commence à composer son* Traité de la Volonté.*]

1827   Premiers signes d'une crise économique : mauvaises récoltes, hausse du prix du pain, augmentation des faillites et du chômage, chute des salaires dans l'industrie et le commerce.
Avril : rejet de la loi sur la presse (dite « loi de justice et d'amour ») visant à instaurer une censure politique.
24 août : imposante manifestation des libéraux à l'occasion des funérailles de Manuel.
Novembre : dissolution de la Chambre et succès de l'opposition libérale aux élections.

[*Après « dix mois de réclusion » absolue dans sa thébaïde (p. 144), Raphaël se prend d'affection pour Pauline, la fille de sa logeuse, dont il propose de finir l'éducation.*]

1828	Janvier : après la démission de Villèle, le ministère Martignac s'installe au pouvoir. Vaine tentative de libéralisation du régime.
	Juin-juillet : ordonnance contre les Jésuites, abolition de la censure.
1829	Août : ministère Polignac, l'un des chefs du parti ultra. L'opposition s'organise : formation d'un parti républicain autour de Cavaignac, Garnier-Pagès et Hippolyte Carnot ; formation d'un parti orléaniste, composé de libéraux comme le baron Louis et le banquier Laffitte, qui soutiennent le duc d'Orléans.

[*« Dans les premiers jours du mois de décembre 1829 » (p. 151), Raphaël rencontre Rastignac qui le présente chez Fœdora. Mais il est bien malaisé pour un jeune homme pauvre d'entreprendre la conquête de la comtesse pendant ce « rude hiver » (p. 162).*]

1830	Mai : dissolution de la Chambre des députés.

[*Après « trois mois » (p. 174) de sacrifices infructueux, Raphaël se déclare enfin à Fœdora : « en mai » (p. 213), il lui avoue son amour et lui révèle que, deux jours auparavant (« avant-hier », p. 218), il a « passé une nuit » au pied de son lit (p. 216). La froideur de l'accueil réservé à ces déclarations le conduit à rompre avec la comtesse. Il se laisse alors convaincre par Rastignac d'adopter le système dissipationnel. Il quitte l'hôtel de Saint-Quentin, après avoir demandé à Pauline de garder sa « cellule pendant une demi-année » et lui avoir permis de disposer de ses maigres biens s'il n'est pas de retour « vers le quinze novembre » (p. 223).*]

Juin-juillet : nouvelles élections, et succès de l'opposition. Charles X signe alors quatre ordonnances : la première suspend la liberté de la presse, la deuxième dissout la chambre récemment élue, la troisième convoque les collèges électoraux pour septembre, la quatrième fixe une nouvelle loi électorale plus favorable au régime.

27-31 juillet : chute de Charles X après les « Trois Glorieuses » : insurrection du peuple parisien qui dresse des barricades ; ralliement de la garde nationale dont La Fayette prend le commandement ; appel de Thiers et Mignet à la candidature du duc d'Orléans comme lieutenant général du royaume ; acclamation de Louis-Philippe au balcon de l'Hôtel de Ville, où La Fayette, rallié à la solution orléaniste, l'enveloppe dans les plis du drapeau tricolore et lui donne l'accolade.

9 août : escamotage de la Révolution. Le duc d'Orléans accepte la « Charte révisée » et prend le titre de « roi des Français » sous le nom de Louis-Philippe Ier.

11 août : ministère Laffitte : le « parti du Mouvement » est appelé au pouvoir (*i.e.* groupe de libéraux partisans d'une politique de réformes). La Fayette demeure à la tête de la garde nationale.

Septembre-octobre : Guizot déclare que le but de la révolution de Juillet n'est pas de mettre la France « en état révolutionnaire » permanent. On manifeste pour demander la condamnation des anciens ministres de Charles X emprisonnés au fort de Vincennes.

[« *Vers la fin du mois d'octobre* » *(p. 21)*, *Raphaël, que la vie dissipée a épuisé au moral comme au physique, perd son dernier napoléon et projette de se suicider. Mais il rencontre l'Antiquaire dont il reçoit la peau de chagrin. Au sortir de sa boutique, il se laisse entraîner chez Taillefer.* « *Le lendemain, vers midi* » *(p. 241), il apprend qu'il est le riche héritier du major O'Flaharty* « *décédé en août 1828* » *(p. 245).*]

Décembre : adoption des lois « organiques » qui abaissent le cens, mettent fin à la pairie héréditaire, réorganisent la garde nationale. Procès des ministres de Charles X, dont Polignac. Condamnation à la prison à vie pour haute trahison, ce qui provoque quelques manifestations de protestation.

[« *Dans les premiers jours du mois de décembre* » *(p. 251), Raphaël, désormais reclus dans l'hôtel particulier qu'il a acquis avec son héritage, reçoit son vieux maître Porriquet. Le même soir (p. 265), il se rend au théâtre, où il retrouve l'Antiquaire, Euphrasie, Fœdora et surtout Pauline.*]

1831   14 février : mise à sac de l'église Saint-Germain-l'Auxerrois en protestation contre une célébration légitimiste pour l'anniversaire de l'assassinat du duc de Berry. Le lendemain, pillage de l'archevêché. Les troubles s'étendent en province.

[« *Vers la fin du mois de février* », *Raphaël, qui vit avec Pauline rue de Varennes, indifférent au* « *torrent d'événements qui pass[e] sur Paris* » *(p. 285), est soudain rappelé à la réalité par son jardinier, qui a retrouvé le talisman réduit à moins de* « *six pouces carrés de superficie* » *(p. 288).*]

Mars : démission de Laffitte. Louis-Philippe invite Casimir-Périer, chef du « parti de la Résistance », à former un gouvernement.

[*« Par une matinée du mois de mars » (p. 317), Raphaël consulte les sommités médicales de son temps.*]

Avril : le ministère Casimir-Périer organise la répression : interdiction des attroupements, révocation d'Odilon Barrot et du général Lamarque, poursuite contre divers opposants tels que Cavaignac, etc.

[*« Un mois après » (p. 328) la consultation et le diagnostic des médecins, Raphaël est à Aix-les-Bains, qu'il quitte bientôt pour le Mont-Dore.*]

14-16 juin : émeutes dans le quartier Saint-Denis. Évariste Galois comparaît devant une cour d'assises après avoir tenu des propos républicains au cours d'un banquet.

[*Raphaël, ayant quitté l'Auvergne, traverse le Bourbonnais. Il regarde avec envie « la nature agitée, vivace comme un enfant, contenant à peine l'amour et la sève du mois de juin » (p. 362). « Le lendemain » (p. 363), il est à Paris, où il meurt peu de temps après.*]

Juillet : élections législatives : le « Juste-Milieu » s'installe. Il y a alors trois groupes d'opposition : les royalistes, fidèles au duc de Bordeaux (« Henri V », le fils du duc de Berry) ou partisans de Charles X et de son héritier, le duc d'Angoulême ; les bonapartistes, d'abord fidèles au duc de Reichstadt puis, après sa disparition en 1832, au prince Louis-Napoléon ; enfin les républicains. Les forces ainsi mises en présence vont animer la vie politique jusqu'à la chute du régime, lors de la révolution de février 1848.

III. ÉTATS DU TEXTE

On a rassemblé ici des informations que l'on trouvera, plus développées, dans la préface de l'édition procurée par Pierre Barbéris au Livre de Poche (*op. cit.*, p. VII-XXX), dans la notice de l'édition de la Pléiade, mise au point par Pierre Citron (*CH*, p. 1221-1230) et dans l'étude que Graham Falconer a consacrée au « travail du style dans les révisions de *La Peau de chagrin* » (*L'Année balzacienne 1969*, p. 71-106).

Le manuscrit de l'ouvrage est aujourd'hui perdu, et l'on ne sait pas avec précision à quel moment le sujet du roman a germé dans l'esprit de Balzac. Absent de la capitale pendant la révolution de Juillet, l'écrivain y reprend ses activités à la fin de l'été 1830. À partir du 10 septembre, il publie tous les dix jours, dans *Le Voleur*, des *Lettres sur Paris* qui proposent une analyse de la situation politique au lendemain des Trois Glorieuses. Ce Balzac-là n'est pas encore l'auteur du *Père Goriot* ou d'*Eugénie Grandet*, qui a jeté les bases du roman réaliste. Depuis plusieurs mois, il a beaucoup sacrifié au journalisme, en collaborant activement aux publications nouvelles : le lancement de *La Mode* et du *Voleur* par Émile de Girardin, de *La Silhouette* par Victor Ratier, de *La Caricature* par Philippon, lui a procuré maintes commandes, qu'il s'agisse de contes, de nouvelles, d'articles de satire morale ou politique.

En décembre 1829, il a publié avec succès, sous le voile de l'anonymat, la *Physiologie du mariage*, ouvrage d'un ton léger et persifleur, placé sous le patronage de Rabelais et émaillé d'anecdotes, de dialogues, de courtes scènes, où l'on trouve une pénétrante analyse des mœurs conjugales dans le monde moderne. Lorsqu'il revient à Paris, après les événements de Juillet, il compose, dans le même esprit, un

Traité de la vie élégante (*La Mode*, 2 octobre-
6 novembre), où apparaît le dandy Lautour-Mézeray,
codirecteur avec Girardin du *Voleur* et de *La Mode*,
campé dans son intérieur débraillé de célibataire. On
l'y voit déposer sa pipe entre les bras d'une Vénus à
la tortue, élément décoratif que l'on retrouvera sur la
cheminée de Rastignac, son double romanesque
dans *La Peau de chagrin* (p. 224).

Ces publications, où dominent les procédés d'exé-
cution habituels aux journalistes, constituent le ter-
reau de ce roman dont l'idée mère est consignée dans
une note de l'album intitulé *Pensées, sujets, fragments* (publié en 1910 par Jacques Crépet). Pierre
Citron, sans certitude absolue, la date du second
semestre 1830. Il y est question de « l'invention d'une
peau qui représente la vie », et de « conte oriental ».
On sait par ailleurs, grâce au témoignage tardif (1868)
de Samuel-Henry Berthoud, le camarade de Balzac à
La Mode et au *Voleur,* que le sujet initial de l'ouvrage
devait être la mystification de Raphaël par un vieux
juif, son créancier mécontent d'être traité « en
M. Dimanche » par ce nouveau « Don Juan ». Le talisman était une supercherie à laquelle le jeune homme
se laissait prendre ; il mourait de frayeur, tandis que
le vieillard lui révélait que la peau avait rétréci naturellement et qu'il avait été victime de sa « stupide
crédulité ».

À l'origine, l'ouvrage semble donc n'être qu'un
conte vif, spirituel, reprenant des thèmes fantasti-
ques à la mode — c'est sans doute le sens de la
référence orientale, qui renvoie moins ici à un espace
géographique qu'à un territoire imaginaire, celui des
prodiges et des enchantements. Il ne semble guère
faire de place à la confession d'un enfant du siècle
ni à la peinture de l'époque.

Le 9 décembre, Balzac, sous le pseudonyme
d'Alfred Coudreux, publie dans la presse *Les Litanies
romantiques*, où il brosse le portrait d'un certain
M. S..., homme fortuné qui « s'est constitué le Mécène

de la littérature ». « Le soir — ajoute-t-il — où je lui lus mon célèbre conte fantastique intitulé *La Peau de chagrin*, il m'offrit de me l'acheter mille écus, à condition de le lui laisser imprimer à vingt exemplaires. J'y consentis. » Dès cette époque, le titre de l'ouvrage est donc fixé. Celui-ci est-il pour autant aussi avancé que l'annonce Balzac ?

Rien n'est moins sûr : une semaine plus tard, le 16 décembre, *La Caricature* publie, sous la signature de Henri B..., un croquis intitulé *Le Dernier Napoléon* : un jeune homme se dirige vers la Seine après avoir perdu sa dernière pièce d'or dans une maison de jeu du Palais-Royal. Ce texte est une sorte de *Physiologie du joueur*. Mais la satire de mœurs s'y fait plus âpre : sombre, tragique, ce portrait d'un jeune homme est celui d'un désespéré, à la dérive dans un monde sans barrières, sans croyance, sans autre divinité que l'or. Rien ne permet cependant d'établir avec certitude que, dans l'esprit de Balzac, l'assimilation soit faite, à cette époque, entre son candidat au suicide et le jeune esprit fort, victime de sa crédulité, évoqué par Berthoud.

De même, on ne sait pas à quel moment s'opère exactement l'élargissement du conte fantastique au roman d'une époque et à celui du moi. Une chose est certaine : lorsque le 17 janvier 1831, Balzac signe avec Canel et Gosselin le contrat par lequel il promet de livrer son manuscrit pour le 15 février, l'œuvre a pris des dimensions nouvelles, puisque l'écrivain s'engage à livrer deux volumes in-8° de 22 ou 23 feuilles chacun, soit un total d'environ 350 pages. Ce seront là, à peu de chose près (47 feuillets contre 45), les dimensions définitives. On peut penser que Balzac voit désormais son œuvre telle qu'elle sera, et que son plan est arrêté.

Selon Pierre Barbéris, il semble — mais rien ne permet de l'établir avec certitude — que ce soit l'intervention de la dimension autobiographique qui ait modifié l'ampleur et la portée du récit. Depuis longtemps, Balzac rêvait de raconter sa jeunesse et ses premières expériences, à travers un personnage de fiction. En 1829, il avait renoncé à la biographie fictive d'un jeune génie du nom de Victor Morillon, naguère composée pour *Le Gars* (1825), qui devait servir d'avant-propos au *Dernier Chouan*. Entre cette tentative abandonnée et *Louis Lambert*, qu'il publie en 1832, l'histoire de Raphaël de Valentin semble donc nouer une sorte de lien.

Le 31 janvier 1831, dans la treizième *Lettre sur Paris*, l'écrivain, proposant un rapide panorama de ce qui se prépare dans les milieux littéraires, annonce que « l'auteur de la *Physiologie du mariage* va publier un livre intitulé *La Peau de chagrin* ». Mais ce n'est que le 7 février que sont composées les premières pages du roman. On le sait avec précision car il existe, dans la collection Lovenjoul (A 177), un exemplaire complet d'épreuves sur lequel figurent les dates de composition, ainsi que les bons à tirer de la main de Balzac. Les dates s'y échelonnent du 7 février au 30 juillet 1831.

Grâce à ce précieux document, on peut distinguer trois périodes dans la gestation du roman : du 7 au 22 février, Balzac, qui se trouve alors à Paris, compose le début de l'ouvrage, du chapitre I au chapitre X (lequel raconte la rencontre de Raphaël avec ses amis, au sortir du magasin d'antiquités) ; du 31 mars à la mi-avril, le romancier installé à Saint-Cyr, près de Versailles, chez ses amis Carraud, rédige la fin de la première partie (chapitres XI à XIII) ; du 6 mai au 30 juillet, à Nemours, chez Mme de Berny, il achève les deuxième et troisième parties, la préface étant rédigée à part les 30 juin et 1er juillet. L'ouvrage est annoncé le 6 août par la *Bibliographie de la France*. Au premier fragment préoriginal, dont il a déjà été question — *Le Dernier Napoléon* (*La Caricature*, 16 décembre 1830) —, il faut ajouter deux autres publications antérieures à la parution du volume : *Une débauche* (*Revue des Deux Mondes*, 15 mai

1831), qui couvre l'épisode de l'orgie, et *Le Suicide d'un poète* (*Revue de Paris*, 29 mai 1831) qui relate la vie de dissipation et la ruine de Raphaël.

Sans appartenir aux œuvres de jeunesse, *La Peau de chagrin* vient assez tôt dans l'ensemble de la production balzacienne et elle est antérieure à la conception de *La Comédie humaine*. De là divers problèmes posés à l'écrivain par l'intégration d'un tel texte dans l'économie générale de son grand œuvre : comment l'accorder, par exemple, à son évolution politique et philosophique ? Comment le mettre en conformité avec le principe du retour des personnages ?

Au fil des éditions successives, Balzac a donc beaucoup corrigé *La Peau de chagrin*. Le roman, qui paraît en août 1831 chez Gosselin et Canel (2 volumes in-8°), connaît en effet six rééditions du vivant de l'écrivain, jusqu'à l'édition Furne de 1845 qui l'intègre dans *La Comédie humaine* (t. XIV), en tête du tome I des *Études philosophiques*. Dressons la liste de ces éditions, qui sont l'occasion de maintes retouches.

Ce travail de révision commence avec la deuxième édition Gosselin (septembre 1831), qui intègre *La Peau de chagrin* aux *Romans et Contes philosophiques*. On y voit apparaître une importante introduction signée des initiales P. Ch. (Philarète Chasles), qui remplace la préface de Balzac. On constate en revanche un ensemble de suppressions ou de substitutions visant à atténuer la fantaisie verbale de l'édition princeps. L'écrivain, s'il estompe la veine rabelaisienne du roman, procède également à quelques ajouts, qui approfondissent la motivation psychologique de Raphaël ou précisent par des descriptions le milieu dans lequel il évolue.

Une nouvelle édition Gosselin des *Romans et Contes philosophiques*, qui paraît en mars 1833, permet à Balzac d'effectuer sur son texte des corrections plus importantes, au cours de l'automne 1832, sur un exemplaire de la deuxième édition Gosselin, puis sur épreuves, en janvier-février 1833. L'écrivain continue d'élaguer son texte pour des raisons stylistiques : il remplace systématiquement par un terme plus précis certains adjectifs dont il a d'abord usé en abondance. Il reprend aussi ses dialogues, notamment ceux de Raphaël et de Fœdora. Et s'il fait disparaître la facétieuse « Moralité » sur laquelle s'achevait l'ouvrage (p. 362), il ajoute en revanche, dans la troisième partie, la longue description du lac du Bourget.

De nouvelles modifications du texte interviennent avec l'édition Werdet (dont une partie des épreuves est conservée dans la collection Lovenjoul sous la cote A 178). Il s'agit de la première livraison des *Études philosophiques* qui paraissent en décembre 1834, précédées d'une introduction par Félix Davin. La révision de *La Peau de chagrin* est effectuée en août et septembre 1834, époque capitale dans l'évolution littéraire de Balzac. Le 11 août, l'écrivain annonce à Mme Hanska son intention de se mettre à l'ouvrage, et le 26 ses corrections semblent bien avancées : « En ce moment, je fais le dernier travail de style sur *La Peau de chagrin*. Je la réimprime et j'enlève les taches. »

Graham Falconer estime que ce travail est donc effectué entre le moment où le romancier achève *La Recherche de l'absolu* et celui où il commence *Le Père Goriot* (aussi est-ce sans doute ce dernier roman qui profite de la relecture attentive de l'ouvrage de 1830, et non l'inverse). Balzac continue d'écheniller son ouvrage. Mais, cette fois, les additions sont beaucoup plus nombreuses. La disparition de la division en chapitres appelle quelques réajustements de détail. Balzac, qui reprend certains portraits, révise aussi les dialogues avec un soin particulier, et il les étoffe. Il donne enfin plus d'ampleur à ses idées politiques et sociales.

La cinquième révision dans l'histoire éditoriale de *La Peau de chagrin* est effectuée lors de la préparation de l'édition illustrée in-4° que publient Delloye et

Lecou en 1838. C'est l'édition pour laquelle Balzac, qui a disposé de délais assez longs (entre août 1837 et février 1838 environ), effectue le plus grand nombre de retouches. Des raisons d'ordre matériel ont peut-être joué un rôle dans cet élagage acharné (la nécessité de gagner de la place du fait de la conversion des quatre volumes in-12 de Werdet en un seul in-4°, illustré avec profusion). On comprend que le romancier, dans une lettre à Mme Hanska de 1838, considère cette édition comme celle qui lui a donné l'occasion d'arriver à ce qu'il peut « faire de mieux pour [son] ouvrage, comme pureté de langage ».

Balzac y modifie le titre de la première partie, en remplaçant « La Peau de chagrin » par « Le talisman » (pour éviter sans doute la redondance avec le titre de l'ouvrage) et il introduit l'inscription arabe qui figure sur le talisman. Pour satisfaire au système du « retour des personnages » de *La Comédie humaine*, l'amphitryon prend le nom de Taillefer et le quatrième médecin celui d'Horace Bianchon. Mais Balzac effectue avant tout des révisions stylistiques, le nombre des additions, des suppressions et des modifications y étant plus élevé que jamais. Une fois encore, le récit est simplifié, les répétitions, les afféteries sont traquées, certaines allusions devenues obscures, ou dont l'intérêt, avec le temps, a pu s'atténuer aux yeux de l'écrivain, sont éliminées.

L'édition Charpentier, qui paraît en mai 1839 dans un format in-12, reproduit le texte du Balzac illustré (auquel elle ajoute quelques erreurs involontaires). Elle est suivie en août 1845 de l'édition Furne (t. XIV de *La Comédie humaine*). Cette nouvelle édition est peu corrigée : si l'on excepte quelques retouches stylistiques de détail, elle se signale surtout par le travail d'intégration qui porte sur les noms propres : le caricaturiste Henri devient Bixiou. D'autres personnages anonymes figurant dans la scène du festin chez Taillefer reçoivent un nom : Claude

Vignon, Canalis, Massol, l'avoué Desroches, Cardot le notaire, etc. font ainsi leur apparition.

Cependant, il faut prendre en compte les corrections supplémentaires que Balzac a portées de sa main sur l'exemplaire de l'édition Furne qu'il a revu avec soin entre 1846 et la date de sa mort. Graham Falconer a tenté de classer ces corrections par types. Certaines portent sur le style, qu'il s'agisse de rechercher la précision lexicale ou de viser à éliminer des expressions savoureuses mais d'un goût discutable. D'autres relèvent de ce travail d'intégration déjà signalé, qui consiste tantôt à substituer des personnages fictifs à des célébrités du monde réel (Nathan à Lamartine, Canalis à Hugo, etc.) et tantôt à introduire des figures familières aux lecteurs de *La Comédie humaine* : ainsi, au début de « L'agonie », Rastignac, au théâtre, est-il assis auprès de Mme de Nucingen (p. 272), et non plus auprès d'« une jeune femme, veuve sans doute ». Enfin, Balzac se préoccupe de mettre en évidence la dimension allégorique du roman, ce qui se traduit par la fréquente utilisation d'une majuscule pour le mot « peau » dans l'expression « peau de chagrin » et, dans l'épilogue, par l'identification de Fœdora à « la Société ».

IV. INTERTEXTUALITÉ

Le 2 janvier 1846, dans une lettre à Mme Hanska, Balzac confie à son amie les ressemblances de sa vie avec celle de Raphaël : « [...] à 18 ans, en 1817, je quittais la maison paternelle, et j'étais dans un grenier, rue Lesdiguières ; y menant la vie que j'ai décrite dans *La Peau de chagrin*. » Pierre Citron, tout en récapitulant les analogies frappantes qu'on relève d'ordinaire entre l'écrivain et son personnage, rappelle les références intertextuelles qui nourrissent aussi la création balzacienne.

Il est peu de romans de Balzac où le romancier se soit aussi directement mis en scène sur le plan biographique [...].

Comme Balzac, Raphaël est issu d'un homme qui n'est plus jeune, qui s'est formé sous l'Ancien Régime, et qui, à son aise sous l'Empire, s'est retrouvé ruiné sous la Restauration ; un homme doué « de cette finesse qui rend les hommes du midi de la France si supérieurs quand elle se trouve accompagnée d'énergie » ; or Bernard-François Balzac était précisément né dans la moitié sud de la France, et manquait d'énergie. Comme M. Balzac, M. de Valentin ne laissera aucun héritage à son fils. Sa femme, dans l'édition originale, porte les trois prénoms de Barbe-Marie-Charlotte. Or, la grand-mère de Balzac s'appelait Marie-Barbe-Sophie, et Charlotte était un des prénoms de sa fille : l'allusion était si transparente que le troisième prénom a été supprimé par la suite. Comme Balzac, Raphaël étudie le droit tout en faisant son stage chez un avoué. La vie qu'il mène dans sa mansarde, une fois seul, est celle de Balzac [...]. De même que Balzac, Raphaël

P. Citron,
introduction de *La
Peau de chagrin*,
CH, t. X, p. 8-15.

a chez lui un piano, luxe qui n'était pas si courant à l'époque chez les étudiants désargentés. Tous deux, en fréquentant les bibliothèques et en suivant les cours publics, édifient leur culture personnelle. Raphaël habite ce quartier Latin que Balzac connaît bien pour avoir, de 1824 à 1826, logé rue de Tournon. Et, au début de cette période, si on en croit Étienne Arago, Balzac aurait eu une velléité de suicide par noyade, semblable à celle qu'il prête à Raphaël. Pour vivre, Raphaël est prêt à écrire de faux mémoires, ceux de sa tante morte sur l'échafaud, de même que Balzac venait de participer en 1830 à la rédaction des *Mémoires* de Sanson, c'est-à-dire du bourreau, et peut-être aussi d'aider la duchesse d'Abrantès dans la rédaction des siens. Ce n'est là que littérature alimentaire. L'œuvre véritable de Raphaël, la *Théorie de la Volonté* [...] est le traité même que Balzac, selon sa sœur, avait écrit au collège de Vendôme, et celui aussi qu'écrira Louis Lambert, autre double de son créateur. [...]

Comme Balzac, Raphaël est fondamentalement un solitaire. Les indications sont multiples sur ce point. Très éloigné de son père, il est de bonne heure abandonné à lui-même avec son travail. Entre les femmes et lui, il maintient toujours une distance. [...] Il y a même dans sa vie un épisode qui fait songer à celui de Fœdora, c'est son aventure avec Mme de Castries ; elle surviendra après la rédaction de *La Peau de chagrin*, mais il n'y a pas là rencontre de pur hasard : voué par sa nature d'homme et d'artiste à la solitude et à l'échec auprès des femmes, il a d'abord traduit cette disposition intérieure dans son roman, puis, dans sa vie, n'a pu s'empêcher de faire, inconsciemment, tout ce qui devait entraîner l'échec de ses amours. [...]

Enfin, et c'est peut-être l'essentiel, Raphaël décide, par moments au moins, de dépenser son énergie, au risque de mourir avant l'âge, plutôt que de se ménager et de mener une vie terne et monotone. Il est à plusieurs reprises sur le point de perdre son dernier écu, et se tient constamment sur le bord du gouffre. En agissant ainsi, il se tue, rejoignant par un autre chemin le suicide dont il a rêvé au début du roman [...].

Balzac, à y bien regarder, fait-il autre chose ? Il sait qu'il s'exténue à produire. Le 10 avril 1834, il révèle à Mme Hanska que le docteur Nacquart, son médecin, l'a averti : « Vous mourrez [...] comme tous ceux qui auront abusé par le cerveau des forces humaines [...]. » Et un mois plus tard, à un autre correspondant : « Ce sera curieux de voir mourir jeune l'auteur de *La Peau de chagrin*. » Ces phrases sont sans doute postérieures au roman ; mais, dès 1829, Balzac avait entrepris son gigantesque labeur : qu'on relise la liste de tout ce qu'il a produit de 1829 à 1831.

Raphaël est bien, on le voit, un de ces personnages que Pierre Abraham a nommés les fantômes du miroir. Pour la troisième fois dans *La Comédie humaine*, après Victor Morillon de la préface du *Gars* (premier projet des *Chouans*), après *Sarrasine* dans la nouvelle de ce nom, Balzac se regarde et décrit ce qu'il voit. Son amie Zulma Carraud ne s'y est pas trompée, et a reconnu Balzac en Valentin, lui demandant le 10 septembre 1832 s'il a mesuré sa peau de chagrin depuis que son appartement a été renouvelé et qu'il fréquente la marquise de Castries. D'ailleurs Balzac lui-même, écrivant en 1836 le dialogue des *Martyrs ignorés*, donnera à un personnage l'identité de Raphaël après l'avoir appelé « Moi ». [...]

Il est plus significatif que Raphaël soit l'écho de plusieurs grands mythes romantiques. Il est d'abord un personnage byronien, et, comme Balzac lui-même, il admire d'ailleurs Byron, qui est cité neuf fois dans le roman. Au moment de la visite de son ancien maître Porriquet, il ressemble à Manfred. Ce héros, comme celui de Balzac, a connu de longues années d'études solitaires, dont il a éprouvé la vanité [...]. De même que Manfred possède un charme qui lui permet de faire apparaître les esprits, Raphaël a un talisman qui lui permet de réaliser tous ses souhaits. L'un et l'autre veulent se tuer, mais sont retenus par un autre homme. Ils cherchent tous deux, sans la trouver, la paix dans les montagnes, Manfred dans les Alpes bernoises, Raphaël en Savoie, puis en Auvergne. Ils sont en quête d'une vie simple, patriarcale, bucolique, qui les séduit un moment, puis à laquelle ils se dérobent. Ils ont l'un et l'autre versé le sang d'autrui. La femme qu'aime Manfred, sa sœur Astarté, meurt de sa propre main, semble-t-il : « [...] j'ai vu son sein déchiré », dit Manfred. Et Pauline tentera bizarrement, à la dernière page de *La Peau de chagrin*, de se « déchirer le sein » pour se donner la mort. Les deux héros eux-mêmes meurent victimes, en partie, de leur propre volonté. De façon plus générale, Raphaël pourrait dire comme Manfred : « Regardez-moi, il est des mortels sur la terre qui deviennent vieux dans leur jeunesse, et qui meurent avant d'être à l'été de leur jeunesse, sans avoir cherché la mort dans les combats. »

Raphaël est aussi un reflet de Faust, comme l'ont relevé déjà plusieurs critiques du temps. [...] L'analogie reste générale. Elle est plus précise avec le personnage de Melmoth, créé par Maturin dans le roman du même nom. Grâce à un accord avec le démon, cet être fantastique jouit d'une incroyable longévité. Balzac, qui avait déjà repris ce thème dans *Le Centenaire*, nomme Maturin dans la préface de la première édition de *La Peau de chagrin*, et songe déjà à l'époque à faire apparaître la figure créée par le romancier irlandais dans une de ses propres œuvres, qui paraîtra en 1835 sous le titre *Melmoth réconcilié*. L'épisode du duel, où se manifeste le pouvoir surnaturel dont dispose le héros de Balzac, vient directement, Moïse Le Yaouanc l'a montré, d'un passage de *Melmoth*. Et, à l'approche de sa fin, Raphaël, comme Melmoth, est vieilli en peu d'instants, flétri, et effrayant à voir, comme plus tard le Dorian Gray d'Oscar Wilde.

L'intertexte d'un roman aussi composite que *La Peau de chagrin* est d'une extrême diversité. La critique n'a pas manqué d'ajouter encore à la liste dressée ici par Pierre Citron. Nicole Mozet a notamment souligné la dette de Balzac à l'égard de Perrault et de Rabelais.

On commettrait un contresens en donnant une interprétation passéiste à la phrase de la préface sur « la littérature franche de nos ancêtres ». Si Balzac a choisi de mettre le premier roman moderne qu'il ait signé de son nom sous le double patronage de Perrault et de Rabelais, ce n'est pas pour se réfugier dans une filiation culturelle, mais pour essayer d'y trouver des points d'appui afin d'échapper à l'enfermement d'une littérature de plus en plus mondaine, parisienne et superficielle. Ce n'est pas par chauvinisme, mais par souci d'authenticité que Balzac, à travers Perrault et Rabelais, cherche à se rattacher à ce que la tradition française du récit a de plus original. À leur exemple, il s'efforce d'acclimater dans un texte écrit les

N. Mozet, *Balzac au pluriel*, PUF, « Écrivains », 1990, p. 18-20.

procédés les plus éprouvés de la littérature orale, afin de rétablir entre l'auteur et son lecteur une relation que les conditions modernes d'écriture et de lecture ont considérablement perturbée. Le but avoué est de « charmer » son public, tel Planchette, qui n'est sans doute qu'un savant d'opérette, mais qui se révèle conteur de génie, improvisant pour Raphaël une étonnante scène mimée : « Raphaël resta *charmé* comme un enfant auquel sa nourrice conte une histoire merveilleuse. »

Dans ces conditions, il ne faut pas être surpris que la dette du Balzac de *La Peau de chagrin* à l'égard de Perrault soit écrasante. Il lui doit en effet son titre, inspiré de *Peau-d'âne*, le schéma de son intrigue, qui est l'inverse de celle de *La Belle au bois dormant*, ainsi que de nombreux personnages d'origine populaire [...], depuis la vieille femme en haillons du début du roman jusqu'à la famille paysanne du dénouement, dont la chaumière est exemplaire. Chacune à sa manière, Pauline et Fœdora sont des héroïnes de contes de fées, incarnant sommairement le Bien et le Mal, tandis que les vieillards sont autant de magiciens, sorciers, pères protecteurs ou défaillants. Pour bien comprendre ce que Balzac recherchait dans cette espèce de retour aux sources, il faut laisser toute sa force à l'opposition qu'il fait, tout à la fin de sa préface, entre une littérature de circonstance, qui se contente de « portraits », et une œuvre de création qui essaie d'inventer des « types ». Ce dernier terme vient directement d'un article important de Charles Nodier paru en septembre 1830 dans la *Revue de Paris* [...]. Le « type » doit être profondément enraciné dans la réalité sociale de son temps, de même que le « mythe » de Ballanche, condensé d'Histoire. Dans le domaine français, c'est Rabelais que Nodier considère comme un de nos plus grands inventeurs de « types », mais il faut noter qu'il rend également hommage à Perrault, en opposant la vérité de ses créations aux personnages artificiels de Rousseau : « Il y a cent fois moins de réalité morale dans les caractères de Saint-Preux, de Julie et de Wolmar, que dans ceux de l'ogre et du Petit Poucet. »

Simon Jeune, quant à lui, a mis en évidence ce que le roman de Balzac doit à l'*Histoire du roi de Bohême*, le roman « excentrique » de Nodier, illustré par Tony Johannot.

Un [...] thème [de cet ouvrage] frappa les esprits, c'est le perpétuel « à quoi bon ? », la lassitude sceptique, le « QU'EST-CE QUE CELA ME FAIT ? » imprimé en caractères d'un centimètre de haut [...]. Balzac y est très sensible, tant dans son article sur le désenchantement que dans *La Peau de chagrin*. Il l'applique notamment dans son roman à la critique du néant des sciences. Ainsi le zoologiste Lacrampe, spécialiste des canards, est doucement ridiculisé ; il est même dépeint pour finir dans un décor dont le pittoresque fait plutôt songer à un attirail de magicien : « Raphaël laissa le bon Lacrampe au milieu de son cabinet rempli de monstres, de fœtus, de bocaux, de plantes séchées, remportant de cette visite, sans le savoir, toute la science humaine : — une nomenclature ! »

Ce tableau rappelle de bien près la gravure de la page 176 [de l'éd. originale : Paris, Delangle, 1830] où un professeur en robe d'astrologue, spécialiste des *Anomalates*, ou animaux à mâchoires monstrueuses, est entouré de

S. Jeune, « *Le Roi de Bohême* : livre objet et livre ferment », in *Charles Nodier*, Les Belles Lettres, 1981, p. 205-208.

bocaux de fœtus tandis que des monstres empaillés sont suspendus au plafond.

Et puisque nous évoquons l'influence possible d'une gravure, nous nous demandons si l'antiquaire de *La Peau de chagrin* ne doit pas aussi une part de son être au *Roi de Bohème*. Sitôt après le tableau du professeur intervient, chez Nodier, une scène archéologique étrange : « Une table était occupée par un *vieux petit antiquaire sec, pâle, racorni*, fruste, frotté, fourré, rogné, usé, limé, dépatiné qu'on avait trouvé entre deux amphores [...] en fouillant les fondations de la grande pyramide, et qui devait à son éternité momiesque le privilège de figurer à perpétuité comme fondé de pouvoir pour toutes les momies qui peuvent se rencontrer sur le globe [...] Son bureau était flanqué de quatre fières momies, dressées, le poing sur la hanche, le nez au vent, l'œil émerillonné, la jambe tendue et alerte, momies princières et royales » (p. 279. Nous soulignons).

Rappelons-nous que l'antiquaire de Balzac est « un petit vieillard sec et maigre », aux lèvres « si pâles et si minces qu'il fallait une attention particulière pour deviner la ligne étroite tracée par sa bouche dans ce pâle visage ». Ses joues sont « blêmes et creuses ». Et surtout, « ce personnage extraordinaire [...] semblait sorti d'un sarcophage » ([éd. Barbéris], p. 45-46). [...]

Si nous considérons la gravure de Johannot (p. 280), il y a là non pas un mais quatre *sarcophages* qui encadrent l'antiquaire (alors que dans son texte Nodier parlait de *momies*). Et ce maigre antiquaire, évidemment plus pharaonique que mosaïque, frappe immédiatement par « le bras décharné qui ressemblait à un bâton », ce bras que « le vieillard tenait en l'air » comme le dit Balzac de *son* antiquaire (p. 46).

Il est vrai que dans *La Peau de chagrin* ce bras est couvert (« un bâton sur lequel on aurait posé une étoffe »). Il est vrai aussi que ce bras tient un bistouri chez Nodier, une lampe chez Balzac, mais il est tentant de penser que la gravure de Johannot, de caractère semi-fantastique, était présente à l'esprit de Balzac quand il élabora l'épisode de l'antiquaire. Le détail du « sarcophage », notamment, fournit un indice intéressant. Et peut-être n'est-il pas inutile d'ajouter que si le grimoire de la peau de chagrin ne saurait être retiré à Balzac, la scène de l'antiquaire, chez Nodier, se poursuit par l'exhibition d'un « mignon rouleau de vélin » chargé d'hiéroglyphes, qui restent d'ailleurs indéchiffrés (p. 285 et gravure p. 288).

Il nous semble donc que, tout autant que le texte de Nodier, les dessins de Johannot ont dû [...] intervenir dans l'élaboration d'une certaine fantasmagorie propre à *La Peau de chagrin*.

On n'en finirait pas de reconstituer le subtil maillage intertextuel de *La Peau de chagrin*. Révélateur d'un Balzac romantique, ce roman se livre à une exploration ludique de toutes les formes de récit en prose. Comme le suggère Maurice Bardèche, le narrateur balzacien, digne héritier de Sterne, prend le parti, à la mode de 1830, de la bigarrure et de l'excentricité.

[...] Ne nous abusons pas : ce sont des années de journalisme et de charlatanisme. Relisez la collection des articles de Balzac en 1830 si vous voulez retrouver le goût de cette sauce piquante. Ils sont étourdissants de verve, de talent, de diversité. C'est une espèce de farandole endiablée à travers l'actualité, bousculant les idées, les réputations, les grimaces du jour : cela tient de la gaîté et de l'impertinence du carnaval. « Vous arrivez au milieu de charlatans

M. Bardèche, « Sur *La Peau de chagrin* », in *Œuvres complètes*, t. XIX, Club de l'Honnête Homme, nouv. éd., revue et corrigée, 1968-1971, p. 40-42, D.R.

qui ont tous une paillasse, une grosse caisse, une clarinette, écrit Balzac dans une lettre qu'il feint d'adresser à un auteur débutant [...]. Il faut aujourd'hui à ce public fantasque des feux d'artifice en littérature comme un monde élégant et toujours paré, comme des boutiques brillantes et des bazars magiques : il veut les *Mille et une nuits* partout [...]. La littérature n'a pas de but ; voilà le grand mot. Elle n'a rien à démolir, rien à construire. Nous avons mis la poésie dans la prose et nous sommes tout étonnés de ne plus avoir de poésie ; nous avons fatigué toutes les situations et nous voulons du drame ; nous ne croyons plus à rien et nous voulons des croyances. » Et quand Balzac se met à devenir sinistre à son tour, croyez bien qu'il y a chez lui, pour une bonne part, le désir de réveiller le public blasé. Il pousse au noir les tableaux pour leur donner du relief : il faut qu'on entende sa clarinette dans cet orchestre cacophonique. [...]

C'est cette atmosphère de l'année 1830 qui explique *La Peau de chagrin*. Le désir d'être profond, et aussi provocant, celui de juger le monde et de le marquer au front d'un fer rouge en dénonçant son égoïsme et la misère, le désir de s'imposer par l'invention d'un symbole neuf, spirituel, hardi n'ont pas joué un moindre rôle dans la conception du roman que tout ce que Balzac devinait depuis ses années de bohème et qu'il n'avait jamais réussi à exprimer fortement dans un seul livre. *La Peau de chagrin* est donc, à cause de cela, un livre à la mode, c'est son premier caractère, et c'est ce qui la fait vieillir pour nous plus vite que les autres œuvres de Balzac ; et c'est aussi un résumé de toutes les tentatives, jusqu'alors avortées, de Balzac pour faire connaître sa propre vision de l'homme et de la société, en gestation chez lui depuis dix ans.

L'aspect romantique de *La Peau de chagrin* est particulièrement sensible dans la verve, dans le bouillonnement de l'imagination et du style même de Balzac. Il y a une exubérance, une sorte de trop-plein de jeunesse, un parti pris de provocation et de bariolage qu'on retrouve aussi bien dans la richesse des idées que dans les descriptions et le mouvement même des scènes. C'est une somme, un *speculum mundi*, dans lequel l'auteur, aussi bien dans la boutique de l'antiquaire que dans les discussions du banquet, fait comparaître toute la civilisation, tous les systèmes, tous les siècles : et il bourre son livre avec une sorte d'ivresse, il bourre ses tableaux, il gonfle sa phrase même, comme s'il avait fait le pari de faire tenir dans son livre toutes les interrogations que se pose l'humanité, comme s'il voulait que sa raillerie fût aussi une Bible et une Encyclopédie. Cet éclat, souvent fatigant et factice, c'est surtout ce qui a frappé les contemporains, et Balzac lui-même n'en était pas peu fier.

V. HORIZONS « PHILOSOPHIQUES »

Maurice Bardèche a bien restitué le contexte idéologique dans lequel se placent les débats médicaux de *La Peau de chagrin*.

La Restauration a été une époque de vive polémique entre les différentes écoles médicales, et, comme toutes les querelles de cette époque, ces polémiques sont liées à des positions politiques. Un jeune étudiant en médecine de 1822 se trouvait alors en présence des trois doctrines que Balzac met en scène dans le chapitre de « la consultation » de *La Peau de Chagrin*, le vitalisme, la doctrine mécano-chimique et l'éclectisme. Chacune de ces écoles avait ses thèses, ses maîtres, son journal et sa coloration politique. Les vitalistes, qui ont tenu un grand rôle au XVIIIe siècle avec Barthez et Bordeu, expliquent tout par la « puissance vitale », transposition organique de l'âme, dont l'abondance donne la santé et dont l'affaiblissement amène la mort. Sous la Restauration, leur maître est Récamier, leur journal est la *Revue Médicale*. L'école mécano-chimique est son adversaire. Celle-ci ne veut connaître que des organes, et elle ne veut tirer de leçons que de l'expérience, elle accuse les vitalistes de remplacer l'observation par la métaphysique. Elle explique les maladies par *l'irritation* des organes, et combat cette irritation par des sédatifs, des moxas, des sangsues. Elle se réclame de la tradition de Condillac et de Locke, des travaux de Cabanis et de Destutt de Tracy : elle est représentée sous la Restauration par Broussais et ses *Annales de Médecine Physiologique*. Enfin, entre les deux

M. Bardèche, « Autour des *Études philosophiques* », *L'Année balzacienne 1960*, p. 111-113, D.R.

écoles opposées, les éclectiques, reprenant en médecine le vocabulaire de Victor Cousin, refusent de faire reposer la médecine sur un système, s'en remettent pour la science aux connaissances plus précises qui nous sont fournies par des procédés d'investigation modernes comme la vivisection, et pour les remèdes à une sorte d'empirisme. Leur principal représentant est Magendie et leur moyen d'expression le *Journal de Physiologie*.

Les polémiques sont d'autant plus violentes que ces trois écoles sont apparentées à des idéologies. Le vitalisme est la doctrine du trône et de l'autel, la médecine de Broussais est celle de l'opposition libérale et l'éclectisme est intellectuellement apparenté à la philosophie de Victor Cousin et aux tendances de Decazes. Les étudiants organisent des manifestations en 1822, après le coup de barre à droite qui suit l'assassinat du duc de Berry, contre le cours de Récamier et on est obligé de dissoudre l'École de Médecine. Broussais n'aura pas de chaire avant 1830. La Congrégation s'oppose à la nomination de Magendie. En revanche, en 1830, Récamier, sifflé par ses étudiants, résignera sa chaire et refusera le serment au nouveau régime.

Ces écoles opposées, malgré la violence de leurs polémiques, donnent néanmoins de certains phénomènes, ceux qui concernent le fonctionnement du système nerveux en particulier, des explications assez voisines. Ce résultat s'explique par deux causes. D'abord, l'école mécano-chimique, en dépit de la nouveauté de ses méthodes, se réclame des grands auteurs vitalistes antérieurs à Barthez, les grands médecins du XVIIe siècle, Van Helmont, Stahl, Boerhave, dont elle reproche à Barthez, grand maître du vitalisme, d'avoir trahi la doctrine : pour eux, en effet, comme encore pour Haller ou Bordeu au XVIIIe siècle, il y a *plusieurs* forces vitales, chaque organe a sa vie *propre*, gouvernée, disait Van Helmont, par son propre *archée* ou *principe vital*, par des *sensibilités propres*, disait Bordeu, et l'organisme fonctionne comme une « confédération d'organes » ; les adversaires de Barthez lui reprochent surtout d'avoir remplacé cette polyarchie révélée par l'expérience par une *mon-archie* du « principe vital », qui n'est qu'une hypothèse métaphysique, et ils se donnent volontiers le nom d'*organicistes* pour insister sur le fait que c'est à l'étude des *organes* eux-mêmes et de leurs corrélations qu'ils demandent le secret de la médecine. D'autre part, vitalistes et mécano-chimistes accordent les uns et les autres la plus grande importance aux travaux faits sous la Restauration sur le cerveau et le système nerveux. C'est, en effet, dans ce domaine surtout que se feront les recherches les plus remarquables. Pinel à la Salpêtrière étudie les apoplexies au moyen de nombreuses autopsies ; Magendie découvre les lésions du cerveau et met en lumière leur action au moyen de vivisections. Serres complète les travaux de Magendie en perfectionnant le système des injections. On découvre en particulier, à l'occasion de l'étude des hémiplégies, que c'est l'hémisphère droit qui commande les mouvements du côté gauche et inversement. Ces travaux sur la physiologie du cerveau sont acceptés, bien entendu, et interprétés par les diverses écoles et celles-ci aboutissent à des questions et à des réponses qui ne peuvent pas ne pas présenter une certaine analogie.

Sans prétendre à l'exhaustivité, le même critique a dénombré les points de contact entre le « système »

de Balzac — sa conception de l'économie des forces vitales — et les doctrines médicales dont il a pu avoir connaissance. Il a d'abord insisté sur la dette de l'écrivain à l'égard d'une sommité de l'école physico-chimiste : Cabanis. Malgré ces analogies avec la doctrine des mécanistes, les recoupements les plus complets avec le « système » de Balzac se trouvent dans les ouvrages des vitalistes, notamment ceux de Virey, qui publia sous la Restauration plusieurs ouvrages importants de philosophie médicale.

Ibid., p. 119-123.

Le premier contact entre J.-J. Virey et Balzac peut être établi entre 1826 et 1829 [...]. Son attention fut attirée par un livre de Virey dont le titre était suggestif, *De la Puissance vitale* etc., publié chez Crochard en 1823. [...] Virey part, en fait, des thèses bien connues de Leibniz, de Diderot et de Charles Bonnet sur la place de l'homme dans la création. L'homme, explique-t-il, est un microcosme et donne en réduction une image complète du monde, le monde, en revanche, est un homme immense. La création est une, grâce à la chaîne des êtres : l'homme est à la tête du règne animal, les animaux tiennent des végétaux, qui se rattachent à leur tour au règne minéral, lequel contient une force vitale endormie, une vie sourde et cachée qui produit les cristallisations, les précipitations, etc. « Le minéral aspire à la vie végétale, la plante à la vie animale, et, l'animal à la vie raisonnable et intelligente de l'homme. » [...] Seulement cette vie sourde et cachée du règne minéral ne peut être anéantie comme la vie animale qui lui succède. Il y a une loi de la création qui est la loi de toute vie : il existe une proportion entre la quantité de vie et la possibilité de mort, ce qui vit d'une existence purement chimique et mécanique vit aussi éternellement. Les relations purement mécaniques de la vie minérale ne comportent donc pas d'usure vitale, tandis que l'action vitale dans le règne animal est susceptible d'usure. « Elle se perd en se communiquant. » Et la grande loi de la vie, c'est que, plus l'action vitale est énergique, plus la mort est prompte [...] : « Le moyen de vivre longuement est de vivre avec économie de ses forces. » Ce sont les formules mêmes de *La Peau de Chagrin* [...].

Qu'est-ce que cette *force vitale* qui explique toute la création ? se demande Virey. [...] [C'est] une force en soi, interne, invisible, elle est « comme un homme intérieur » qui régit et gouverne l'homme extérieur que connaît seul l'anatomiste. [...] Le fluide nerveux est chargé de [la] transporter sous sa forme supérieure. Il est très vraisemblable que, par sa nature, [ce] fluide est un fluide actif, analogue à l'électricité. [...] Chez l'homme, l'histoire de cette substance nerveuse est, au fond, l'histoire de la force vitale elle-même. Là où il y a déperdition de la substance nerveuse il y a déperdition de la force vitale. [...] C'est pourquoi les animaux les plus perfectionnés, c'est-à-dire les hommes, et, parmi les hommes, ceux qui ont le plus de sensibilité, d'activité naturelle, sont davantage portés à la dépenser, tandis que les animaux peu sensibles ou inactifs, et, parmi les hommes, les êtres froids et insensibles dépenseront moins vite ce précieux dépôt. Ainsi le philosophe, l'anachorète, l'être insouciant et gai, réfléchissant peu, les paysans, les montagnards, les hommes se contentant d'une vie médiocre et modérée vivront plus longtemps que ceux qui vivent d'une vie passionnée. Au contraire, le savant ou l'homme de lettres, le gastronome ou le buveur, le voluptueux ou le libertin, le manouvrier ou l'homme de peine, pour des raisons physiologiques diverses, useront plus rapidement leur puissance vitale. Car « à mesure que l'énergie vitale sera plus active et plus intense, moindre sera sa ténacité, son adhérence, sa durée dans l'organisation ». Mais il est toujours possible de ménager ou de dépenser raisonnablement ce capital d'énergie. « En effet, on peut chez certains êtres prolonger indéfiniment la vie en ne la consommant pas... » [...] Quiconque est familier avec la pensée de Balzac aura retrouvé dans ces analyses, et souvent avec les mêmes expressions, les principaux thèmes [de] ses romans philosophiques [...].

Jacques Neefs, s'intéressant pour sa part à l'épisode des savants, a concentré son attention sur ce que révèle l'étrange résistance opposée par le talisman aux classifications scientifiques : il y a vu le signe d'une double difficulté à définir la nature du vivant et à penser le corps.

[...] L'épisode des savants a ceci de singulier qu'il est présenté comme le recours qui pourrait interrompre le déroulement posé comme nécessaire. Par lui sont mis en relation une donnée fictive arbitrairement irrécusable : le rétrécissement de la peau, et les pouvoirs d'action sur le réel que détient la science : modifier un objet, soigner un corps. Le texte offre ainsi un curieux chiasme : l'objet fantastique est confirmé dans la fiction par l'interrogation scientifique qui se porte sur lui et dans laquelle il est irréductible ; mais, par là même, est construite une limite aux sciences de l'époque, est inventé un noyau énigmatique que seule la fiction peut manipuler et réduire. Le pouvoir de la fiction tient précisément à cette liberté d'inscrire un élément supplémentaire qui interrogera les activités qui l'interrogent, à cette densité contrôlée de l'imaginable.

J. Neefs, « La localisation des sciences », *in* Cl. Duchet (éd.), *Balzac et « La Peau de chagrin »*, SEDES, 1979, p. 133-135.

L'ensemble de l'épisode est très strictement délimité. Par une décision-titre : « Allons voir les Savants », par une résolution désabusée : « Le mieux est et sera toujours de se confier à la nature. » La décision du personnage ne fait que renvoyer au conseil désabusé d'un autre personnage, la science-recours ne fait que renvoyer à l'indéterminé premier. Mais, à l'intérieur de cet ensemble, la répartition narrative interprète une répartition des sciences. L'opposition la plus nette est entre sciences de la nature (zoologie, physique, chimie) et science du corps humain (médecine), affirmée par les deux temps narratifs qui font passer de la tentative d'action sur la peau de chagrin, à l'examen clinique de Raphaël. Dans cette construction en deux mouvements se projettent simultanément des partages hétérogènes. Dans le cadre de la fiction, le passage de l'interrogation sur la peau de chagrin à l'examen du corps du personnage met en relation l'objet symbolique produit par le texte (qui mesure l'usure de la vie), dans son caractère insécable, et la représentation du corps et de son usure : objet symbolique et corps du personnage sont juxtaposés comme densités et natures également énigmatiques. En passant de la symbolisation quantitative de la vie à ce « mécanisme de chair et d'os animé par [la] volonté » qu'est le corps vivant, le texte semble bien distinguer une abstraction figurée concrètement (la quantité vitale) et le concret particulièrement insaisissable où celle-ci s'exerce (la vitalité du corps). Mais, en même temps, en associant comme inséparables la représentation de la vie et la représentation du corps sensible, Balzac pose que la pure mesure abstraite du vivant est tout aussi inaccessible que la représentation sans arrière-fond du corps vivant. Ce que le texte maintient ainsi comme énigme posée aux sciences — et leur résistant —, c'est doublement la question de la nature du vivant et la difficulté de penser le corps. Mais le partage en deux temps de l'épisode renvoie aussi à un partage des disciplines qui enveloppe le cadre de la fiction, partage par lequel sciences de la nature et science de l'homme sont soigneusement distinguées, dans le maintien de l'homme comme objet privilégié. Loin d'être interrogée par la mise en fiction, cette répartition est confirmée comme une nécessité qui distingue radicalement les vivants et les objets naturels de « l'individu homme », elle est effectuée comme ordre naturel et *a priori* des savoirs. À ce point de vue, la médecine est posée comme balançant à elle seule la triade des sciences de la nature, l'équilibre et la relative symétrie des deux ensembles narratifs confirmant cette dualité préalable.

Les sciences de la nature sont elles-mêmes réparties en trois temps nettement distincts. Le texte de Balzac reprend, là aussi, la répartition des sciences dominantes de son époque : histoire naturelle, physique, chimie, et, dans le détail, certaines préoccupations majeures de ces sciences : pour l'histoire naturelle la classification des espèces et surtout leur manipulation pour la création d'espèces nouvelles, pour la physique la place prépondérante de la spéculation sur les machines hydrauliques et le partage entre mécanique théorique (l'explication vulgarisée de la presse) et mécanique industrielle (la presse de Spieghalter), pour la chimie la décomposition des substances pour la découverte de nouveaux corps simples (« Voyons, voyons cela, s'écria joyeusement le chimiste, ce sera peut-être un nouveau corps simple »). L'information scientifique reste en fait minime, même si *La Peau de chagrin* est le premier roman de Balzac où se manifeste un souci particulier de précision scientifique et de pédagogie, en particulier en ce qui concerne la chimie. Mais la disposition romanesque interprète les relations entre ces sciences dans un système d'oppositions qui enveloppe ces sciences elles-mêmes. Il y a bien succession latérale d'une science à l'autre, le naturaliste renvoyant au mécanicien, le mécanicien au chimiste, par un glissement qui semble faire de la chimie le dernier recours et la science fondamentale. Mais l'histoire naturelle est narrativement distinguée du couple que forment la physique et la chimie. Physique et chimie sont en effet groupées par l'association du physicien et du chimiste dans le dernier temps de l'épisode (« Hé bien, mon vieil ami, dit Planchette en apercevant Japhet »), et surtout par la résolution de l'épisode des savants dans l'image des deux hommes unis dans une même complicité : « Ils se prirent à rire, et dînèrent en gens qui ne voyaient plus qu'un phénomène dans un miracle. » L'histoire naturelle est alors le préalable qui détermine (par le classement) la nature d'un objet (« Êtes-vous bien sûr que cette peau soit soumise aux lois ordinaires de la zoologie, qu'elle puisse s'étendre ? — Oh ! certes ») ; et la physique et la chimie sont associées comme pouvant agir sur l'objet : « Le célèbre professeur de mécanique [...] trouvera certainement un moyen d'agir sur cette peau [...]. » Mais, à leur tour, physique et chimie sont opposées, l'une devant agir sur l'étendue matérielle (« la compression multipliera nécessairement l'étendue de la surface [de cette substance] aux dépens de l'épaisseur »), l'autre sur la substance matérielle elle-même (« Il faut traiter cette substance inconnue par des réactifs »).

Le texte romanesque implique ainsi les sciences de la nature dans plusieurs classifications logiques qui ne sont pas caractéristiques de ces sciences elles-mêmes, et qui n'appartiennent pas à la problématique interne de chacune d'elles. D'une part une classification en trois termes [...] : Matière-Force-Produit, comme triade logique : matière première ou substance-moyen-résultat. Mais, dans *La Peau de chagrin*, la série se présente de façon régressive : la zoologie nomme et classe l'objet, elle est la science des résultats et des produits ; la mécanique manipule les forces, elle est le moyen de transformation ; la chimie décompose pour atteindre la substance une. [...] D'autre part une classification en deux temps, pour isoler une dualité dans le second temps : la nomination classificatrice d'un côté, l'opposition science de l'étendue/science de la substance de l'autre. Cette dernière opposition est elle-même interprétée comme dualité de représentations du monde : « Tous deux étaient dans leur rôle. Pour un mécanicien, l'univers est une machine qui veut un ouvrier, pour la chimie, cette œuvre d'un démon qui va décomposant tout, le monde est un gaz doué de mouvement. » Balzac réfère ainsi les deux sciences à deux théories unitaires de l'univers qui sont antagonistes, il délimite chacune d'elles comme l'un des termes d'une alternative philosophique. Ces sciences sont de la sorte données à voir dans leur incapacité à sortir d'une position à laquelle elles appartiennent ; et, par là même, le texte romanesque s'attribue la position d'où l'on peut juger des sciences.

VI. ANTHOLOGIE CRITIQUE

Philarète Chasles, ami de Balzac, a donné dès 1831 l'une des premières études d'envergure sur *La Peau de chagrin*, probablement revue par l'écrivain lui-même. Le critique y loue Balzac d'avoir renouvelé l'esprit du conte, en inventant un merveilleux de la vie moderne, dont les sortilèges rehaussent l'âpre peinture d'une société malade d'ennui, de cupidité et de scepticisme.

Voici un conteur, qui arrive à l'époque la plus analytique de l'ère moderne, toute fondée sur l'analyse : sociétés, gouvernements, sciences reposent sur elle ; elle s'empare de tout, pour tout flétrir. Il naît dans le pays le plus rationnel de l'Europe ; point d'oreilles faciles à duper comme en Italie, où la musique est dans le langage et l'ode dans le son ; point de croyance surnaturelle et populaire ; le scepticisme est partout ; la foi raisonneuse a pénétré jusqu'aux classes inférieures. De l'ironie, mais peu caustique ; de l'indifférence, excepté pour les intérêts matériels ; par-dessus tout de l'ennui et de la lassitude.

Quel conte allez-vous faire à de telles gens ? Ils vous répondent qu'ils ont vu Bonaparte bivouaqué au Kremlin et couché à l'Alhambra. Ils mettront vos sylphides en fuite, et vos magiciens n'auront pas le moindre intérêt pour eux. Ils vous demanderont par quel procédé chimique l'huile brûlait dans la lampe d'Aladin. Ils ont demandé à M. de Balzac ce qui serait advenu, si Raphaël eût souhaité que la Peau de chagrin s'étendît ! [...]

Le désordre et le ravage portés par l'intelligence dans l'homme, considéré comme individu et comme être social · telle est l'idée pri-

Ph. Chasles, introduction aux *Romans et Contes philosophiques*, *CH*, t. X, p. 1186-1192.

mitive que M. de Balzac a jetée dans ses contes. Il a vu de quels éclatants dehors cette société valétudinaire s'enorgueillit, de quelles parures ce moribond se couvre, de quelle vie galvanique ce cadavre s'émeut et s'agite par intervalles, de quelle lueur phosphorique il scintille encore. Opposant au néant intérieur et profond du corps social cette agitation factice et cette splendeur funèbre, il a cru que la mission du conteur n'était pas finie et perdue ; qu'il y avait encore une magie dans ce contraste ; une féerie dans cette industrie créatrice de merveilles ; un intérêt dans le jeu cupide des ressorts sociaux, cachés sous de si beaux dehors.

[...] Un conteur, un amuseur de gens, qui prend pour base la criminalité secrète, le marasme et l'ennui de son époque, un homme de pensée et de philosophie, qui s'attache à peindre la désorganisation produite par la pensée ; tel est M. de Balzac.

Voilà sur quelles bases sont appuyés ces contes de nuances diverses, de formes variées, que M. de Balzac a osé lancer dans le dix-neuvième siècle, blasé, indifférent et peu amusable. [...] Tel est spécialement le fonds de la pensée créatrice de *La Peau de chagrin*, livre où [...] l'auteur a poétiquement formulé l'arrêt éternel porté sur l'homme, considéré comme organisation.

[...] Il y a dans l'œuvre de M. de Balzac le cri éclatant, le cri de désespoir d'une littérature expirante. Œuvre puissante... Je ne parle pas de la souplesse d'un style qui insulte à tout moment la critique, et d'une vivacité extrême de teintes chatoyantes et contrastantes, mais de la portée générale d'un livre où le siècle et le pays le plus confus qui aient jamais existé se concentrent sous des formes poétiques, réelles, colorées, qui éblouissent le regard. Avoir trouvé le fantastique de notre époque, ce n'est ni un petit mérite ni un mince travail. L'avoir vivifié sans tomber dans la froideur de l'allégorie, c'est chose méritoire, c'est le témoignage d'un rare talent. Il fallait, pour obtenir ce résultat, n'oublier aucune des brillantes nuances dont elle se pare, nous donner les fêtes, l'esprit, le dévergondage, les riches étoffes, les jouissances effrénées, le jeu, l'amour, la poésie de costume, qui se pressent dans les grandes villes ; il fallait n'oublier non plus aucune des misères sociales ; ces cœurs desséchés, ces existences perdues, ces arts qui augmentent la richesse sans ajouter rien au bonheur ; il fallait faire voir, au sein de la civilisation, fleur éclatante et factice, le ver qui la ronge, le poison qui la tue.

Ce livre a tout l'intérêt d'un conte arabe, où la féerie et le scepticisme se donnent la main, où des observations réelles et pleines de finesse sont enfermées dans un cercle de magie. Vous y trouverez de grands salons et de grandes orgies, la mansarde du jeune savant et le boudoir de la femme à la mode, la table de jeu et le laboratoire du chimiste : tout ce qui influe sur notre société, depuis le sourire de la jeune fille jusqu'aux malices du feuilleton.

Et n'attendez pas que je vous donne une idée plus exacte de cet étrange livre ; il est de ceux où chacun trouve pâture à son goût : à tel la satire, à tel autre le fantastique, à celui-là des tableaux brillamment colorés. Si la société telle qu'elle est vous ennuie tant soit peu, et qu'il vous agrée de la voir pincée, fouettée, marquée, en grande pompe, sur un bel échafaud, au milieu de tout le fracas d'un orchestre rossinien, d'un tintamarre et d'un charivari incroyable, et de la décoration la plus étourdissante, lisez *La Peau de chagrin,* vous en avez pour trois nuits d'images éclatantes et terribles qui soulèveront les rideaux de votre alcôve pour peu que la nature vous ait doué d'imagination ; et pour un an de réflexion, si vous êtes né contemplateur, observateur et penseur.

Théophile Gautier, dans son œuvre critique, a évoqué au moins deux fois *La Peau de chagrin*. Sa première lecture, publiée lors de l'adaptation scénique du roman par Louis Judicis — son « drame fantastique » fut joué à l'Ambigu-Comique le 6 septembre 1851 —, en propose une interprétation assez inhabituelle, qui conduit à l'apologie du désir, contre la leçon de l'Antiquaire.

Quel est le sens du mythe ? Le marchand de curiosités qui, possesseur de la peau de chagrin, n'en a pas fait usage par sagesse, va vous l'apprendre. — Vouloir fatigue, pouvoir tue, savoir est le mot de l'énigme ; en d'autres termes, il faut préférer à toutes les jouissances de la vie l'étude sereine, froide et solitaire, être toujours spectateur et ne jamais monter soi-même sur le théâtre ; aussi le petit juif est parvenu à l'âge de cent deux ans, vert encore, saturé de science et de richesse, passant avec indifférence à travers la vie humaine.

T. Gautier, in *La Presse*, 8 septembre 1851. Cité par Claude-Marie Senninger, *Honoré de Balzac par Théophile Gautier*, Nizet, 1980, p. 186.

Cette vue paradoxale peut se soutenir, et elle acquiert dans le roman une réalité terrible par l'analyse des sensations et des terreurs de Raphaël. Mais la vie en dehors de tout talisman n'est-elle pas une peau de chagrin ? Que l'on ait ou non conclu le pacte, ne se rétrécit-elle pas chaque jour d'une ligne, sans que pourtant l'on ait formé de vœu insensé ou fait de dépense excessive ? La Naissance n'est-elle pas le premier phénomène de la Mort ? Tout berceau ne contient-il pas implicitement un cercueil ? D'ailleurs que serait une vie sans désirs ? La mort, moins la putréfaction et le fourmillement du ver. Tout est-il donc dépense dans le mouvement humain, et n'y a-t-il jamais de recette ? L'amour considéré ici par Balzac comme une preuve d'appauvrissement nous paraît, au contraire, éminemment réparateur.

La Bible l'a dit dans son admirable langage : l'amour est fort comme la mort, et la femme aimée donne plus de jours qu'elle n'en ôte ; c'est la vie tiède et pourpre qui habite son sein généreux et non le trépas pâle et froid. Nous soupçonnons un autre sens que celui formulé par le marchand de bric-à-brac. Il faut désirer et jouir sans jamais mesurer la peau de chagrin, et puiser sans compter dans un tiroir où l'on ne peut rien remettre. La préoccupation de la mort tue la vie, et chacun doit profiter aveuglément des jours que Dieu lui mesure selon ses desseins mystérieux.

La Peau de chagrin est encore évoquée par Gautier dans la « grande étude » consacrée à Balzac qu'il publie dans L'Artiste, du 21 mars au 2 mai 1858. Il insiste sur le profond renouvellement du thème sentimental qui résulte de l'intervention de déterminations financières concrètes dans le jeu amoureux.

Certes, personne ne fut moins avare que l'auteur de La Comédie humaine, mais son génie lui faisait pressentir le rôle immense que devait jouer dans l'art ce héros métallique [l'argent], plus intéressant pour la société moderne que les Grandisson, les Desgrieux, les Oswald, les Werther, les Malek-Adhel, les René, les Lara, les Waverley, les Quentin-Durward, etc.

Jusqu'alors le roman s'était borné à la peinture d'une passion unique, l'amour, mais l'amour dans une sphère idéale en dehors des

T. Gautier, in L'Artiste, 21 mars-2 mai 1858. Cité par Claude-Marie Senninger, op. cit., p. 70-71.

nécessités et des misères de la vie. Les personnages de ces récits tout psychologiques ne mangeaient, ni ne buvaient, ni ne se logeaient, ni n'avaient de compte chez leur tailleur. Ils se mouvaient dans un milieu abstrait comme celui de la tragédie. Voulaient-ils voyager, ils mettaient, sans prendre de passeport, quelques poignées de diamants au fond de leur poche, et payaient de cette monnaie les postillons, qui ne manquaient pas à chaque relais de crever leurs chevaux ; des châteaux d'architecture vague les recevaient au bout de leurs courses, et avec leur sang ils écrivaient à leurs belles d'interminables épîtres datées de la tour du Nord. Les héroïnes, non moins immatérielles, ressemblaient à des *aqua-tinta* d'Angelica Kauffmann : grand chapeau de paille, cheveux demi-défrisés à l'anglaise, longue robe de mousseline blanche, serrée à la taille par une écharpe d'azur.

Avec son profond instinct de la réalité, Balzac comprit que la vie moderne qu'il voulait peindre était dominée par un grand fait — l'argent — et, dans *La Peau de chagrin*, il eut le courage de représenter un amant inquiet non seulement de savoir s'il a touché le cœur de celle qu'il aime, mais encore s'il aura assez de monnaie pour payer le fiacre dans lequel il la reconduit. Cette audace est peut-être une des plus grandes qu'on se soit permises en littérature, et seule elle suffirait pour immortaliser Balzac. La stupéfaction fut profonde, et les purs s'indignèrent de cette infraction aux lois du genre ; mais tous les jeunes gens qui, allant en soirée chez quelque dame avec des gants blancs repassés à la gomme élastique, avaient traversé Paris en danseurs, sur la pointe de leurs escarpins, redoutant une mouche de boue plus qu'un coup de pistolet, compatirent, pour les avoir éprouvées, aux angoisses de Valentin, et s'inté-ressèrent vivement à ce chapeau qu'il ne peut renouveler et conserve avec des soins si minu-tieux. Aux moments de misère suprême, la trou-vaille d'une des pièces de cent sous glissées entre les papiers du tiroir par la pudique com-misération de Pauline, produisait l'effet des coups de théâtre les plus romanesques ou de l'intervention d'une Péri dans les contes arabes. Qui n'a pas découvert aux jours de détresse, oublié dans un pantalon ou dans un gilet, quel-que glorieux écu apparaissant à propos et vous sauvant du malheur que la jeunesse redoute le plus : rester en affront devant une femme aimée pour une voiture, un bouquet, un petit banc, un programme de spectacle, une gratification à l'ouvreuse ou quelque vétille de ce genre ?

Ramon Fernandez a laissé une suggestive étude sur Balzac où, commentant le credo de l'Antiquaire — « *Vouloir* nous brûle et *Pouvoir* nous détruit » —, il met l'accent sur le « romantisme surchauffé » qui caractérise l'allégorisme philosophique de *La Peau de chagrin*.

On voit assez bien [...] comment un rationaliste de la grande école, de celle de Platon ou de Spinoza, traduirait ce pompeux et quelque peu charlatanesque langage, ou plutôt comment il restituerait à la traduction balzacienne son sens primitif. Il dirait qu'en appliquant sa volonté à l'exercice du pouvoir, l'homme poursuit une ombre à l'aide d'une ombre, et que la vie contemplative, que la connaissance du troi-sième genre réduit le désir et le mouvement et les subordonne à la liberté infinie de la pensée. Mais cela, c'est l'expression philosophique du drame moral et de sa solution, sans grosse caisse et majuscules. Mais ce n'est pas du tout

R. Fernandez, *Balzac*, Stock, 1943, p. 45-47, D.R.

ainsi que le romantisme surchauffé de Balzac interprète un certain rapport entre nos facultés, nos tendances et nos intentions.

Il lui faut d'abord toute une mise en scène romantique qui étale sa pensée dans un mélodrame philosophique. Ce ne sera certes pas le « poêle » de Descartes ou la petite chambre de Spinoza, mais une boutique d'antiquaire, et, parmi les débris éclatants des civilisations, un petit vieillard hors d'âge, mystérieux et symbolique à souhait : autrement dit, un portrait de Rembrandt transposé en tableau vivant par un acteur romantique de la stricte observance. Ici, l'habillement de l'idée prend plus d'importance que l'idée elle-même, et l'on voit bien pourquoi. Il s'agit moins en effet, pour Balzac, d'épuiser le contenu et les suites d'une pensée philosophique que d'en tirer des effets dramatiques [...]. C'est ainsi que, tout de suite après avoir déclaré que « rien d'excessif » n'a froissé son âme ni son corps, le vieillard informe son hôte que ses pieds ont foulé « les plus hautes montagnes de l'Asie et de l'Amérique » ! De toutes ces expériences au moins particulières il a retiré des « idées ». Pourtant, Platon, qui avait bien les siennes, ne les allait point chercher sur l'Himalaya. Mais les romantiques, fort mal entraînés à la pensée pure, mais désireux d'y régner à tout prix, allaient chercher des témoignages et comme des projections matérielles de l'envergure de cette pensée. Ajoutons que si la peau de chagrin a bien réellement le pouvoir d'exaucer les vœux de son possesseur (et l'affabulation du roman lui confère ce pouvoir), nous transcendons radicalement le domaine des idées pour donner en plein dans le matérialisme de la magie. Tous les écrits philosophiques de Balzac sont marqués de la même équivoque : sa pensée a-t-elle besoin de symboles parce qu'il est un artiste, un artiste plus ou moins influencé par les contes magiques à la mode de son époque ; ou bien, sa pensée se matérialise-t-elle réellement, a-t-elle besoin d'un corps magique pour exister ? À bien fréquenter Balzac, on penche vers le second terme de l'alternative. La pensée, pour lui, a besoin d'un corps. Il faut qu'il la saisisse et qu'il la montre. Penser, pour lui, est une manière de voir et d'être vu. Osons dire que c'est aussi prendre l'allure et la manière d'un m'as-tu-vu.

Michel Butor, dans un récent essai consacré à l'auteur de *La Comédie humaine*, propose une lecture autoréférentielle de *La Peau de chagrin*, dans laquelle le talisman devient une figure de « l'œuvre dévorante ».

Lorsque Balzac dit que *La Peau de chagrin* est comme un anneau magique qui relie les *Études de mœurs* aux *Études philosophiques*, il fait comprendre que le texte est lui-même un talisman, de même que dans *Notre-Dame de Paris* Hugo désigne par son titre non seulement ce qui est décrit à l'intérieur du livre mais le livre lui-même qui comporte une description de la cathédrale mais aussi la remplace et doit la remplacer.

Cette image de l'anneau est liée aux *Mille et Une Nuits*. Balzac est très fier d'avoir fait avec *La Peau de chagrin* et un certain nombre d'autres *Études philosophiques,* les « *Mille et Une Nuits* de l'Occident » [...]. Cette référence évoque évidemment toutes sortes d'objets magiques, en particulier les anneaux qui ont, dans cet ouvrage fondamental pour notre littérature classique, deux propriétés essentielles : celle de rendre invisible et celle de faire se

M. Butor, *Improvisations sur Balzac I. Le Marchand et le Génie*, La Différence, 1998, p. 26-30.

déplacer. Certains sont capables d'appeler le « génie », de révéler les génies.

Chez Jules Verne, on trouve de nombreux véhicules qui sont consommés à mesure de leur utilisation : le ballon, par exemple, qui permet de traverser l'Afrique, dans *Cinq semaines en ballon*, se détruit progressivement ; une fois qu'il est arrivé à destination, il n'en reste plus rien. Dans beaucoup d'autres *Voyages extraordinaires* nous assistons à la consommation progressive du moyen de transport, image de celle du livre lui-même ; le lecteur voyage avec le livre, rêve qu'il se promène en ballon au-dessus de l'Afrique ; plus il a lu des pages, moins il lui en reste à lire. On a très envie de savoir la suite, mais on aurait envie aussi que cela continue encore ; si le livre est bon, on est déçu qu'il s'arrête si tôt. Dans n'importe quelle lecture qui nous tient ainsi en suspens, nous avons cette brûlure du texte.

Tout livre est ainsi une peau de chagrin. La consommation du livre, le fait que le nombre de pages qu'il reste à lire diminue fatalement, est l'image de tout ce qui peut être fini à l'intérieur de notre existence, et de tous nos problèmes d'économie. Il s'agit d'abord de gérer convenablement nos réserves, parmi lesquelles le temps moyen alloué à chacun.

Dans une grande bibliothèque, il y a tant de livres que je n'ai pas le temps de les lire tous. Chaque fois que je lis un livre médiocre, je m'interdis la lecture d'un chef-d'œuvre, mais chaque fois que je lis un chef-d'œuvre, je m'interdis la lecture d'autres chefs-d'œuvre, car il y a déjà bien suffisamment de chefs-d'œuvre pour occuper notre lecture jusqu'à la mort. L'acte même de la lecture est homologue à l'histoire de *La Peau de chagrin*. [...]

Devant des œuvres monumentales comme celles de Hugo ou de Balzac on est confronté à cette quasi-impossibilité de les avoir entièrement lues. Nous ne les connaissons jamais que par morceaux et moi-même qui écris beaucoup, paraît-il, je me trouve devant cette contradiction. Chaque fois que je publie un nouveau livre je me dis que cela va être une excuse pour que les gens ne me lisent pas.

À un certain moment, les bras vous tombent, on ne sait plus par quel bout prendre ces énormes cathédrales inachevées, ces astronefs en ruine que sont ces grandes œuvres littéraires. Pour Balzac c'est particulièrement évident ; l'énormité de l'œuvre fait que nous ne la lisons qu'en partie, qu'il n'a pu l'écrire qu'en partie.

Et quand on a lu tout ce qui existe de *La Comédie humaine*, il faut recommencer parce que l'on n'a pu avoir qu'une appréhension superficielle des récits par lesquels on a commencé. Comme une partie de l'œuvre empêche de lire l'autre, elle s'anime d'un mouvement perpétuel et prend l'apparence même des objets magiques qu'elle décrit.

VII. SÉLECTION BIBLIOGRAPHIQUE

I. ÉDITIONS DU TEXTE

La Peau de chagrin, introduction, notes et relevé de variantes par Maurice Allem, Garnier Frères, 1933.

La Peau de chagrin, texte de l'édition originale (1831), préface de Pierre Barbéris, LGF, « Le Livre de Poche », 1972.

La Comédie humaine, t. X : *Études philosophiques*, édition publiée sous la direction de Pierre-Georges Castex. Texte de *La Peau de chagrin* établi, présenté et annoté par Pierre Citron, Gallimard, « Bibliothèque de la Pléiade », 1979.

II. OUVRAGES

Marie-Claude Amblard, *L'œuvre fantastique de Balzac. Sources et philosophie*, Didier, 1972.

Maurice Bardèche, *Balzac romancier*, Plon, 1940.

—, *Une lecture de Balzac*, Les Sept Couleurs, 1964.

Pierre Barbéris, *Balzac et le mal du siècle*, Gallimard, 1970, 2 vol.

Pierre Bayard, *Balzac et le troc de l'imaginaire. Lecture de « La Peau de chagrin »*, Lettres modernes-Minard, 1978.

Albert Béguin, *Balzac lu et relu*, Seuil, 1965.

Philippe Berthier, *La vie quotidienne dans*

« *La Comédie humaine* » *de Balzac*,
Hachette Littératures, 1998.

François Bilodeau, *Balzac et le jeu de
mots*, Presses universitaires de Montréal,
1971.

Claude Duchet (éd.), *Balzac et « La Peau
de chagrin »*, SEDES, 1979.

Lucienne Frappier-Mazur, *L'expression
métaphorique dans « La Comédie
humaine »*, Klincksieck, 1976.

Bernard Guyon, *La pensée politique et
sociale de Balzac*, Armand Colin, 1967.

Roland Le Huenen et Paul Perron (éd.), *Le
roman de Balzac : Recherches critiques,
méthodes, lectures*, Montréal, Didier,
1980.

Raymond Mahieu et Franc Schuerewegen
(éd.), *Balzac ou la tentation de l'impossible*, SEDES, 1998.

Arlette Michel, *Le mariage et l'amour dans
l'œuvre romanesque d'Honoré de Balzac. Amour et féminisme*, Les Belles Lettres, 1978.

*Nouvelles lectures de « La Peau de cha-
grin »*, Actes du colloque de l'École nor-
male supérieure (20-21 janvier 1979),
Clermont-Ferrand, Faculté des lettres,
1979.

Georges Poulet, *La distance intérieure*,
Plon, 1952.

Alain Schaffner, *La Peau de chagrin*, PUF,
« Études littéraires », 1996.

Raymond Trousson, *Balzac disciple et juge
de Jean-Jacques Rousseau*, Genève,
Droz, 1983.

André Vanoncini, *Figures de la modernité*,
José Corti, 1984.

III. ARTICLES

Ruth Amossy, « La "Confession" de Raphaël : contradictions et interférences », *in* Claude Duchet (éd.), *Balzac et « La Peau de chagrin »*, *op. cit.*, p. 43-59.

Pierre Barbéris, « L'accueil de la critique aux premières grandes œuvres de Balzac (1831-1832) », *L'Année balzacienne 1968*, p. 165-195.

Maurice Bardèche, « Autour des *Études philosophiques* », *L'Année balzacienne 1960*, p. 109-124.

Pierre-Marc de Biasi, « La boutique de l'antiquaire. Notes pour la lecture d'un parcours symbolique », in *Nouvelles lectures de « La Peau de chagrin »*, *op. cit.*, p. 170-178.

—, « "Cette singulière lucidité (note iconographique)" », in *Balzac et « La Peau de chagrin »*, *op. cit.*, p. 179-183.

François Bilodeau, « Espace et temps romanesques dans *La Peau de chagrin* », *L'Année balzacienne 1969*, p. 47-70.

José-Luis Diaz, « Esthétique balzacienne : l'économie, la dépense et l'oxymore », in *Balzac et « La Peau de chagrin »*, *op. cit.*, p. 161-177.

Claude Duchet, « La mise en texte du social », in *Balzac et « La Peau de chagrin »*, *op. cit.*, p. 79-92.

—, « L'épisode auvergnat », in *Nouvelles lectures de « La Peau de chagrin »*, *op. cit.*, p. 180-191.

Graham Falconer, « Le travail du style dans les révisions de *La Peau de chagrin* », *L'Année balzacienne 1969*, p. 71-106.

Madeleine Fargeaud, « Balzac et les Messieurs du Muséum », *Revue d'histoire littéraire de la France*, octobre 1965, p. 637-656.

Françoise Gaillard, « L'effet Peau de chagrin », in *Nouvelles lectures de « La Peau de chagrin »*, op. cit., p. 136-155 (repris *in* Roland Le Huenen et Paul Perron (éd.), *Le roman de Balzac : Recherches critiques, méthodes, lectures*, op. cit., p. 213-230).

Jeannine Guichardet, « Paris dans *La Peau de chagrin* », in *Nouvelles lectures de « La Peau de chagrin »*, op. cit., p. 74-88.

Deborah Houk Schocket, « Coquettes et dandys narcissiques : les êtres séduisants de *La Comédie humaine* », in *L'érotique balzacienne*, textes réunis et présentés par Lucienne Frappier-Mazur et Jean-Marie Roulin, SEDES, 2001, p. 59-66.

Pierre Larthomas, « De la première à la dernière édition : quelques aspects du style de Balzac dans *La Peau de chagrin* », in *Nouvelles lectures de « La Peau de chagrin »*, op. cit., p. 5-16.

Moïse Le Yaouanc, « Une scène balzacienne : la visite de Raphaël au naturaliste Lavrille », *Revue d'histoire littéraire de la France*, octobre 1950, p. 280-290.

—, « Présence de *Melmoth* dans *La Comédie humaine* », *L'Année balzacienne 1970*, p. 103-127.

Maurice Ménard, « *La Peau de chagrin*, roman comique ? », in *Nouvelles lectures de « La Peau de chagrin »*, op. cit., p. 43-55 (repris sous le titre de « L'arabesque et la Ménippée », *Revue des sciences humaines*, t. XLVII, nº 175, juillet-septembre 1979, p. 17-31).

Nicole Mozet, « La préface de l'édition originale : une poétique de la transgression », in *Balzac et « La Peau de chagrin »*, *op. cit.*, p. 11-24 (repris in *Balzac au pluriel*, PUF, « Écrivains », 1990, p. 11-28).

Jacques Neefs, « La localisation des sciences », in *Balzac et « La Peau de chagrin »*, *op. cit.*, p. 127-142.

Elisheva Rosen, « Le festin de Taillefer ou les "Saturnales" de la monarchie de Juillet », in *Balzac et « La Peau de chagrin »*, *op. cit.*, p. 115-126.

Linda Rudich, « Une interprétation de *La Peau de chagrin* », *L'Année balzacienne 1971*, p. 205-233.

Thomas Stöber, « Du voir au savoir, des sens au sens : le regard de la modernité et ses figures chez Balzac », in *Envers balzaciens*, textes réunis par Andrea Del Lungo et Alexandre Péraud, *La Licorne*, nº 56, 2001, p. 39-50.

André Vanoncini, « La dissémination de l'objet fantastique », in *Balzac et « La Peau de chagrin »*, *op. cit.*, p. 61-77.

Paul Vernois, « Dynamique de l'invention dans *La Peau de chagrin* », in *Le réel et le texte*, Armand Colin, « Études romantiques », 1974, p. 183-196.

TABLE

Composition I.G.S.
Impression Bussière Camedan Imprimeries
à Saint-Amand (Cher), le 7 mai 2003.
Dépôt légal : mai 2003.
Numéro d'imprimeur : 032325/1.
ISBN 2-07-041245-8./Imprimé en France.

41245